李振平 —— 著

耳坠

作家出版社

图书在版编目（CIP）数据

耳坠 / 李振平著. -- 北京：作家出版社，2021. 1（2024.12 重印）
ISBN 978-7-5212-1232-7

Ⅰ.①耳… Ⅱ.①李… Ⅲ.①长篇小说 – 中国 – 当代
Ⅳ.①I247.5

中国版本图书馆CIP数据核字（2020）第252127号

耳 坠

作　　者：李振平
责任编辑：韩　星
装帧设计：私书坊＿刘　俊　张俊香
出版发行：作家出版社有限公司
社　　址：北京农展馆南里10号　　邮　　编：100125
电话传真：86-10-65067186（发行中心及邮购部）
　　　　　86-10-65004079（总编室）
E-mail:zuojia@zuojia.net.cn
http://www.zuojiachubanshe.com
印　　刷：唐山玺诚印务有限公司
成品尺寸：145×210
字　　数：280千
印　　张：11.75
版　　次：2021年1月第1版
印　　次：2024年12月第3次印刷
ISBN　978-7-5212-1232-7
定　　价：36.00元

如果婚姻本质是一份合同，一方不能实现合同目的，可以请求解除。

目　录
CONTENTS

　　夜深了，一阵秋风凉飕飕的，天上飘落几滴雨。

　　香格里拉小区沉睡在静谧中。位于东南角的一栋别墅有些异样，阶前草坪上，秋虫不再低吟；松鼠一家从树冠跃到地面，钻入草丛，急急溜向远处的小树林；屋顶栖息的鸟儿也飞往别处；这栋别墅的窗户都是黑洞洞的，不见一丝光亮，没有半点声响。

　　一小队保安夜巡，从别墅前走过。带队保安年龄较大，突地打了个寒战，身上发冷，不由紧了紧领口。

　　别墅内，黑暗的卧室中，大床上躺着一个黑色人影。

　　他一动不动，直直的，只有胸脯微微起伏。许久，他动了一下，艰难地抬起左手，摊开，手心现出一只银色耳坠，镶嵌的宝石闪着淡淡的红光。他重又握紧左手，放在胸前贴心的部位。

　　他缓缓闭上双目，似是睡着了。

　　风停了。一滴雨落在树叶上，嗒的一声。

　　蓦地，轰然一声巨响！

这栋别墅发生剧烈的爆燃。大地震动，紧接着，一团巨大的橙色火球冲天而起，照亮漆黑的夜空。

大火中，一个小火团疯狂地上下飞舞，叫声凄厉。

夜班保安从最初的震惊中清醒过来，慌张赶到，一边狂打119火警电话，一边手忙脚乱地打开消防栓，接通水管，抱着水龙头灭火。火势凶猛，白色水柱喷过去，金色火蛇只是略微退了一下，又反扑到面前，一个来不及躲避的保安被燎着了头发。

十一分钟后，数台红色消防车呼啸而至。

苦战烈火的保安们一阵欢呼。他们高兴得早了，一辆黑色大越野车正堵在消防通道上，消防队的霍干事用高音喇叭反复喊人挪车，车主没有露面。火势越来越猛。消防队员与保安们齐心合力，抬开堵路的越野车，消防车勉强通过。

延误了几分钟，大火吞没整栋别墅。

霍干事命令立即关闭天然气管道阀门。他看见，一个留着齐耳短发的女人用水浇湿衣服，往火海里冲，要去救人，一个魁梧汉子死死地抱住她。霍干事喝令两人速速让开，不要影响灭火。

一股突如其来的大风卷起旋转的烈焰，滚滚浓烟融入低重的乌云，随后，冰冷的秋雨从天而降。

消防队十几支水枪同时喷出强大水柱……

天亮了。别墅只剩熏黑的断壁残垣，一片废墟中，还有几处冒着缕缕青烟。消防队员用担架抬出两具烧焦变形的尸体，一大一小，蒙着白布。别墅的男主人李伟葬身火海，那具很小的焦尸不知是谁？

废墟周边拉上一圈警戒线。

霍干事会同几名专家经过初步勘查，认为这是一起因天然气泄漏引发爆燃的意外事故，排除人为破坏，具体责任待定。

白天过去，夜幕降临。

云破月出。

清冷的月光下，废墟形状怪异，泛着幽幽的青白色，地下室里隐约传出咚咚的响声，仔细一听，又没有了。

它似在无言诉说着一个秘密。

第一章

疑点重重

"事故存在六大疑点!"霍干事语出惊人。

市刑警队毕队长警服下的浑身肌肉立时绷紧,但面色平静。

女刑警小袁睁大圆圆的眼睛。

三人站在一间百余平方米的大仓库中央,这是霍干事从小区物业临时征用来的。秋日阳光从窗户斜射进来,库房地面上堆满从事故发生中心及周边收集来的各种散落物,无一遗漏,空气中弥漫着一股浓重的焦煳怪味儿。今天一上班,邢局把毕队长召到他的办公室,指示:昨夜,香格里拉小区发生天然气爆燃的重大事故,烧毁一栋别墅,死了人,影响很大,社会上有些流言蜚语,你去看一看,查一查究竟是怎么回事。毕队长奉命,疾步下楼,跳上警车,一路警灯,二十分钟内赶到事发现场。

两位警官静听霍干事的下文。

矮壮的霍干事很有说书的天赋,他清清嗓子:"昨夜,九月八日,小雨时停时下,正是一年的寒露时节。凌晨两点整,香格里拉小区07号别墅突发天然气爆燃,经过消防队全体官兵的奋战,大火于四点十七分扑灭,现场发现大小两具尸体,其中大的一具是别墅主人李伟。"他话锋一转:"李伟,男性,三十二岁,大学文化,一位年轻有为的处长,近期极有可能被提升为副局,正所谓前途无量,可惜呀可惜。"

小袁不耐烦地问:"有哪六大疑点?"

霍干事说："李伟是我的老朋友，我们俩有共同爱好，就是攀爬人迹罕至的野山，拥抱大自然。但是，七年前，李伟结婚后，他就沉醉在温柔乡里，很少从事这项危险运动了。也难怪，他老婆辛冰冰是个大美人，无处不美，尤其是她的那双眼睛，能把一个男人活活淹死。辛冰冰出国旅游，昨天下午才回到本市，侥幸逃过一劫。她与李伟夫妻恩爱，情深意浓，她太伤心了，不愿触景伤情，所以没来现场。家没了，我听说，她暂时住在一家酒店。"

小袁追着问："六大疑点，你快点说。"

霍干事说："辛冰冰的父母死于一场海难，如今又死了丈夫，红颜薄命啊。她还有一个哥哥，她的哥哥，那可是个人物……"

毕队长双手抱肩，目光扫过整间仓库。他的记忆力奇佳，一扫之下，已将这些因爆炸与大火改变了原来形状、颜色的物品分门别类，储存在记忆之中。他注意到，其中有许多高档女士服装、鞋、包包、化妆品等等，看来女主人十分讲究时尚，也很受丈夫的宠爱；男士衣服样式朴素，只有两三件。毕队长弯下腰，拾起单独放置的一件东西：螺旋形，细长条，墨绿色。他问道："这是什么？"

"这是蚊香。"霍干事说，"这年头很少有人用它了，本次天然气爆燃应当就是它引发的。"

毕队长将蚊香放在鼻子下面闻了闻，有股奇异的特殊香味。

他再次巡视这些爆燃后的遗物，感觉其中缺了点什么，一时又说不出来。

小袁脆声道："六大疑点！"

霍干事一笑，说："你们随我走，去事故现场，再听我一一道来。"

香格里拉小区依山傍河，一百余栋各式别墅错落有致，散布在绿树之间，家家都有修剪整齐的草坪。两排高大的梧桐树拥抱着一条不宽的柏油路，从小区中心横贯而过。小区门卫森严，保安定时巡逻，外人无法入内。一道环形绿色铁栅将小区与外界隔开，铁栅一人多高，上有锋利的尖刺，难以攀越。

小袁注意到，小区找不到监控探头。

霍干事在前带路，边走边介绍小区概况，他来过几次，检查消防设施，所以对这里比较熟悉。

小袁心想，李伟不过是一个处长，在高档小区购买一套别墅，哪儿来的钱？她是个想到就说的姑娘，问："李伟父母是干什么的？"

霍干事回答："他的父母都是中学老师，一个教语文，一个教数学，六年前，他的母亲因为……一场意外去世了。"

小袁心头不由打上一个大大的问号。

柏油路南侧，出现一座黑色废墟。经过爆炸与燃烧，别墅大部分坍塌，残留的断墙裸露出半熔化的钢筋；地面张开一个黑洞，那儿应该是地下室的入口；草坪变黑，被大火辐射的高温烤煳了，上面踩下救火人员杂乱的无数足印；景象荒凉、死寂，使人心情压抑。小袁环顾四周，虽已入秋，周围的树木仍是一片翠绿，鸟儿飞来飞去，叫声婉转动听，蓝天、白云、金色阳光明亮灿烂，照在每个活着的人的脸上，一切充满生机。强烈的对比与反差！

沿着烧黑、只剩混凝土台阶的楼梯走上二层，霍干事陪着两位刑警勘查废墟。他指一指小袁站着的位置，地上依稀可辨一张床的残留物，以及一个人形轮廓，说："那是人体脂肪烧化后留下的痕迹，李伟的尸体就躺在那儿。"

小袁连忙把脚挪开，她是怕对死者不敬。

回到一层，霍干事又指向一处："这里是厨房，曾经是，你可以想象一下葱花入油锅的声音，煎鱼的香味儿。"

小袁竖起眉毛，忍无可忍。

霍干事忙道："我现在讲第一大疑点。我先普及一下科学小常识，天然气，比空气轻，主要成分为甲烷，无毒，但是，当空气中含量达到10%时，人会因氧气不足而呼吸困难，虚弱，眩晕，昏迷，甚至死亡。天然气在空气中浓度达到5%~15%，遇到一点明火就会爆燃。天然气本身无色无味，为了便于用户及时察觉，特意添加了微量臭味剂四氢噻吩，只要少量泄漏，就能闻到一股特殊的臭味，像是臭鸡蛋、烂菜心的味道。"说起这些专业知识，霍干事如数家珍，侃侃而谈。他转入正题："本次事故是否属于管道老化，或燃气灶接口处封闭不严而导致的天然气泄漏？经查，这栋别墅半月前刚刚做过管网检修，更换了新的正品软管，燃气灶状态良好。维修工姓梅名林，这行干了十多年，工作认真负责。因此，虽然现场破坏严重，无法复原，根据前述记录，我认为第一个疑点可以排除。"

小袁张了张嘴，又闭紧，她学着毕队长的样子，只听。

"第二个疑点，某种外力撞击造成燃气灶损坏，发生泄漏，李伟没有察觉？"霍干事摇摇头，说，"李伟做事稳重细致，不毛手毛脚的，再说，他也没有鼻炎，不会闻不到臭味儿。第三个疑点，有没有这样一种可能，李伟睡着了，燃气灶上烧着水，水沸腾后扑出来，浇灭了火，致使大量天然气外漏？不可能。我检查了，李伟家的燃气灶上有一个小附件，叫自动防熄灭装置，一遇非正常灶火熄灭，自动装置延后数秒启动，关闭阀门，即时阻断天然气。"

小袁不会做饭，头一次听说。

霍干事说："第四个疑点，天然气积聚到一定浓度才会爆燃，九月八日正值初秋，是室内通风换气的好季节，李伟为什么紧闭门窗，还拉上窗帘？这点引起几位专家的疑惑。我可以解释，李伟的老婆为了养颜，怕风吹，怕日晒，他家向来如此，不足为怪。辛冰冰这几天出国旅游，不在，但李伟已经养成了习惯。"

毕队长点头赞成。人的习惯一旦形成，很难改变。

霍干事得到听众鼓励，心里很受用。他又说："第五个疑点，是否有外人进来破坏？这栋别墅安装的是最新型的智能门锁，非常坚固，除非暴力破拆，正所谓一锁当关，万贼莫开。"

小袁听说过这号新产品。

霍干事迟疑了一下："最后一个疑点，我不解的是，李伟为什么点蚊香？如今城里人谁还用它，味儿大，不卫生，不环保，家家都改用电子灭蚊器了。如果没有这盘蚊香，没有明火，或许不会发生那场爆燃，李伟还活蹦乱跳地站在这里。我揣摩再三，大概是这种蚊香气味独特，香型别致，李伟想把屋子熏一熏，香气袭人，迎接旅游归来的老婆？他是全世界最爱老婆的男人。"

小袁耐心地听他说完，问："六大疑点，全部排除？爆燃明明发生了，天然气又是怎么泄漏的？求求你老人家，干脆点儿，直说。"

霍干事抗议："我可不老。"

毕队长微笑："别卖关子了。"

霍干事重重咳嗽一声，说出一句匪夷所思的话：

"罪魁祸首是一只猫。"

小袁的眼睛睁得溜圆。

看到女刑警的表情，霍干事说："想不到吧，对于天然气泄漏的成因，我也曾百思不得其解，梅师傅无意中说的一件小事，使我茅塞顿开。"

"什么小事?"小袁急问。

毕队长也很感兴趣。

霍干事站在只剩三面残墙的厨房里,比画着说:"我还原一下事发前的现场,这里是燃气灶,灶下有一个柜子,里面装着气表、输气软管。半月前,梅师傅到这栋别墅检修管道,他走进厨房,刚一打开燃气灶下的柜门,噌的一声,从里面蹿出一个活物,吓了他一大跳,原来是一只蓝色的猫。柜子里面放着一只软垫,还有绒球、响铃等猫的玩具。猫有野性,它把这里当成了藏身的洞穴。我与辛冰冰在电话中核对过了,她说确实如此,还说这只猫十分淘气,咬坏撕烂了家里许多东西。"

小袁替他说:"你判断,那只不老实的猫在柜子里玩耍,弄坏软管,造成天然气泄漏,正赶上李伟熟睡,又点着蚊香,以致酿成这起爆燃事故?"

"对!"霍干事冲她竖起大拇指。

小袁持怀疑态度。

"排除所有疑点之后,这是唯一合理的推测。"霍干事自信地说。

一只猫是这场惨烈的天然气爆燃事故的肇事者?!

小袁想起什么,问:"现场抬出两具尸体,一大一小,那具小的是李伟与辛冰冰的孩子?"

霍干事答:"这对夫妻没有孩子。"

"小的是谁?"

"两具尸体都拉到你们刑警队的法医室了,你去看看就知道啦。"

这时,废墟外传来一阵争议声。

夜半"鼓"声

十几米外，一群小区业主模样的男女吵吵嚷嚷，围住一个穿白衬衣的中年男人。

业主群中有个野熊样的大汉，三十出头，满脸络腮胡子，像个带头的。他冲着穿白衬衣的男人说："孙经理，你们物业的夜班保安亲耳所闻，亲眼所见，昨夜，这里闹鬼。"

孙经理嗓音尖细："胡扯！赵老板，我不是说您，我是说保安胡扯。清平世界，朗朗乾坤，哪来的鬼，这是谁造的谣？"

被称作赵老板的大汉伸手指向一个年长保安："他。"

年长保安结结巴巴地说："今天凌晨两点，跟昨天着大火差不多一时间，我，保安小张，巡逻，从这儿过，我忽然听见……"他打个哆嗦。

孙经理皱起眉头："听见什么？"

"深更半夜，这儿的路灯还没修好，又黑又静，我听见，我们两个都听见了，废墟里有响动，像是，像是……"

"像是什么？"

"像是有人在敲鼓。"

"胡说八道，一定是你听错了。"

孙经理训斥。这位年长保安人老实，嘴和脑子都笨了一点，任职班长。孙经理冲着叫小张的年轻保安说："你说。"

小张口齿伶俐，讲述起昨夜经历：

夜半，两名保安巡逻至此，不由自主地放慢脚步。月光下，废墟黑黢黢的，烧剩下的骨架歪斜而立，有种说不出的诡异。秋风吹过，两名保安感受到一股凉气，想起抬走的两具焦尸，他们身上泛起一层细小的鸡皮疙瘩。

周围静到可以听见树叶落地的声音。

小张耳尖，他抓住年长保安的胳膊，颤声问："你听见了吗？"

年长保安不知是耳朵不好使，还是装糊涂，说："什么声儿都没有，继续巡逻，快走，离开这儿。"

"咚。"

两名保安停住脚步。

废墟里，传来微弱的咚咚声，一会儿响，一会儿停。

两名保安往一起靠了靠。

"去看看？"小张问。

两名保安不往前走，反而后退。

秋夜，月光是青白色的，低沉的咚咚声激起回音，像是有人在敲鼓。

废墟里怎么可能有人，难道是……小张揉揉眼睛，他清楚地看到，从地下室飘出一团黑影，汇聚成人形，朝他招手，似乎冲他笑了一下，露出两排白色的利齿。

两名保安完全吓呆了，愣了会儿，撒腿就跑。小张年轻，跑在前面，年长保安叫他："等等我，回来，扶我一把，我腿软，跑不动了。"小张还算仁义，没只顾自己，回身，架起年长保安。跑出几百米，两名保安过于慌乱，居然在熟悉的小区里迷失了方向，转了一大圈，终于找到柏油路。路灯下，两名保安靠着灯柱，呼哧呼哧地喘着粗气。

一个声音问道："你们俩怎么了？"

两名保安又是一惊，看清说话的人是小区业主赵老板，他叫赵大鹏，是大鹏建筑工程公司的董事长。两名保安所站之处正在他家的别墅前。

年长保安客气地说："这么晚，您还没睡？"

"我刚回来，有个应酬。"赵大鹏打量着两个保安，说，"你们俩丢了魂似的，撞见鬼了?"

小张将刚才遇到的事说了一遍。

赵大鹏嘲笑两个保安："世上哪有鬼，我就没见过鬼。"

年长保安说："您阳气盛，鬼见您躲着走。"

赵大鹏是个胆大包天的家伙，他扬起手里的一把锤子说："我去看看，见识一下鬼长什么样。"说完，他一个人朝废墟那边走去。

过了一刻钟，赵大鹏回来了，他大声说："嘿嘿，兴许还真有鬼，我也听见咚咚咚的声音，没敢过去，你们说，会不会是……"

三人面面相觑，想到一处：

李伟回来了?!

小张讲到这儿，业主们个个现出不安的神情。

一个悄悄用手机对着废墟拍照的俊秀男人明显地打了个冷战。

赵大鹏大嗓门："半夜闹鬼，人心惶惶，小区业主一致认为，应当马上清除废墟，运走渣土，鬼就不会再来了。"

孙经理面有难色："这么做行吗?"

"为什么不行?"

"这栋07号别墅的业主是辛冰冰，没有她的同意，我们物业哪敢随便乱动。您容我跟辛冰冰通个电话，我保证尽快给业主们一个满意的答复。"

赵大鹏跨前一步，他比孙经理整整高出一头，泰山压顶一般："明天听你的答复。"

"明天就要答复，太急了吧，三天，行不行?"

"不行!"

"争取，争取明天，人家辛冰冰不同意您可别怨我老孙。"

"我要挖开地下室，让鬼魅无处藏身！"

赵大鹏说这句话时，眼睛里闪过一道不易觉察的异样的光。

废墟一角，张开一个通往地下室的黑色洞口。

毕队长决定一探究竟。洞口不大，原来有门，已被大火烧光了，门框的灰渍上有两处明显的擦痕。毕队长侧着身子，钻进去，里面很暗，阳光照不进来。毕队长试试脚下的台阶，一级一级走下去。身后亮起手电筒的光柱，小袁跟来了。下到最后一级，几处水洼反射出亮光，这是救火时喷洒的水，没干。地下室不大，毕队长蹲下身，看到水泥地面上有一个个白点，用手触摸，像是圆头钝器击打后留下的敲痕。哪里有什么鬼？小袁分析，地下室里的东西烧得一点不剩，不会是夜贼光顾；可能是小区胆大淘气的男孩子深夜潜入这里探险，四处敲敲打打，搞的恶作剧。

她看不出夜半"鼓"声与天然气爆燃之间存在什么关联。

毕队长与小袁退出地下室，外面，阳光刺目。

毕队长看见，距离废墟不远，小区铁栅外，一个人双手抓着栏杆，朝这边窥视。那是个男人，说不准年龄，一头披散的卷曲长发，胡子多年未刮，一身旧衣，洗得干净。

"那是个乞丐。"霍干事介绍，"自从有了香格里拉小区，他就出现了，一直住在路边那个废弃的电缆井里，老住户了。他不讨吃，不讨钱，靠捡废品为生。他叫什么，多大，哪儿的人，不知道。"

毕队长对乞丐产生兴趣。连续两个夜里，乞丐看到、听到了什么？

霍干事又说："他不会说话，小区的人都叫他哑巴，他也不会写，可能不识字。"

哑巴盯向一个地方。毕队长循着他的目光回过头，只见小区柏油路上开来一辆车头带长翅膀小金人的黑色豪车，车上下来两个人，一个是大腹便便的矮黑胖子，一个是有艺术家气质、穿花格衬衫的四十岁男子，两人对着废墟指指画画，说着什么。

毕队长转过头，再找哑巴，铁栅那儿空了，人已不见。

戴八个戒指的男人

"恩公，恩公！"

从车头带长翅膀小金人的黑色豪车上下来的矮黑胖子一边高声喊，一边挪动两条小短腿，朝毕队长小跑过来。

毕队长三人走出废墟，他看见跑来的矮黑胖子，皱眉一笑。

此人名叫贾十全，一位"土豪"，富人中的富人。

贾十全跑到跟前，伸出双手，握住毕队长的手，用力上下摇动。贾十全的手冷而潮，左手缺了一根小手指，剩下的九根小胡萝卜似的手指头上戴了八枚戒指，颜色质地不一，令人眼花缭乱。他叫着"恩公"，说："今早出门喜鹊叫，不承想在这儿遇见您了。袁警官也在，我请了多次，一起吃个便饭，您二位就是不肯赏脸。恩公，我的牙全部掉光，也忘不了您的大恩大德。"他不会说"没齿难忘"这个词。

小袁冷着脸。

毕队长问："贾大老板来这儿有何贵干？"

贾十全说："中间人介绍，有栋别墅低价转让，我闲着没事，来看看。"

毕队长指向废墟："是这个？"

"正是。"贾十全随地吐口痰，说，"我上当了，别墅在哪儿？不仅一把火烧个精光，死了人，听说还闹鬼，凶宅加鬼宅，吓得我头发根儿都立起来了。"

"那人是谁?"毕队长问。不远处,穿花格衬衫的男人靠着黑色豪车的车尾,两条长腿交叉而立,手里夹着一支烟,吸了两口,随手掸掸烟灰,抬手抿抿鬓角,一副风度翩翩的样子。他朝这边看了看,目光停留在小袁身上。

他潇洒地朝小袁敬个礼。

"他叫辛元。"贾十全说,"他替他妹妹卖别墅。这家伙长了一条好舌头,能把死人说得从棺材里爬出来。他的妹妹叫辛冰冰,刚死了男人的小寡妇,远近闻名的大美人,要是能跟她……"

小袁冷哼一声。

"我说走嘴了,掌嘴!"贾十全真抽了一下自己的脸,啪,力度不小,他像是从心里忌怕这位女刑警。

半年前,小袁抓的他。

三月,猫叫春的季节。傍晚,贾十全走下车头带长翅膀小金人的黑色豪车(本市仅有一辆),昂着猪头一样的脑袋,晃着膀子走进清风会所的大门。人逢喜事精神爽,他的老婆突发疾病,昨天死了,为此他订下最好的包间,召集一大帮狐朋狗友,他要欢庆一整夜。

包间门口,两名警察拦住他。

其中圆脸的女刑警就是小袁,她出示一张拘留证,宣布:"因涉嫌谋杀,现在对你刑事拘留。"

一副锃亮的手铐亮了出来。

贾十全退后一步,招呼膀大腰圆的贴身保镖:"忠心救主的时刻到了,上!"

保镖没敢动。

贾十全骂句脏话,亮出一个很唬人的武功架势。小袁嘲弄地一笑。贾十全屃了,泄气地垂下头,乖乖地戴上手铐。

警车上，贾十全不住地问："我杀谁了？"

审讯室里，在小袁凌厉的提问下，贾十全心理防线崩溃，尿了裤子。他不得不交代：昨天，他趁老婆过生日之机，将毒鼠强想法儿掺进生日蛋糕的奶油里，哄骗老婆吃下一大块，使她中毒身亡。他又买通镇医院的赖医生，开具一张死亡证明书，死因为心梗。他没料到，赖医生怕了，主动向公安机关投案自首。尸体即将推入焚化炉前一刻，刑警赶到殡仪馆，当时只有他的儿子贾宝贝在场送别妈妈。当被问他毒杀老婆的动机，他说，他的老婆是原配，又老又丑，还多次跟踪他，闯入他为情人购置的宅子，掏出一根粗麻绳，扬言就地上吊，所以……

毕队长看过讯问笔录，请来贾十全的儿子贾宝贝，问了几句话：

"生日蛋糕谁买的？"

"我妈。"

"你爸爸吃了吗？"

"吃了一小口，他说难吃，偷偷把那块蛋糕用纸巾包着装口袋里了，我妈没看见。"

"你吃了吗？"

"我妈不让我吃。"

小袁听明白了。

她克制住对贾十全这种人渣的憎恶，从毒鼠强的来源着手，深入调查。终于在茫茫人海中，她找到卖毒鼠强的小贩，查出购买者竟是贾十全的老婆。

下毒的人就是被毒死的人。贾十全的老婆用这种惨烈的方式，欲与她的男人同归于尽，"偕老"于黄泉路上。这是深沉的爱？还是刻骨的恨？难说！

再审贾十全，他推翻原先的供述，大喊冤枉。小袁问他为什么在前次审讯中自认投毒杀妻。他闭口不言。

他承认，他怀疑生日蛋糕有毒，没敢吃；看着老婆吃，他没阻止。

案情真相大白，贾十全被放出看守所，瘦了一圈。他的儿子恨他，认为是他逼死妈妈，声称与他断绝父子关系。之后贾宝贝离家出走。

贾十全专门到刑警队，奉上重金，一躬到地，拜谢恩公毕队长，并发誓：今后痛改前非，不近女色。

送走贾十全和他的一大包钱，毕队长说："他的发誓好有一比。"

小袁问："比做什么？"

"好比狗对着茅坑发誓，再不吃屎了。"

毕队长的回答让小袁一想起来就笑。

她听见贾十全问："恩公，别墅里那个男人怎么烧死的？我可不想惹祸上身。恩公，买还是不买，我听您的。"

毕队长目光如炬，看着贾十全笑而不语。07号别墅天然气爆燃从发生到现在不过三十几个小时，贾十全就跑着来买一座废墟，安的什么心？据说，贾十全像只发情的公狗，他的鼻子对女人身上的香水味儿一向超级灵敏。

贾十全被看得心里发毛。

此时，小袁还不会将贾十全与天然气爆燃联想到一起。

聚集的业主中，多出一个穿墨绿超短裙的妖冶女子。贾十全一见，眼神直勾勾的，说："咦，她在这儿？"

"谁？"毕队长问。

"那个小妖精。"贾十全改口，"那位女士，她是清风会所的陪酒小姐，本名胡素娥，艺名胡小雨，听说她两个月前嫁人了，谁娶她，谁上辈子没积德。她嫁给谁了？"

一张照片

胡小雨双手叉腰，怒气冲冲地嚷道："我们家老王人老实，我可不是好欺负的。"

在她面前，孙经理仿佛矮了半截，好言好语地说："哎哟，王太太，您别生气，气坏了身子，你们家老王该心疼了。您对我们物业有什么不满意的地方，尽管讲，全心全意为每一位业主提供最优质的服务是我们的一贯宗旨。"

"说得好听。"胡小雨一撇薄嘴唇。

"王太太，您这条裙子一看就是高档货，真漂亮，人更漂亮。"孙经理赞美。

胡小雨的面色方见缓和。

孙经理拍胸脯保证："王太太，谁欺负您，我处理他。"

"你们物业一个姓梅的。"

"梅林，梅师傅？没想到，一个表面特规矩的人，居然见色起意，他怎么欺负的您？"

胡小雨说："不是那种欺负。我们家管道漏气，报修多次，没人管。"

孙经理命令年长保安："去，把梅林叫到这儿来，让他跑着来。"

霍干事出于职责，听到小区住户中又发生管道漏气，过去询问情况。胡小雨与人见面就熟，她毫无顾忌地一只手搭在霍干事的肩上，脱掉高跟鞋，揉揉脚，说："我们家总有一股臭鸡蛋味，老王吓得烟都不敢抽了，怕引起爆炸，变成一只烧鸡。"她咯咯咯地笑个不停。

她一点不害臊地直盯着高高大大的毕队长，一双丹凤眼水汪汪的。

一个穿物业工作服的四十多岁男人匆匆赶到。他叫梅林，相貌平凡，是外聘的维修工。他恭敬地问："经理，您找我？"

孙经理厉声问："王太太报修管道漏气，你为什么不去检修？你这是玩忽职守。"

梅林呈上检修记录："我去了，王太太家管道、燃气灶完好，经反复检查，她买的鸡蛋里有一个是臭的。"

旁听的业主们一阵窃笑。

胡小雨鼻孔朝天。

孙经理一顿，说："强词夺理。我正式通知你，你被解雇了。"

"我犯什么错了？"梅林问。

"问那么多干吗？今天九号，你到财务领九天工资，收拾东西，走人。"

"孙经理，我活儿干得好好的，跟物业签了长期合同，您总得有个理由吧。"

"这次天然气爆燃事故你没责任？"

"我有什么责任？"

孙经理心里有个见不得人的小算盘，将来万一有关部门追究起这次天然气爆燃重大事故的责任，他难辞其咎，因此必须找个人替他背锅。他问："十几天前，你因为什么跟07号别墅的业主李伟吵架？有人向我汇报，你要控告李伟未经你的同意，私自从你的手机上下载了一张照片，侵犯了你的隐私权。有没有这回事？"

梅林慌问："谁乱嚼舌头？没有的事儿。"

在孙经理的逼视下，年长保安声细如蚊："我，我汇报的，我听你说的。"

梅林急了："我那是一句玩笑话。"

"玩笑？"孙经理恶意地说，"我怀疑，你在管道或是燃气灶上做了手脚，企图报复李伟。"

梅林脖子上凸起青筋，急得说不出话。

霍干事及时阻止："这次天然气爆燃初步定性为意外事故，在责任认定书出来之前，不要乱扣帽子。"

小袁问："梅师傅，什么照片？"

她一身警服，说话和气。梅林正需要有人为他做主，他信赖地掏出手机，滑开，点出一张照片：海边，金色沙滩上，梅林、青年妇女和小女孩三人面对镜头，笑容灿烂如花。泳装女孩大约六岁，天使般纯真，漂亮，尤其是一双大而黑的眼睛，梦一样美。

这张照片并无特别之处。毕队长看了一眼，凝神又看了一眼。

小袁问："梅师傅，你可以转发给我一张吗？"

梅林犹豫了一下，说："行吧。"

孙经理一脸不屑："你呀，一天到晚，逢人便夸你的老婆闺女，显摆你们家那点碎芝麻粒儿大的屁事。"

梅林转身要走，孙经理问："你干吗去？"梅林说："我去财务领九天的工钱。"孙经理说："走之前，你去一下王太太家，再检修一遍。"梅林说："我已经被你解雇了。"

孙经理说："你拿了今天的钱。"

梅林想争辩，忍住，说："我去取工具。"

经霍干事介绍，孙经理满脸堆笑，热情地与毕队长握手，说些"如雷贯耳，久仰大名"之类的客套话。小袁冷眼旁观，这位孙经理与胡小雨、梅林、毕队长打交道时，换了数张不同表情的脸，而且换的速度极快。

霍干事说："王太太，我们一起到你家看看？"

“欢迎。”胡小雨笑靥如花，她去挽毕队长的胳膊，毕队长跨前一大步，她没挽上。

奇葩夫妻

一条石子路，不宽，毕队长居中，与霍干事、梅林并肩而行。

胡小雨跟在后面，挤不到毕队长身边。她的超短裙短到不能再短，紧绷在身上，好像马上就要裂开。随着腰肢摇摆，她的臀部扭来扭去，如同一块磁石，牢牢吸住孙经理贪婪的目光。她的鞋跟极细，足有十厘米，走在石子路上，不挽住一个男人的胳膊，随时有跌倒的危险。

梅林没带着一行人走柏油路。

小袁想，梅师傅蔫蔫的，挺有心计，不过用这种方法报复胡小雨，作为一个男人，他的心胸未免过于狭隘。从后面看梅林走路上身不动，步距小，步速快，很有特征。

胡小雨崴了一下脚，娇呼：“毕警官，扶我一下。”一只手伸过来，小袁扶住她。她不领情，甩开小袁的手，生气地噘起嘴。

在小袁的想象中，胡小雨的老公应当是个五大三粗、满身刺青、横着走路的黑道老大，否则正经男人谁敢娶她？

一栋白墙、平顶的双层别墅，绿树掩映。车库外停着一辆白色奥迪轿车。

大门前，胡小雨按下一组智能门锁上的密码，不对，连按几遍，都不对。她按门铃，喊：“老公，我回来了，我又忘了密码啦，开门呀。”

门里传出嗡嗡的响声。

咔嗒，门慢慢地开了。

门内，电动轮椅上，坐着一个男人，秋天的阳光漫射到他的身上与脸上。这是一位年迈的老人，穿着一身淡黄色中式裤褂，面庞清癯，肤色蜡黄，不长胡子，稀疏的灰发在头顶盘成一个小小的发髻，颧骨上浮现两片病态的红晕。他抬起左手推一下闪闪发光的镀铬宽框眼镜，看清来了几位陌生人，温和地笑笑："有客造访，请进。"他说话的声音轻柔、无力。

小袁讶然，这个男人像是胡小雨的爷爷。

宽敞的大客厅里，电暖器开足，热到正常人冒汗。

来客们坐到沙发上。在胡小雨的挽扶下，老男人费力地从电动轮椅上站起来，他体形瘦弱，窄肩，身高只有一米五，可能还不到。胡小雨递给他一根拐棍，他拄着拐棍，缓步走到单人沙发前，坐下，不过几步，已累得喘气。

他说："小雨，上茶。"

毕队长问："贵姓？"

老男人彬彬有礼地回答："免贵姓王，三横一竖的王，单名一个梓字，'吾不爱锦衣，荣归夸梓里'的梓，王梓。"

毕队长又问："您，高寿？"

王梓说："我面相老，虚度四十二个春秋。"

小袁偷偷吐下舌头。

胡小雨逐位敬茶，敬到梅林，她忽地变脸，说："你不是客人，厨房在那边。"

孙经理跟着说："快去检修。"

遭到当众贬斥，梅林有点挂不住脸，他忍气吞声，提起工具袋，起身，走向厨房。

王梓婉言批评："众生平等，不要这样对人。"胡小雨说声"是"。她走到王梓身边，坐到单人沙发的扶手上，紧偎着王梓，两人的手自然地握到一起。胡小雨向来客介绍："这是我的老公。"

孙经理接话："王梓先生是普济医疗器械公司的董事长，本市知名企业家。"

胡小雨一脸幸福："两个月前，我和我老公一见钟情，我们就结婚了。我们有结婚证，大红的，不信？我拿给你们看。"

小袁摆手："我们不是派出所民警，不查这个。"

胡小雨得意地说："我老公可疼我了，一会儿，我带你们参观，我老公给我买了好几大柜子的衣服，鞋，还有首饰呢，老公，你真好！"

大客厅内，清一色的深色硬木家具，古色古香；墙上挂着名人字画，多宝格里陈列着各式瓷器；长条案上摆着一尊不知名的神像。一切彰显着主人的学识、修养和资金实力。墙角，立着一只硬木大酒柜，里面没有名酒，而是装满市面上找不到、包装粗朴的地方老酒。

空气中飘浮着一股奇特的香气。

毕队长吸吸鼻子，问："王先生经常焚香？"

"偶尔为之。昨天，同住一个小区的李伟先生不幸遇难，我焚香祭拜了一次。小区业主们都评价李伟先生是一个好人，一向与人为善。天地尚不能久，而况于人乎？凡世之人最后都要脱掉这身臭皮囊。"王梓的话里有种淡淡的哀伤。

孙经理说："李伟李处长不摆官架子，邻里之间没有发生过任何纠纷。"

这些正是两位警官想要了解的情况。

毕队长问："王先生信奉道教？我看你供的是太上老君。"

王梓神色恬淡："谈不上信奉，无为，道法自然，有助于人的心境平和，与世无争。我读的书不多，见笑。"

胡小雨炫耀地说："我老公特别有学问，书房里全是书，堆到屋顶了。"

霍干事说："我想到王先生的书房开开眼。"

王梓迟疑。胡小雨跳下沙发扶手："我领你们去。"王梓只好说声："请。"

书房。墙上，挂着一条"道可道非常道"的古篆横幅。四壁皆书，其中有不少《黄帝内经》之类的医学典籍。

厚重的书桌上，放着一本古旧的线装书，王梓用一张习字的宣纸盖住它。毕队长已经看清书名是《紫金光耀大仙修真演义》，他与王梓目光相碰，王梓有几分尴尬。

书房窗户朝东，正对着07号别墅的方向。窗户打开，没有因昨夜天然气爆燃产生的气浪造成玻璃破碎。

毕队长又问："王先生腿不好？"

胡小雨嘴快："我老公的腿本来就有毛病，走路要靠拐棍，昨天夜里又摔了一跤。"

"哦，怎么摔的？"毕队长关心地问。

王梓说："茶要凉了。"

回到大客厅，坐好后，王梓说："昨天夜里，我心血来潮，夜不能寐，我这个人素来神经衰弱，经常失眠。我披衣起来，在屋子里慢慢地走一走，活动一下关节。我站在书房窗前，吸一支烟，我觉得闷，打开窗子，吹一吹风。烟抽到一半，只见百米外一道红光，接着，爆炸声与气浪袭来，猝不及防，我坐到地上，没有摔倒，小雨言过其实了。"

王梓品了一小口清茶。

小袁问："爆燃发生前，有没有可疑人员在07号别墅附近出现？"

王梓回想一下，摇摇头。

孙经理讨好地说："王先生要注意休养。"

王梓笑道："本人就是养生专家。"

话题转向养生。王梓的确是位大行家,从不同季节吃什么,到各种健身功法无所不知。小袁旁听,看着一把骨头的王梓,她心里颇不以为然。

宾主相谈甚欢。

忽然,厨房那边传来胡小雨的尖叫:"姓梅的,你是不是想害死我和我老公呀!"

厨房里,燃气灶从嵌入槽中取出,斜放在不锈钢台面上,输气软管暴露在外。梅林脸涨得通红。霍干事指出他的疏忽,软管与燃气灶接口处没有加装起紧固作用的卡子。梅林一声不吭,低着头,马上加装卡子。

胡小雨双手叉腰,气哼哼地说:"老孙,扣他的钱!"

孙经理说:"扣,一定扣。"

厨房门外,霍干事凑到毕队长耳边,低语:"如果不装卡子,猫爪一挠,极易造成软管脱落,天然气外泄。不过,清理事故现场时,我找到一个卡子,说明梅师傅并未因疏忽而漏装。梅师傅是个老实巴交、三脚踹不出一个屁的人,因为李伟从他的手机上下载了一张他全家的照片,就起意害人,在天然气设施上做手脚,可能吗?这是绝对不可能的事!"

叮咚,门铃响了。

王梓坐电动轮椅去开门。门一打开,赵大鹏闯进来。他叫道:"胡小雨!"胡小雨应了声"哎"。她探出头,一见是赵大鹏,惊得花容失色,躲到毕队长身后:"救我。"

赵大鹏过来,抓住胡小雨一条胳膊,拖着她往外走。

王梓没拦,无奈地苦笑一下,说:"又惹事了。"

奋不顾身

两栋别墅，隔着一条窄窄的石子路。

王梓家在路东，赵大鹏家在路西，两家是近邻。赵家别墅是中式风格，灰瓦顶，也是双层。不同之处在于，赵家草坪围着一圈儿修剪整齐的绿色冬青，半人多高，插着一块木牌，上面写着一行粗犷的大字：胡小雨严禁入内。

赵大鹏拖着胡小雨一步跨过石子路，指着几株枯黄的冬青，怒斥："这是你干的好事！"

胡小雨扭动身体，假意挣扎，她一脸无辜："你家冬青死了，凭什么赖在我的头上，哎哟，你的劲儿好大，弄痛我了。"

"昨天夜里，你偷着往冬青上浇了一大壶开水，对不对？"

"浇开水？这么坏的主意你也能想出来。你自己干的吧，你呀，是个坏男人。"

"我有证据。"赵大鹏说。

"证据，在哪儿？你拿出来呀。"胡小雨摇晃一头长发，满不在乎。

赵大鹏不怕她耍赖，说："我有录像，看见没有，专门为你装的。"赵家别墅大门上方有一只监控探头，斜对着王梓家的方向。

胡小雨一时哑口无言。

站在不远处的毕队长欣赏那块木牌，上面的文字令他忍俊不禁。

小袁对物业孙经理说："你把小区监控录像调出来，主要是昨天夜里的，拷进U盘，我要带走。"

孙经理双手一摊："小区内部没安装监控探头，业主们不让，他们说要保护个人隐私。小区里住的都是有钱人，人的钱越多，隐私也就越多。"

这边，胡小雨的眼珠子滴溜溜地转了几圈，嘻嘻一笑，说："你偷看我，白天看不够，夜里还要看，你老婆柳月不吃醋？"

赵大鹏气得五指收紧。胡小雨连声叫唤，她不断的"哎哟"声不像是因为疼痛难忍而发出的，另有一番意味。赵大鹏不得不松开手，她没站稳，顺势倒进赵大鹏怀里。她高声喊："柳月姐姐，快来呀，你男人欺负我。"

别墅里走出一位年约三十的女人。

胡小雨像见到大救星："柳姐，快来救命，你再晚到一步，大鹏哥就要把我一口吃了。你看，他抱着我不撒手。"

她整个人粘在赵大鹏身上。

柳月视若不见，她递给赵大鹏一把铁锹。赵大鹏推开胡小雨，他几下铲去枯死的冬青，补种备好的新苗。赵大鹏出汗了，柳月系上他的T恤衫的领扣，秋天风凉。夫妻二人的行为自然亲切，胡小雨被晾在一边。

一开始，毕队长对这个叫柳月的女人并不在意。第一眼看上去，她一身家常服装，素颜，不漂亮，平平常常。但是，多看几眼后，毕队长的目光被吸引住了，柳月属于那种特别经看的女人，越看越有味道。她身上散发出浓浓的女人味儿，如同一束米兰，乍看不起眼，纯正的香气使人深醉。

柳月的脸上有两处不大的烧伤。

胡小雨眼冒妒火，说："哟，柳姐，你脸上的伤是火烧的吧，昨天夜里，你干吗往火里冲，多亏大鹏哥抱住你，为了救李伟，你连自己的命都不要了。我听人说，李伟是你的老情人，李伟没看上你，娶了大美人辛冰冰，你心里还是不忘旧情，嘻嘻。"

赵大鹏愤怒至极，脸色赤红，头发一根根竖起。

路边，开来一辆红色凯迪拉克轿车，停在冬青墙边，开车的是那个在废墟前悄悄用手机拍照的俊秀男人。车上下来一位红衣女人，身高一米七，体态相当丰满。她声音响亮，对柳月说："柳月妹妹，送你一瓶面霜，新产品，抹上它，脸上烧伤的地方不留疤。赵总，不白送，以后我家做装修，你得给我优惠价。"

赵大鹏做了个OK的手势。

俊秀男人提着一只装面霜的礼品袋，交到柳月手里。

红衣女人又对胡小雨说："你没进去？"

"进去？去哪儿？"胡小雨不解地问。

"昨天夜里全市大扫黄，抓了一百多个三陪女，我以为其中有你呢，你没事就好，这几天少出门。"一串中气十足的笑声中，红衣女人上车，红色凯迪拉克轿车鸣着喇叭开走了。

被红衣女人一通阴损，胡小雨张口结舌，脸气绿了。

小袁很喜欢红衣女人的性格，问身边的孙经理："她是谁？"

孙经理说："这位姑奶奶叫朱红，小区业主，一家化妆用品公司的女老板，开车的是她丈夫，姓金名山，我们叫他金总，不知道的人会以为他是朱红身后的小跟班。"

柳月手机响，接通，听了两句，表情变得不安。她拉上赵大鹏，一字不说，向小区大门急急走去。

孙经理接到门卫电话，听后，说："打120，叫急救车。"

出什么事了？

胡小雨手搭在眉毛上，踮脚张望："快看，柳月带回一个老头，是谁呀？"

柳月搀着一位花甲老人，赵大鹏扛着一只旧的大手提包，回来了。柳月说："爸，您先在我这儿歇一会儿。"

赵大鹏说："叔，您在火车上没吃饭吧，小月给您下碗面。"

小袁注意到，夫妻俩对老人的称呼不一样，柳月叫得很亲，而赵大鹏的声音里缺少感情。

胡小雨认出老人："你是李伟的爹吧？你们父子真像，你儿子……"

赵大鹏低吼："住嘴！你敢胡说八道，我打折你两条腿，让你一年爬不下床。"他是认真的，胡小雨不再吭声。

柳月问："爸，您怎么来了？"

李伟的父亲说："前两天，小伟给我打电话，说有急事，让我来一趟。我坐的慢车，今早到的，在车站等了一个多小时，小伟没来接我，他的手机又关机，我就坐公交车来了。门卫不让我进，我只好找你。"

"叔，什么急事？"赵大鹏问。

"小伟在电话里没说。"李伟的父亲去接旧手提包，"小月，大鹏，不麻烦你们了，再走几步，就到小伟家啦，我两年多没见儿子了。"他一脸欣喜，向东看去，一呆，看见一片废墟，那里曾经是儿子的家。他抓住柳月的手，目光中充满急切的询问。

柳月艰难地说："昨天夜里，小伟家失火……"

"小伟呢，他没事吧？"

"他……"

柳月扭过头，泪水夺眶而出。李伟的父亲身体一震，脸色惨白，紧咬嘴唇，像一片秋风中颤抖的黄叶，他一晃，再晃。柳月叫着"爸"，赵大鹏叫着"叔"，夫妻二人同时扶住他。

他无泪，喷出一口鲜血。

救护车的笛声渐近。

红色凯迪拉克轿车开进停车场。

阳光下，一座富丽堂皇的大厦直入云端，"王朝酒店"四个大字闪着金光。

酒店大堂，朱红说："等我两个小时。"金山坐到大堂落地窗前的沙发上，从报刊架上取过一份当天的报纸，翻阅。朱红走向电梯。一分钟后，金山放下报纸，朝电梯那儿看了看，确认朱红已经上楼，他来到前台，用现金订了一个标准间。

他通过金色旋转门，出大堂，快步向停车场走去。

他没有发觉，大堂里一棵盆栽海棠树后，隐藏着一双眼睛，朱红的眼睛。

红色凯迪拉克驶出停车场，车速较快。

紧握的左手

警车高速冲出香格里拉小区大门。

"尸检中有重大发现，"电话中，徐法医只说了这么一句。毕队长与小袁急急赶回刑警队。

法医室。

四面白色的墙，天花板也是白色的，白色的灯光下，不锈钢制的各种器械闪着银光。解剖台上，白色的布下躺着僵直的尸体，呛鼻的消毒水味儿使人窒息。昨天，一条鲜活的生命猝然而逝；今天，他或她在这里被拆得七零八落，摘出的心肝肺等内脏器官分别放到电子秤上称重，有的还要做成切片放在显微镜下观察。目睹这些情景，你会深切感受到生命的脆弱与人生的无常，外面的阳光分外温暖与美好。

毕队长从警多年，他始终适应不了法医室冷冰冰的氛围，因为他的血是热的。

徐法医，天生的法医，对于送检的严重腐败、样子恐怖的各种尸体，她一概看成是相同的分子构成。徐法医体型健美，五官端正，围着她转的追求者甚多，她只对毕队长情有独钟。她请毕队长吃草莓冰激凌，毕队长怀疑地看看存放尸体的冰柜，摆手谢绝。

徐法医掀开白布，露出解剖台上一具焦炭化的遗体。

小袁急于知道另一具小的尸体是谁。

徐法医拿过一个不锈钢托盘，里面盛放着一团黑乎乎、分辨不出生前模样的东西，她说："猜猜，是什么？"

小袁不大肯定地说："一只猫。"

"猜对啦，难怪毕队长常夸你聪明。"徐法医用大号镊子拨弄托盘里的那团东西，说："这是一只家猫，具体是哪个品种，有待查清。"

满足好奇心的小袁溜出法医室。门外，她做了一个深呼吸，她跟毕队长一样，也不喜欢法医室，捎带着也不喜欢徐法医。

徐法医站在解剖台旁，她戴上黑框眼镜，对于女人来说棱角偏硬的脸上表情严肃，俨然成为医学院里给学生讲课的老师。她让毕队长靠近，不要离得那么远，听她介绍尸检情况：

一、经DNA比对，尸体确认为李伟；

二、尸体发育正常，无任何急、慢性疾病，健康，推测其生前身高一百八十四厘米；

三、尸表无钝、锐器外伤；

四、尸体胃溶液中未检出毒性物质；

五、尸体口、鼻、咽喉、气管、支气管与肺部均有烟灰炭末沉着，血液中一氧化碳浓度与酶组织化学改变，说明爆燃发生时存在呼吸，是活体；

六、每百毫升血液中酒精含量为零，死者生前不曾饮酒；

七、爆燃发生后，死者没有挣扎的迹象，应当是之前吸入过量的天然气导致缺氧，已经深度昏迷；

八、死者生前十四个小时没有进食与饮水，胃内完全排空，这点比较奇怪。

徐法医摘掉黑框眼镜，吃起冰激凌。

毕队长问："结论？"

徐法医说："吸入过量天然气缺氧昏迷后，死于爆燃引发的大火。"

"排除他杀？"

"查清是否属于他杀是你这位神探的事。"

"死者生前十四个小时没有进食与饮水。"毕队长重复一遍徐法医的话，然后说："这算哪门子重大发现？"

徐法医说："十四个小时不吃，不饿？不喝，不渴？死者生前一定遭遇到某种特殊情况。"

毕队长说："我们碰上急案，二十四小时不吃不喝，常事。"

"你以为谁都像你，只知道拼命工作。"徐法医步步上前，毕队长节节后退。徐法医问："除了工作，你就没点别的事情要做？比如跟女朋友谈情说爱，你有女朋友吗？"

毕队长背靠解剖台，退无可退。

徐法医举起冰激凌，送到他的嘴边："吃不吃？"

毕队长不擅于跟女性打交道，当然女嫌疑人除外。他不知该如何应付眼前的局面，徐法医的胆子大在全局那是有名的。他不能逃跑，因为他感觉到，徐法医还没有说出她的"重大发现"。

徐法医威逼："你吃一口，不吃，我不告诉你真正的重大发现。"

毕队长勉强吃了一小口："快说。"

徐法医戴上乳胶手套，将解剖台上焦尸的左手抬起来，说："尸体送检时，左手紧握成拳，放在左胸上，紧贴心脏部位，就是这个样子，"徐法医比画着摆出相应的姿态。她说："我原以为是因烈火焚烧、肌肉急剧收缩形成的，当我打开他的五指时，发现了这个。"

透明的证物袋里，装着一样闪着幽光的东西。

这是一只耳坠。

毕队长反复查看，不放过一丝一毫的细节。耳坠形式古朴，银质，凤鸟造型，鸟口中衔着一粒红宝石，红得像一滴血。

这种式样的耳坠应当年代久远，绝非平常人家所能拥有。

徐法医说："死者生前紧紧握住这只耳坠，尽管经历一场大火，耳坠仍然丝毫无损。"

毕队长的目光扫过整具烧焦的尸体，只有那只张开的左手掌心保留着一小块完好的皮肤。这个叫李伟的人如此珍爱的耳坠隐藏着什么秘密？尸体头部半张的嘴已经不能诉说了。

咣地门开了。

小袁风风火火地跑进法医室，说："来了、来了。"

"谁来了？"毕队长问。

小袁答："一个你从来没见过的女人！"

梦幻女人

走廊里，毕队长边走边说："不就是辛冰冰来了吗，值得你大惊小怪？"

毕队长步子大，小袁跑着才能跟上，她认真地说："你从来没见过这么美的女人。"

"是吗，美到什么程度？"

"无法用语言形容。"

"沉鱼落雁？闭月羞花？"毕队长调侃地说。

"真俗气，辛冰冰的美，美到让人震撼。"小袁泄气地说，"跟她一比，我就是只丑小鸭。"

毕队长瞥了她一眼，小袁的脸蛋像一只大苹果，红润，充满青春与朝气。毕队长从心里讨厌那些每天用几个小时化妆、撒娇发嗲、搔首弄姿的病态美人。根据霍干事、贾十全与胡小雨的赞美，辛冰冰可能就是这种女人。

他的办公室门口，挤着十几位男女刑警，朝里面看。

毕队长有意放重脚步，刑警们迅速散去。

办公室内，一位成熟女性临窗而立，沐浴着金色的阳光。从背影看，她的身材不错，体态苗条，一身奶白色西装裙，配同色的高跟鞋与肩挎小包包，裙子下摆半掩住浑圆的膝部，这身装束优雅大气。她的侧脸线条柔和，淡妆，浓密乌黑的长发盘成发髻，露出一段白皙的脖颈。她身上散发出似有若无的香气，很好闻。她的确很美，但绝非美到令人惊叹的程度，毕队长想。

他走进办公室，说："你好。"

辛冰冰转过身。

毕队长自我介绍："我姓毕，你是辛女士？我……"他的话说到一半，止住，他体会到与小袁相同的感受：辛冰冰的美使他震撼。

辛冰冰美在她的一双眼睛。

一双如梦如幻般的眼睛。这双眼睛又大，又黑，像深不见底的潭水；这双眼睛具有深深的吸力，使人战栗、融化；此刻，这双眼睛闪动圣洁的光，那是饱含哀伤的泪。

毕队长是位血气充沛的盛年男子。

毕队长尽量保持语气平稳，说："我遗憾地通知你，DNA比对结果证实遇难者是你的丈夫李伟。我建议你不要去看遗体的最后一眼，你坚持要去？好吧，由这位女刑警陪你去，你的拉杆箱暂时放在这里，不会丢的。"

辛冰冰走出办公室，步态稳定。

奶白色的拉杆箱不沉，里面装的可能是随身衣物，箱体上贴着不少机场的托运条，辛冰冰这次旅游去了十几个国家。毕队长把拉杆箱推到墙角，看了看其中一张托运条。

他用手机拍了一张照片。

法医室外，小袁轻轻推开不锈钢制的门。辛冰冰并未躲在她的身后，等她先进，而是径自一步跨进门内。

毕队长追了上来。

解剖台没有蒙上白布，徐法医出于对所有生命的尊重，把小小的猫尸与"李伟"放到一起，一大一小两具焦黑变形的尸体并排躺着，样子凄惨而又恐怖，心理脆弱的人一般不敢正眼去看。小袁见惯了辨认尸体时亲人们的痛哭与当场晕厥，她做好准备，随时扶住可能因过度悲痛而昏倒的辛冰冰。

辛冰冰静立，离解剖台仅有几厘米，她身上的香气压住了消毒水味儿。

她默默地站了一会儿，一动不动，侧面看去，宛如一尊忧伤的白色大理石雕像。

她噙着满眶泪水。

徐法医等了五分钟，重为两具焦尸盖上白布，将要全部盖上的时候，辛冰冰扯住白布一角。徐法医不知她要干什么。

辛冰冰喃喃地说：

"我的 sweet heart。"

一滴晶莹的泪珠在她腮边滑落。

她的声音不大，清晰可闻。

小袁听懂了，sweet heart，这是"爱人"或"甜心"的意思，她在深情呼唤她的丈夫李伟。

小袁深受感动。

辛冰冰脸上泪痕未干，毕队长即向她展示证物袋中的耳坠，问："这是你的吗？"

辛冰冰摇头。

"你见过吗？"毕队长换个角度问。

辛冰冰摇头。

毕队长将发现这只耳坠的经过说了一遍。

辛冰冰似乎心有所动。

毕队长忙问："你想起来了？"

辛冰冰略一停顿，还是摇头。

毕队长递给她一张纸片，说："这是我的手机号码。你再好好想一想，想起什么告诉我。小袁，送送辛女士。"

辛冰冰把留有手机号码的纸片放在解剖台上，没带走。

刑警队大门口，小袁目送下，辛冰冰拖着拉杆箱，走向一辆停在路边的红色凯迪拉克轿车。

在香格里拉小区，小袁见过这辆车。

朱太太

傍晚。马路上，红色凯迪拉克轿车跑得又快又稳。

金山一手握方向盘，一手从西服内袋里掏出一张卡，放入辛冰冰的女士挎包："我给你换了一家好一点的酒店，王朝酒店，房号520，这是门卡。"

车载音响播放着一支钢琴曲，李斯特的《爱之梦》，琴声深情婉转。

金山又说："大火过后，你的别墅已成一片废墟，我拍了几张照片，你看看吗？"

辛冰冰一手托腮，望着车窗外的晚霞。

金山察言观色，问："你见到李伟的尸体了，听说烧得很惨？"

辛冰冰把车载音响的音量调大。

十字路口，红灯。一位老婆婆过斑马线，步履蹒跚，走得很慢。辛冰冰伸手按响喇叭，老婆婆吓一大跳，差点摔倒。金山下车，鞠躬致歉，将老婆婆扶过马路。

在王朝酒店停车场里，红色凯迪拉克轿车停在原先的停车位置。

辛冰冰走进金色旋转门，金山拖着拉杆箱，跟在她的后面。金碧辉煌的大堂里，往来男客无不驻足欣赏辛冰冰的秀色，对此，辛冰冰早已习以为常。

对面走来四个胖女人，其中之一是红衣似火的朱红。金山快速将拉杆箱交给一个男服务生，说："喂，送520房间。"

他坐回到沙发上，拿起报纸，就像没有离开过。

朱红身边一个胖得像球似的女人说："嘿，那不是你们家金山吗？金山，过来。"

金山迎上四个女人。

四个女人围上来，除了朱红，另外三个女人都称呼金山为"朱太太"，意思是朱红的"太太"，金山不恼，笑笑。

朱红说："送我们去玉环大酒楼。"

四个女人说说笑笑，像一窝叽叽喳喳的麻雀，涌出金色旋转门。金山跟在她们的屁股后面，脸上始终带着笑。停车场上，金山殷勤地打开红色凯迪拉克的车门，三个女密友坐后排座，朱红坐到副驾驶座位上。球状女人上车就说："谁的香水味儿？"

她挨个闻了闻另外三个女人，香型都不对，四个女人的目光像四把刀子一齐插在金山身上。

金山说："不是香水味儿，我刚吃了一个橘子。"

朱红似笑非笑。

球状女人问："朱太太，听说你去了一趟南方，干啥去了？"

金山回答："开会，化妆品未来十年发展方向的研讨会。"

"你没采路边的野花吧？"球状女人咄咄逼人。

"野花？没有。"金山镇定自若。

"会开了多长时间？"

"半个月，我昨天下午回来的。"

"小别胜新婚。"球状女人一脸不正经的笑，"半个月没见，你跟朱红妹妹肯定折腾了一整夜，床没塌？累坏了吧？我看你无精打采的。"

笑声中，几个女人的话题转入闺阁秘事。

玉环大酒楼到了。说是大酒楼，不过是栋二层小楼，单间在楼上。球状女人进门就点这里的招牌菜：东坡肘子。单间里，菜陆续上来，东坡肘子刚一端上桌，球状女人双手护住："我的，谁都不许跟我抢。"

女人们边吃边聊，个个能喝两杯白酒。

金山不多说话，吃得也少，他很有眼力见，适时给她们递纸巾，添酒，转动桌面上的玻璃圆盘，让每位女士夹到各自爱吃的菜。

女人们放下筷子，开始闲聊，金山去结账。

一楼收银台，收钱的是老板娘，黑瘦，说话有口音。金山把一张信用卡放到柜台上。老板娘在电脑上查完菜单，问："老样子？"

"老样子。"金山说。

老板娘用POS机刷了一下那张卡。她拿出一沓现金，金山去接，老板娘收回手，问："穿一身红的真是你老婆？"

金山点点头。

"没见过你这样的，每次结账交双份钱，退你一份现金，你这是偷，偷你老婆的钱。"老板娘话不好听。

金山脸色暗下来。

老板娘问："你偷……不说偷字，你弄钱干什么用？召小姐？"

金山感觉受到侮辱，清秀的面庞涨得紫红，要发火。

"别急、别急，算我说错了，跟你说声对不起。"老板娘把攥在手里的现金放到柜台上，推给金山。

这时，楼梯上响起几个女人的笑声，金山飞快地抄起那沓现金，装入西服内袋。一秒钟不到，朱红站在收银台旁，问："结完账啦，多少？"

"您是老主顾，八五折。"老板娘脸上全是笑，她主动替金山遮掩，是不想失去熟客。她朝灶间喊："三号桌的肘子好了没有？"

球状女人对金山说："朱太太，送我们去香妃中心。"

"她们都叫你朱太太？"老板娘看着金山，哧地一笑。

粉红色的霓虹灯勾勒出"香妃美容美体中心"几个大字，粉红色的门窗紧闭，粉红色的窗帘透出朦胧的粉红色灯光，门上挂着一块牌子：男士免进，惹得过往男人生出粉红色的无限遐想。

门内，四位女士享受按摩。

门外，金山擦车，擦得红色凯迪拉克轿车锃亮如镜。

最好的墓地

两小时前。

王朝酒店大堂，辛冰冰并没有直接乘电梯，她顺着铺满紫红地毯的环形大楼梯款款而上，引来更多的目光，她喜欢这种被所有男人仰视的感觉。520客房外，她用门卡开门。服务生送来拉杆箱，她没问金山去哪儿了。

她一件件脱光衣服，去洗漱间淋浴，水声哗哗。

她的手机在梳妆台上嗡嗡振响。

一家名为"好友"的咖啡屋，南美装饰风格。气味不佳的男厕里，辛元站在小便池旁，反复拨打辛冰冰的手机，无人接听，他做了个欲摔手机的动作，没舍得。

辛元回到靠窗的雅座。四只小沙发分为两组，面对面，中间一张小桌，桌面放着三杯卡布奇诺咖啡，凉了。辛元坐下，对面坐着贾十全与一位眼睛小而灵活的年轻男子，他是律师吴良。吴良律师问："辛女士还没到？"

辛元随口说道："路上堵车，正往这儿赶。"

吴良律师看看腕上手表："我们已经等了近一个小时，我的委托人贾总很忙。"

辛元保证："再等十分钟，十分钟内我妹妹准到。"

辛元啜口咖啡，打量一下贾十全酷似猪头的脸，心里琢磨对方的意图。今早不到八点，他睡得正香，无休止的手机铃音将他吵醒，常在一起喝酒的朋友老P打来的。平时，辛元总要一觉睡到十点以后，好梦被搅，他很生气，正要挂断手机接着睡时，老P的话让他从床上跳起来。老P说，一个姓贾的大老板要买辛冰冰的别墅，明知已经烧成一片废墟也要买，贾老板的车来接他，让他马上下楼。在车头带长翅膀小金人的黑色豪车里，辛元与贾老板见面时，辛元信口报了一个高价，没想到贾老板眼睛都没眨一下。辛元试着两次往上加价，姓贾的猪头都接受了。辛元准备第三次加价。

吴良律师说："辛先生，你的报价太高了，一栋毁于大火的别墅，需要全部重建，你卖的充其量是一块地皮。"

辛元说："如今贵的就是地皮。"

"你的报价有没有商量？"

"我妹妹还嫌我报低了，她想把价再往上提一提。"

吴良律师怀疑自己的耳朵出了毛病："我没听错吧，你妹妹还要加价，不是开玩笑？"

辛元一本正经："最少再加百分之五十……"

"你妹妹真敢狮子大开口。"

"有两位买家出价更高。"

"哪两家，说来听听。"

"不便透露。"

吴良律师侧过身子，靠近贾十全说："双方差距太大，我看今天先谈到这儿，另约时间？"

贾十全系上最末一粒西服扣子，嘴里说"走"，屁股没动。

"请您再等五分钟、五分钟。"辛元有点明白这位贾老板的意思了，他意味深长地说，"贾老板，只要你见到我的妹妹辛冰冰，保证你会觉得我的报价不高，物超所值。"

辛元又跑到男厕，连续拨打辛冰冰的手机，急得脑门子出汗。

终于有人接了。

他与辛冰冰对话：

"小妹，你快点来！"

"去哪儿？"

"你又忘了，跟贾十全贾老板在好友咖啡屋见面，谈卖别墅的事儿，约好的。"

"我不想去，我累了。"

"我的小姑奶奶，贾老板等你快两个小时了。如果不是凭着我的三寸不烂之舌，贾老板能买一栋烧塌了的'别墅'？李伟死啦，你没有经济收入，今后靠什么生活？哥全是为你好。"

手机那头没声，辛冰冰还在犹豫。

辛元又说："姓贾的老板像头猪，傻，有钱。"

手机挂断，辛冰冰没说来不来。

辛元咧嘴一笑，打了个响指，他了解妹妹。

雅座。辛元双手放在起身欲走的贾十全肩上，把他按回沙发，说："一分钟，再等一分钟，我妹妹已经到门口了。"

又等了四十五个一分钟，辛冰冰姗姗而来。

一见辛冰冰，贾十全傻了一样，他半张着嘴，不住吞咽口水，眼珠子从眼眶里突出来。

辛元暗笑，他料到贾十全会是这副德性。

辛冰冰坐下，仪态万方。

贾十全缓过神，召来服务员，说："点一杯你们这儿最贵的咖啡，叫什么猫屎咖啡。"

服务员纠正："您说的是麝香猫咖啡，产自印度尼西亚，它的英文名……"

"去去去！"贾十全轰走服务员，他的一双眼睛在辛冰冰身上到处乱转。

辛元抓住时机，递上房屋买卖合同，他加了一条注明"该别墅以现状为准"，以免将来有麻烦。贾十全看也不看，翻到合同最后一页，掏出粗硕的金笔，唰唰唰签上名字，说："多少钱，随便填。"辛元手有点抖，他在售价一栏填上一组数字。吴良律师偷眼一瞥，填入合同的实际成交价比报价高出整整一倍，够黑！吴良律师很识趣，不发一言，他的代理费不会因此受到半点影响。辛元心花怒放，作为中间人，他可以从中得到一大笔佣金，辛冰冰是他的妹妹，亲兄妹，明算账嘛。

在吴良、辛元的眼里，贾十全傻得可爱。

两人大错特错！贾十全精明过人，他表面是头猪，扮猪吃老虎。

贾十全并非今晚第一次见到辛冰冰。数年前，本市贵妇们闲极无聊，举办了一场轰动一时的选美大赛，胜出者将被推为"女王"，戴上水晶冠，免费获赠香妃美容美体中心一年的VIP贵宾卡。大赛盛况空前，辛冰冰在台上角逐女王，贾十全在台下鼓掌送花，自那一刻起，辛冰冰的情影深深烙入他的心中，使他多日失魂落魄，吃不下，睡不着，得了一场大"病"。

贾十全钱多。钱从哪儿来的？朋友们戏称，他裤裆里的那玩意儿沾满煤渣，这辈子洗不干净。

贾十全不赌，不抽，唯一的小毛病是好色成性。一次酒后，他向朋友展示一张地图，上面插着各种颜色的小彩旗，每面小彩旗代表一个情人和一套安置情人的大宅子，小彩旗快把地图插满了。他不是白痴，即便是干那事的时候，他也绝不相信情人们的甜言蜜语与海誓山盟，从不打算与其中任何一个结婚。但是，他对辛冰冰着了迷，动了心。辛冰冰是有夫之妇，没关系，他相信缘分，中元道观的道士给他占了一卦，算定他与辛冰冰今世有缘。什么缘？夫妻缘。

贾十全不担心自己长得丑。俗话说得好，一白遮百丑。他的"白"就是钱，他有钱！

贾十全张大鼻孔，深深吸入一口辛冰冰身上的香味儿，通体舒泰。他撸下戴在两只手上八枚戒指中的一枚，向辛冰冰送过去，说："头回见面，小礼物，一点心意。"

这枚戒指的戒面好似一汪碧水，价值不菲。

辛冰冰正眼看了一下面前的黑胖男人。

辛元代妹妹接过戒指："谢啦。"

贾十全问："卖别墅，缺钱用？"

辛元代为回答："实不相瞒，我妹妹要用卖别墅的钱买一块最好的墓地，安葬亡夫。"

　　贾十全"噢"了一声，说："入土为安，死人入了土，活人才安生。"他又问："你妹妹住哪儿？"

　　"暂时住在酒店。"

　　"我问的是将来住哪儿？"

　　"将来？没想好。"辛元的确没操过这份心。

　　"包在我身上。"贾十全拍胸脯，"等新别墅建好了，你妹妹搬回去住，想住多久住多久。"

　　辛元拍拍房屋买卖合同："这上面写的是定金签约即付。"

　　贾十全痛快地用手机银行立时转款。他说："请你们兄妹二人吃顿便饭，赏个脸吧。"他不管辛冰冰是否同意，马上打电话给最贵的酒楼，订最贵的包间、最贵的菜。

　　辛冰冰眉头微蹙。

　　饭桌上，在吴良律师的大肆吹捧下，辛家兄妹得知，贾十全是本市最有钱的人。辛冰冰像一尊冰雕。饭后，贾十全用车头带长翅膀小金人的黑色豪车送辛冰冰回王朝酒店，送到520客房门口，辛冰冰没请他进去。

　　酒店大堂，贾十全叫来值班经理，预订了一个高级套房，要求摆一大束雏菊。然后，他用手机主动向毕队长汇报情况。他对于花大价钱购买一个废墟的解释是：被辛冰冰对亡夫的爱所感动，出于人道主义关怀，在经济上施以援手，资助她购买一块墓地。这些是吴良律师在纸上写好，他照着念的。

　　听完这些屁话，毕队长掏了掏耳朵。

　　毕队长与小袁走进电梯，按下三层按键。这里是李伟生前工作的单位，两位警官走访的最后一站，如果再无可疑线索，彻底排除存在故意的人为破坏，将终止调查，确认李伟死于天然气爆燃意外事故。但是，出于刑事警察的职业敏感，小袁总觉得哪里不对头，心存疑惑。事发之夜，男主人熟睡之时，家猫偶然扯开输气软管，正好门窗紧闭，屋内偏巧点着少有人用的蚊香，天然气大量泄漏、聚积、爆燃，这一连串巧合未免太巧了吧。

电梯平稳上升。

写到一半的挽联

电梯内，小袁的肚子咕噜一声，她瞪着毕队长，说："不许笑！"

毕队长笑着说："我没笑。"

小袁嗔道："你把车里的面包都偷吃光了。"

毕队长认错，说："明天我多买几个。"

"再买两袋榨菜，我吃辣的，你吃不辣的。"小袁知道，毕队长胃不好。

"行！"毕队长嘴上同意。

三楼。大多数办公室黑着灯，现在晚上八点，工作人员早已下班。

走廊尽头，一间办公室亮着灯，房门敞开。办公桌前，一个中年男人手拿毛笔，对着一张空白的长条白纸，发呆。毕队长在门上敲了两下，那个男人惊醒似的说："请进。"

毕队长问："你是局办主任严肃？"

"我是。"男人看看一身警服的毕队长与小袁，问，"二位是……？"

毕队长自我介绍，说明来意，两人握手。严主任手指顾长，冷硬；他的眼睛细眯着，瘦长脸形，留寸头，胡子刮得干净，肤

046

色较黑；他的背有点驼，穿一件半新的藏青色夹克，衣着朴素；一望而知是位政府机关里办事的中层公职人员。他说："消防队霍干事电话通知，李伟处长死于意外事故，听从局领导指示，我去看过现场。市刑警队介入调查，难道……？"他的目光在毕队长脸上盘旋。

毕队长不回答。

一张写好的长条白纸放在一边，上书九个笔力雄健的墨字：敢做真男儿生的磊落。

毕队长赞道："颜体，好字。"

小袁不懂书法，她觉得严主任的字写得方方正正，有力量，好看。

严主任谦逊地说："过奖，我的字勉强算得上是中等水平。二位请坐。"

毕队长问："严主任下班不回家，一个人练字？"

严主任是个不会笑的人。他说："我写的是挽联，李伟的追悼会上要用，绞尽脑汁，只写了上联。"他从一只竹筒中取出茶叶，放入两只纸杯，又另外拿出一个纸包，打开，三指捏出一小撮，放到自己的白瓷茶杯里，他往三只杯子里冲入饮水机的开水。他把纸杯放到两位刑警面前的茶几上，说声"请"。

毕队长问："严主任喝的什么好茶？"

严主任说："给你们泡的是龙井，公茶，比我的好，我的是茶叶末儿，老婆给我买的。"

小袁四下看看，这间办公室与严主任一样朴实，办公桌椅、文件柜、待客的沙发等都是旧的，简单整洁。靠墙放着一台老式复印机，在别的政府机关早被处理掉了。墙上挂着一条横幅，应是严主任的手书：虚心使人进步，骄傲使人落后。

小袁问："李伟的办公室在哪儿？"

"隔壁就是，我有全局所有办公室的备份钥匙。"严主任说。

小袁从沙发上站起来。

严主任坐着没动，喝口茶，说："二位如果带着手续，我请示局领导后，一定全力协助、配合。"他的话措辞含蓄，意思明白。

毕队长示意小袁坐回原处。他念了一遍墨迹未干的上联，说："写得好，严主任打算怎么写下联？"

严主任又喝口茶，说："我还没有想好，如何用上下两联，十八个字，全面准确地概括李伟处长的生平事迹，所以迟迟未能落笔。局领导一天三次亲自下达指示：追悼会规格要高，办得要隆重。作为办公室主任，我不能出任何差错。"

办公桌上，一部红色电话响起。

严主任拿起话筒："喂，哪位，局长，您还没下班，好，我马上到。"他对毕队长说："局长召见，估计又是为追悼会的事，请二位少候。"他快步走出办公室。

十分钟后，严主任回来，面色凝重。

毕队长不问，对于严主任这种守口如瓶的人，问也是白问。

严主任拿起挽联的上联，看了一遍，揉成一团，扔进废纸篓。

毕队长问："局领导不满意，重写？"

严主任说："局领导指示，李伟的追悼会暂时停办。明天一早，我要给殡仪馆打电话，取消一切安排。这是公开的事，不属于乱讲话，犯纪律。"

事情变化突然！

小袁嘴快："为什么停办追悼会？"

严主任收拾笔墨："下班，回家。"

凑巧，小袁的肚子咕噜响了一声。毕队长立刻说："严主任，你忙于工作，没顾得上吃晚饭吧。我们也没吃，饿得肚子咕咕乱叫，咱们一起找个小饭馆，我请客。"

严主任拒绝："吃吃喝喝的影响不好，改天，我请你到单位食堂，工作餐。"

"一人一碗面，再要几个凉菜，山珍海味我也请不起。"毕队长改变称呼，"老严，你负责带酒。"

严主任一怔："酒？"

毕队长笑道："我看见啦。"文件柜里放着一瓶白酒，包装土气，酒名"三连升"，不是本地酒。毕队长说："舍不得？"

严主任犹豫不决。

并非意外

马路不宽，路边，有一家不起眼的饭馆，店名小二。这里面好汤足，几样拿手的凉菜风味儿地道，老板待人热情而不油滑，快九点了，食客依然满座。

临窗方桌，跑堂的端上一盘炸花生，一盘老虎菜，一盘肉皮冻，一盘酱牛肉。

严主任连说："多了多了，吃不了。"

毕队长又点了三碗面，让跑堂的等会儿再上。他与小袁的警服外衣、警帽放在警车里。他摇摇严主任带来的三连升酒，问："老严，请示嫂子了？批准了没有？"

"不用。"严主任舔了一下嘴唇，说，"我老婆人贤惠，对我也放心。"

毕队长拧开瓶盖，给严主任倒了满满一杯，又给自己倒了同样多的一杯。

小袁没有阻拦，她明知毕队长胃不好。

毕队长与严主任老朋友一样碰杯，各喝了一口。小袁喝白水。毕队长说："好酒，68度，够劲儿，明天我到超市买一瓶。"严主任说："这是乡下的土酒，摆不上超市的货架。"毕队长问："你哪儿买的？"

严主任说："外地的亲戚送的。"

两人又碰杯。

严主任说："我最多杯中酒，三两。"

毕队长说："一会儿用车送你回家。"

"这儿的酱牛肉不错。"严主任叫来跑堂的，问送不送外卖，跑堂的说"送"。严主任点了面、酱牛肉、拌白菜心，要求面少卤多，尽快送到局领导的办公室，他不忘要了双一次性筷子和纸巾，并详细告知地址。他对毕队长说："外卖的钱单算，我付，按规定可以报销。"

"你们局领导真是慧眼识人。"毕队长说。

"办公室主任就是伺候人的，比不上毕队长八面威风。我早听说过你的大名，没有破不了的疑难案件，犯罪分子无不闻风丧胆。"严主任说。

毕队长与严主任相互吹捧，只字不提与李伟有关的事，小袁心里着急。

小袁年轻，不懂。严主任这种老资格的办公室主任阅历丰富，办事老到，口风甚紧，不是几两酒就能套出话来的，除非是他认为可以说或需要说的话。毕队长打算，在饭桌上的闲谈中，尽可能多地了解李伟的性格、人品以及人际关系，也许会有不同寻常的发现，也许今晚这顿饭钱白扔。

严主任吃得不多，嚼得很慢。

毕队长问："菜不可口？"

"好吃。"

"身体欠安？"

"不。"

"有心事？"

严主任说："累，心累，我现在头痛一件事，追悼会停办，明天上班我怎么跟全局几百号工作人员解释？你帮我出个主意。"

"奉上级指示。"毕队长用语中性。

严主任想了一下："往上推，不妥，这次是奉市里的指示，刚才来的紧急电话，局领导只能照办。"

毕队长不感意外。

"你早就知道？"严主任眯起眼睛，目光在毕队长脸上转了一圈。其实，毕队长依靠的是推理，局领导态度急转，大概率是受到上一级的强力干预。严主任说："我请示局领导，停办追悼会总要有个合适的理由，局领导烦了，让我自己想，我不能胡思乱想、胡编乱造吧，要负责任的。我不该在两位面前发牢骚，酒这个东西，乱性。"

第三次碰杯。

毕队长问："一年前，贵局准备提拔李伟为副局长？"

严主任说："确有此事。"

"迄今市里没有批复？"

"没有。"

"原因？"

"这个，小道消息不可以乱传，不过，这件事对李伟处长的情绪不能说没有影响。"

"影响多大？"

"李伟处长能够正确对待上级的安排。"

严主任并不是在打官腔，而是说出话来原则性强。毕队长心里形成一个关于停办追悼会原因的初步答案，他与严主任碰了碰杯。酒是好东西，它不骗人，喝多了准醉。酒喝过一半，饭桌上气氛沉闷，严主任用筷子一粒一粒地挑出炸得偏黑的花生豆，放到盘子外面。

小袁捂住嘴，打了个呵欠。

旁敲侧击、拐弯抹角的问话方式对严主任无效，毕队长直接问："李伟在局里的口碑如何？"

严主任说："李伟处长在我局工作期间，为官清廉，作风正派，在正处职级干部中他的工作能力最强，全局上下对他的综合素质评分最高，因此，他最受局领导的信赖与器重，他的不幸遇难是我局的重大损失。李伟处长人际关系良好，噩耗传来，全局工作人员无不万分难过，有几位女同志还流下了眼泪。"他一连用了三个"最"，像是复述悼词中的部分段落。

"李伟主要负责哪方面的工作？"毕队长问。

"凡属局领导交办的工作，李伟处长都能圆满完成。"严主任补充说道，"李伟处长虽然年轻，但处理问题成熟老练，讲究方式、方法，从不与人结怨。"

毕队长说："你与李伟的办公室一墙之隔。"

严主任听懂了："是的，局里的同事们都认为，我与李伟的私交最好。"严主任不再提"处长"这个官称，说："他叫我老严，我叫他小李，我比他早到局里几年，他比我小十岁。他各方面都比我优秀，进步也比我快，他提副科，我是科员；我是副科，他是正科；他晋升为副处、正处，我跟着提为正科、副处；任命我为办公室主任后，他被确定为副局长人选；局领导多次表示，有意让他接班；他的才干配得上出类拔萃四个字，这不是溢美之词。在局里，我只跟他私下喝一点酒，两人一瓶白酒，我喝三两，端起酒杯无话不谈。周末，我、他、霍干事常常相约着一起爬野山。同事们背后议论我不会笑，他们没看见，每次爬到山顶，在李伟的带动下，我也会对着蓝天白云大声喊叫，难得地笑一回。"严主任的脸仍是一张铁板，说话的语气起了细微变化。他仰起脖子，将杯中酒一饮而尽，说：

"李伟还救过我的命！"

毕队长很感兴趣："说来听听。"

小袁竖起耳朵，随着严主任的叙述，她的眼前浮现同步画面：

八年前。艳阳高照的一天。

一座无名野山，严主任与李伟向上攀登。没有路，左侧是峭壁，右侧是近七十度的陡坡，荒草及膝，看不清脚下。李伟在前，严主任随后，严主任一脚踩空，摔倒，滚下陡坡。一块锋利的山石割破他的手腕，立时血流如注。李伟屁股着地，飞快地滑到他身边。李伟掏出手帕，裹住他的腕部，勒紧止血。

严主任斜靠一株小树，面色灰白，他失血过多，浑身抽空了一样，没有半丝力气，腕部的血流淌不止。

山势陡峭，一个人空身走尚且艰难，何况再背着个人。这里人迹罕至，手机没有信号。严主任说："你到山外叫人，我在这儿等。"李伟估算了一下，往返需要四小时以上，按严主任持续不断的出血量，他坚持不到救援人员赶到。李伟脱下外衣，扯成布条，把严主任捆到自己的背上。

李伟背着他，在怪石、杂树与荒草之间艰难地往山下走。

严主任神志模糊，瘫软地伏在李伟背上。李伟浑身像泡在水里，全是汗，呼吸声急促、沉重，速度越来越慢。严主任想说"歇会儿再走"，可能他的声音微弱，李伟没有听见。

严主任感觉到了平地。

严主任又感觉像腾云驾雾，飞起来似的。他很困，仿佛看见一栋白色大楼，大大的红色十字，几个穿白衣的人迎上来。

他昏迷了。

醒来时，他躺在一张病床上，腕部包扎着雪白的绷带，左臂插着一根管子，一滴滴鲜红的液体输入他的体内。一位查房的女医生站在病床边。见他醒了，笑说："一切正常，你没事了。"

　　严主任觉得女医生的笑容美极了。从女医生口中，严主任得知，李伟用了整整两个小时，把他背下山，又找一个村民借辆自行车，向医院飞骑。半路上，李伟用手机给120打的电话，要求最近的这家医院准备急救，一切争分夺秒。据女医生说，李伟身上被山石、荆棘刮得全是血痕，像个红人。在医院门口，医护人员抬走严主任后，李伟慢慢滑坐到地上。

　　"你的那位叫李伟的朋友真是个铁人！"女医生说道，"如果不是他不要命地把你背来，再晚到一会儿，我就要给你开临床死亡证明了。"

　　严主任说到这儿，眼眶微红，他的感情无疑是真挚的。

　　严主任说："我很难相信李伟真的不在了，一闭眼，眼前就会出现他的脸，我整夜不能入睡。两位刑警前来调查，莫非李伟不是死于意外事故？"

　　小袁想说话，毕队长用目光制止住她。

　　严主任看在眼里，他说："毕队长是专办大案的，李伟之死一定有重大疑点。"

　　毕队长一副莫测高深的样子。

　　严主任拿过酒瓶，在杯中倒了半两，喝干，说："我可以提供一点情况，供你们参考。"他见小袁掏出小本子，说："不要记。"

　　毕队长说："不记录，请讲。"

　　严主任放慢语速："我是最了解李伟的人。他不该娶那个女人！据我所知，李伟的婚姻生活并不幸福，外面还有一些关于辛冰冰的风言风语，我能够感觉到李伟内心的痛苦。近一年，李伟每周去一次市立医院，看什么病？他不跟任何人讲，包括我，也没见他报销医药费。我是怎么知道的？出于关心，我查看过他的挂号记录，他在市立医院挂过好几个科室的号，但他根本没有那些病。从去年开始，他的变化极大，特别是他的眼神，找一个词来形容，呆滞，眼神呆滞！我怀疑他精神上出了问题，严重问题。"严主任舔着嘴唇，不大肯定地说："我有某种感觉，李伟会不会死于……"

"死于什么？"

"自杀。"

第二章

一起突发命案

夜。十点，马路上，警车中速行驶。

小袁开车，她与毕队长送严主任回家。严主任靠在后座上，他不胜酒力，偏头痛的老毛病又犯了。在小袁的一再追问下，他说，他只是感觉李伟有自杀的迹象，说不出具体依据。

一栋老式居民楼前，严主任下车，手里提着喝剩下的少半瓶三连升白酒。

两位刑警目送他晃悠着走进楼门，正要离开时，听见一个女人的怒吼："这么晚才回来，你死哪儿去了，一身酒气，准没干好事，滚！滚到大街上去，不准你进家门。"

借着楼道里的灯光，可以看见一层一扇房门呼地打开，严主任被推了出来。

严主任刚说过，他的老婆是个贤惠的女人。

翌日。邢局面前，毕队长敬礼，汇报："经查，李伟死亡一事未见他杀线索，但是，有人反映，李伟可能死于自杀。我认为……"邢局打断他的话，指示："自杀这种事交当地派出所去处理。兴盛街十三号出了一件命案，案发地点对面有一家报社，那些记者很难缠。你负责这件案子，速战速决，我不想在明天的报纸上看到批评本市治安的文章。"

"是。"

死者大睁双眼，四肢摊开，仰面躺在双人床上。

她是个姑娘，年龄大约二十上下，个子不高，穿杏黄长袖衬衣，翠绿色七分裤，白休闲鞋，虽然都是地摊货，但在乡下很流行；衣扣，裤子拉链，鞋带，都系得好好的，没有解开；她生前描过眉，画过眼，口红抹得略显夸张；她肤色偏黑，双手指关节较粗，应是常在室外干活的人。

她死于机械性窒息，是被掐死的。

死亡时间十小时前，昨夜十一点左右。

现场是一间十二平方米的出租屋，位于这栋筒子楼的三层。屋内方瓷砖地面用湿墩布墩过不止一遍，所有器物，甚至门把手均经过彻底擦拭，没有提取到鞋印与指纹。

床边的大红拉杆箱里装着女式衣物与一双高跟鞋。枕上的女式挎肩包中，找到几件廉价化妆品，还有一些钱。死者衣服口袋，空的。

手机，身份证件，通通不翼而飞。

门外，小袁询问出租屋的业主。这位业主红鼻头，六十多岁，秃头，精瘦，他时不时从上衣口袋里掏出不锈钢的小酒壶，抿上一口。上午九点不到，他已有两分醉意。小袁问："租房合同带来了吗？"

红鼻子老头说："什么合同，要那玩意儿干吗？我的房，谁给钱谁住，不给钱走人。"

"租房客的身份证复印件呢？"

"我就看了看，没要，也没记住，租房的那小子，男的，二三十、三四十岁，长得什么样，人模狗样，嘿嘿。"

"房子什么时候租出去的？"

"记不清了，反正这月底交下月的房钱，这我记得住。我不怕那小子赖账，您瞧见没有，屋里的东西全是那小子新置办的，那小子敢不给房钱，我就用那些东西顶债。"

"你见过死者吗？"

"死者，你说的是床上那小丫头吧，我见过，昨晚上跟那小子一起回来的，两人又搂又抱，有说有笑。挺俊的小丫头，黑点儿，还没开苞吧。"

"你怎么发现的？"

"我跟那男警察说过了，再说一遍，我住旁边这屋，那小子没锁门，风把门吹得咣咣响，我过来看看，站在门口，看见小丫头躺床上，四仰八叉的，死了，我报的警。"

"你没进屋？"

"没进。"

"你怎么知道人死了？"

"嘻，我退休前在火葬场干了一辈子，天天摆弄死人，死人活人，一眼分清。您不喝一口？正经二锅头。"

红鼻子老头挺讲礼数，他把小酒壶的壶口用袖子擦了擦，递给小袁。

小袁谢绝。她套上一次性塑料鞋套，走进出租屋。红色的新窗帘遮住阳光，屋内飘浮着血样的空气。新购置的双人床、桌椅、大衣柜占据大部分空间；墙角放着新喷过漆的煤气灶，一个三层塑料架子上，堆满菜板、菜刀、炒勺、锅盆一类炊事用具，包装还在；还有新买的成袋米面、油盐酱醋等等，没有开封。

小袁凝视死者的脸，这张脸上的表情有种说不出的怪异。

在她身后，毕队长问："看出什么了？"

小袁心头一动，死者脸上微张的红唇、睁大的眼睛、紧绷的面部肌肉共同组成一种表情，不是恐惧，而是惊愕！

致命的攻击猝然而至，这个姑娘甚至没有想到挣扎与反抗。

小袁一步步分析：

出租屋内，家具、炊事用具、生活用品全是新买的，一应俱全，看来租房的"那小子"花了不少钱与心力，把这儿布置成一个家，原本打算长期住下去，并非临时居所；

双人床上，并排摆着两只绣花枕头，加上红窗帘，说明这是同居的新房；

昨晚，"那小子"接来死者，两人亲密的样子应是情侣关系，当街搂搂抱抱的绝对不是夫妻；

红鼻子老头住隔壁，墙很薄，他没听见两人争吵；

死者口红鲜艳，没有因接吻变淡，而且她衣着完好，没有撕扯痕迹，排除性侵行为；

钱在，目的也不是侵财；

门锁未被破坏，不存在外人非法闯入；

死者携带装满衣物的拉杆箱，应是刚从外地来到本市，不会这么快就大大地得罪了谁，引来杀身之祸；

由此推断，行凶者只可能是"那小子"。

当务之急是查清死者的身份信息。小袁决定从火车站、长途汽车客运站着手调查。

火车站监控室，小袁找到死者出站的视频：

站前广场，死者与一个只见背影的男人会合，时间是晚七点二十一分。

再查实名购票记录，死者名叫郝桂花，二十一岁，来自七百里外的邻省，她在家务农，是位高中毕业生，这种学历在农村姑娘中不多见。小袁与当地派出所联系，了解到：郝桂花新近在网上交了一个男朋友。郝桂花的父母逢人便说，未来的姑爷是个大记者，叫南风，在报社工作，常跟市长一块喝酒；女儿桂花这次是去登记结婚的，将来还要接二老一起进城享福。

小袁匆匆赶回发生凶案的筒子楼。她准备向毕队长汇报后，即刻展开对记者南风的调查。楼门口，一位瓜子脸的年轻女人自称是记者，试图闯过警戒线，采访负责该案的警官。小袁过去问："贵姓，哪家报社？"

瓜子脸女人出示证件："北国报社，这是我的记者证，我的笔名是南风。"

"你是南风？"

"有问题吗，我不会是跟哪个在逃杀人犯重名吧？"

线索中断。茫茫人海，到哪个鼠洞里掏出假冒他人姓名的杀人嫌犯——租房的"那小子"？

市局刑侦技术部门查出郝桂花的网聊记录，并将郝桂花男友的照片截图下载，传到小袁的手机上。她见过照片中的这张脸：

贾十全离家出走的儿子，贾宝贝。

小袁叫来红鼻子老头，让他辨认。

红鼻子老头一看照片，叫道："就是他！他就是租房的那小子！"

偷吃的药

贾宝贝，有点神经质的、单纯的大男孩。

一对甜蜜的恋人，为何突生变故，酿成命案？贾宝贝的杀人动机依然成谜。他被缉拿归案是早晚的事，抓到他，在审讯室里听他的亲口供述吧。

不到一天，案子破了，邢局大加赞扬。

小袁立下主要功劳。她向毕队长请假，没说干什么。毕队长不问，说："去吧。"看着她的背影，毕队长眼里浮现一丝笑意。小袁回到宿舍，她脱下警服，换上深紫罗兰色围裹式连衣裙，半高跟鞋，长发披肩，再抹点淡口红，风姿绰约，像是去赴约会。

异国情调的好友咖啡屋。午后四点，客人不多，小袁随意挑了一个正对门口的座位，把手包放到小桌上，谁也看不出她是一位令凶徒胆寒的女刑警。

小袁看看手表，她在等人，一个男人。

玻璃门打开，服务生迎进一位男客。男客四十多岁，身高一米八以上，宽肩，头发乌黑油亮，发型与某明星相同，一条做旧的蓝牛仔裤紧绷在翘起的臀部上，花格衬衫的领口解开两粒扣子，脚下一款软牛皮鞋，走路姿势潇洒且富有弹性。他的眼睛大而有神，闪着温柔的光，极易引起女性的好感。

这双眼睛与辛冰冰的有几分相像。

他是辛元，辛冰冰的亲哥哥。他认出小袁，笑着走来，笑容动人。他说："在我的印象里，女警官都是一脸严肃，冷冰冰的，你不一样。"他对服务生说："一壶咖啡。"

小袁说："AA制。"

"好，"辛元并不显得过分殷勤。他掏出一张名片，双手奉上，"接到你的电话，我推掉两个重要的商务谈判，急忙赶来了。"

名片上印着一长串顾问、咨询之类的头衔。

辛元内心隐隐不安，在电话中，小袁没说约他在此见面的目的。他往咖啡里加了两块方糖，用小银勺搅拌，说："我在一家著名的爱神服装公司做顾问，公司新推出一款秋季长裙，面料选用最上等的6A级真丝，获得全国服装大赛金奖，简直就是专门为你设计的。"

"我在商店橱窗里见过，太贵，跟拦路抢劫一个性质。"小袁顺着这个话题往下说，"推荐给你妹妹，让她买。"

"冰冰的衣服够多了，一件时装她只穿一两次，衣柜放不下，就往阁楼里扔，阁楼都快堆满了。以前，我的前妻常去阁楼挑几件穿，或是拿去送给她的亲戚，丢尽我的脸。"

"前妻？"

"准确地讲，是我的第二任前妻，陈莉，后来她又嫁人了。"辛元轻蔑地说，"嫁给一个叫梅林的，维修工人。"

小袁注意到辛元花格衬衣的领口、袖口磨毛了。

辛元戒备渐消。他又往咖啡里加了一块方糖，中年男人，衬衫下的小肚子明显凸起。他说："我有三任前妻，正式登记的，第一任，朱红，生意人；第二任，陈莉，小市民，总想要个孩子；第三任，冷琴，妇产科大夫，人如其名。我是个爱情至上主义者，没有爱情的婚姻就像遭受凌迟之刑。"

小袁问："你妹妹那么多衣服，谁给她买的，李伟？"

"他？"辛元满脸瞧不起的样子，说，"一个小小的处长，能挣几个钱，李伟又是个清官，两袖全是风，他的那点工资将够跟冰冰两人吃饭，交完水电物业费，剩不下一分钱。"

小袁问："听说李伟身体不好，常去医院看病？"

辛元把明亮的咖啡壶当成镜子，照一照，抿抿鬓角，说："嗯？我还真没注意，我想想，最近一两年，李伟好像是有点变化，他的眼神发呆，死鱼眼睛似的。有一次我请他喝酒，他话很少，总朝一个地方看，他看的那个地方只有空气，这算是病吗？"

"没病，李伟为什么偷偷吃药？"小袁问。

"你怎么知道的？在你们警察眼里，我们都是透明人。"辛元大感惊讶。

小袁其实是在诈他，这里不是审讯室，她的问话方式不属于违反刑侦纪律。

辛元说："我撞见过一次。"

两个月前，辛元搞到一瓶上等伏特加，他打电话让李伟在家备好酒菜，不能少了酸黄瓜、蒜味面包。他早到了半个小时，他有妹妹家智能门锁的密码，不敲门，开门而入。

客厅没人。书房里有窸窸窣窣的声音。妹夫李伟在干见不得人的事？辛元蹑手蹑脚地走过去，扒着门缝，往里看。

李伟站在书桌前，端着水杯，手里有个小药瓶。

辛元咳嗽一声，闯入书房。李伟一惊，他把小药瓶攥入手心，放在身后。辛元说："被我当场抓住，你吃的是不是那种药？拿来，我也吃一片，补一补。"

"不要乱说。"李伟急了。

"我看见了，在你手里。"辛元说。

李伟把两只手摊开，空空的，小药瓶哪儿去了？李伟坚决否认吃药，同时，又一再要求辛元不许对任何人讲。

辛元发誓，答应不讲。后来，他把这件事告诉了妹妹等少数几个人。

"李伟吃的什么药我不知道，我后来翻过书房，没找到小药瓶，不骗你，我真的不知道，骗你是这个。"辛元伸出五根手指，比画成一只小王八。

小袁笑了。

面对小袁的笑容，辛元心神一荡，他从未接触过小袁这种充满阳光、英气勃勃的姑娘。不过，辛元还没昏了头，再给他两个胆子，他也不敢出言调情。直到现在，他仍然没有搞清这位女警官为什么叫他来，一起喝咖啡，聊聊天？他没傻到这个程度。

小袁喝口苦咖啡，她学着毕队长的样儿，不加糖。昨晚，严主任酒后含混地提到，李伟可能死于自杀。作为最了解李伟的人，严主任绝非信口开河，但他似乎有所顾虑，一些话不便明说。李伟仕途还算顺利，他厌世轻生，难道真是婚姻出了大问题？小袁有种凡事都要寻根问底的个性，因为没有立案，她决定利用业余时间，瞒着毕队长，独自展开对李伟死因的调查。她选中的第一个调查对象就是面前这位老帅哥。

她调查到第一个情况，李伟悄悄服用某种不明药物。

她问："李伟与你妹妹的感情好不好？"

辛元说："两人的感情好极了，真的。李伟跟冰冰的相识、相恋非常富有浪漫色彩，我给你讲讲？"

一个爱情故事

一阵风吹过，春天的风。

风温情地绕着辛冰冰转了一圈，带走她的丝巾。这是一条从欧洲远涉重洋而来的丝巾，经典橙色，皮肤不是特别白皙、特别水嫩的女人根本不敢把它围在脖子上，它只配得上辛冰冰。

丝巾飘上树尖，挂在最高、最细、最柔软的枝头，像一面橙色的旗。

三月，樱花胜雪。今天，辛冰冰、哥哥辛元与父母游春，赏樱，拍照，辛冰冰引来所有人的目光。一个西服笔挺的年轻男人越众而出，勇敢地爬上樱树，距离丝巾还有一米的地方，他身体向前倾，伸出手，手指尖就要碰到丝巾了，不料，脚下的细枝咔地一响，折断，整个人摔下来，屁股着地，痛得他龇牙咧嘴。

旁观者哄笑起来。

戴红袖标的公园管理员走过来，对穿西装的男人进行批评教育，还有罚款。

又一阵风，丝巾飘离枝头，在空中随风起舞。几个青年男女说笑着从樱树旁走过，橙色的丝巾像长了眼睛，飞向其中一个高大的小伙子，落在他的脸上。

小伙子取下蒙面的橙色丝巾，他与辛冰冰四目相接。

不是夸张，在场的人都能听到他的心跳声。

他是李伟。

春天的风，让人肾上腺素分泌旺盛的风。

初夏。华灯初上，辛冰冰一袭白衣，走上音乐厅的高台阶，这里是本市最高雅的文化殿堂。

辛冰冰坐好，看节目单。

灯光转暗。李伟不期而至，两人座位紧挨着。李伟不敢呼吸，辛冰冰身上飘来的香水味儿让他心乱。辛冰冰漏听了半支曲子，她感受到李伟健康的男性气息。

贝多芬的钢琴曲《月光》弹出最后一个音符，两人的心同时震颤。

金秋。新任科长李伟到爱神服装公司进行年度例行企业检查，公司老板出面接待。走廊里，李伟与辛冰冰擦肩而过，两人没打招呼，一个看天花板，一个看地毯。

检查结束，李伟婉拒公司宴请。

茶水喝多了，他上电梯前去了一趟洗手间。出来之后，他用纸巾擦着手，一人穿过安静的走廊，经过一扇虚掩的门时，听见里面有人"哎哟"一声。他略一停步，并未在意，他又听到"哎哟"，女人的声音。不知为什么，他心神不宁，转回身，将门推开一点，向里看去。

一间堆满塑料仿真模特的大房间里，辛冰冰背对着门，一个老男人正在解她裙子后面的拉链，动作粗鲁。辛冰冰扭动身体，似在挣扎，那个老男人的一对脏爪子在她光滑的后背上放肆地活动。

李伟目睹这一情景，不由怒火中烧，他撞开门，冲进去，喝道："住手！"

老男人梳理一下耷拉在额头的几根头发，斥问："你是谁？怎么进来的？出去！"

辛冰冰背上的拉链被解开一半。

李伟认定老男人正在对辛冰冰非礼，他怒不可遏，一拳打过去，老男人的鼻子上开出一朵大红花，连退几步，咣叽，倒在沙发上。

老男人捂着鼻子，喊："暴徒，救命……"

爱神服装公司的老板闻声赶来。经过一番解释，李伟才知道，老男人是公司设计总监，他请辛冰冰试穿一件专为欧洲市场设计的新款裙装，看看效果。不承想，拉链卡住了，他正帮着辛冰冰把拉链拉上去，不是拉开。可能因为夹着肉了，所以辛冰冰呼痛。

老男人万分委屈地说："我有严重的肾病，不可能对辛小姐无礼的呀。"

李伟再三致歉，鞠躬，简直无地自容。

站在一旁的辛冰冰嘴角含笑，定定地看着李伟。

两人一个月后结婚。婚礼之前，李伟专程送上请柬，邀请那位老男人作为特别嘉宾，光临婚宴。

婚后，李伟与辛冰冰的生活幸福美满，感情好得让很多人嫉妒。

辛元与严主任所说的情况截然相反。

辛元杯子里的咖啡喝得一滴不剩，盛方糖的小碟子也空了。

好友咖啡屋外。小袁去坐公交车，辛元抱歉地说："我的奔驰车送修理厂了，不好意思，不能送你了。"两人互道"再见"，辛元又说了一句：

"李伟是我妹妹的初恋。"

扯 淡

"李伟是辛冰冰的初恋？纯属扯淡！"

赵大鹏仰面大笑，笑声中充满嘲讽。他坐在自家客厅的单人沙发上，对来访的小袁说："在李伟之前，辛冰冰交过的男朋友这间客厅挤不下。"客厅很大，足有六十几平方米。

小袁有两分诧异。

柳月削好一只苹果，递给小袁，说："你别听他乱讲。"

赵大鹏说："我没乱讲。袁警官，你到辛冰冰原先住的那条胡同打听打听，她的风流史无人不知，无人不晓。哼！辛冰冰跟于英好了两年，领结婚证的前一天，她把于英甩了，李伟等于抢了别人的老婆。"

柳月不同意："这事跟李伟没关系。"

"人都死了，你还护着他。"赵大鹏的话里有股子老陈醋的味儿。

小袁问："于英是谁?"

赵大鹏说："于英是十几年前回国经商的海外华侨，做生意赚了钱，买了一套四合院，就在辛冰冰住的那条胡同里，两家门对门。于英新买的四合院里长着一棵大树，有一天，辛冰冰回家，一阵大风，把她的丝巾吹走，挂在那棵树的树尖上。她上门去要，于英热心肠，爬到树上帮她取丝巾，一不小心，连人带丝巾一起掉下来。从那以后，一来二去，两人就好上了。谁知道辛冰冰是不是用一块丝巾故意设局勾引于英的?"

"什么树?"小袁问。

"春天吐白毛的那种树。"赵大鹏答。

"橙色的丝巾？"

"白的。"

小袁不用再问下去了。

赵大鹏说："在国外，于英是一家小公司的普通职员，三十岁还是单身，从没泡过马子……"听到后一句话，柳月瞥他一眼，赵大鹏改口："从没交过女朋友，辛冰冰是于英的初恋。于英是个实心实意的人，结婚前他把那套四合院过户到辛冰冰名下，叫什么婚前赠予，以此表达他对辛冰冰的爱意。他脑子里装的不是爱情，全是水。后来，辛冰冰与他分手，他也不把四合院要回来，他说，辛冰冰因他做了一次人流，四合院就算是一点补偿。"

小袁的诧异增加到五分。

赵大鹏说："赶上那条胡同整体拆迁，辛冰冰得了一大笔补偿款，平时花钱如流水，要不然她买得起香格里拉小区的别墅？做梦去吧。"

小袁找到买别墅钱款的来源，她问："两人分手的原因？"

赵大鹏说："于英做生意遇到一个骗子，赔得只剩裤衩。于英成了穷光蛋，辛冰冰一家立刻变脸，关上四合院的大门，不让于英进。四合院本来是于英的！"他用拳头捶了下沙发扶手。

小袁问："于英的事你听谁说的？"

赵大鹏回答："于英是个好人。"

柳月面露感伤，停止削苹果的动作。

看得出来，这对夫妻不仅认识于英，而且在两人心目中，于英占的分量很重。小袁发现一个小问题，问："于英十几年前回国做生意，那时三十岁，今年四十几啦？"

柳月说："四十二岁。"

"他比辛冰冰大十几岁吧，两人分手会不会是因为年龄相差太多？"

"于英只比辛冰冰大三岁。"

"辛冰冰今年三十九岁？"

"是呀，她比李伟大七岁。"

小袁十分诧异。

柳月说："到民政局登记结婚的时候，李伟才知道辛冰冰的真实年龄。朋友们劝他三思，他听不进去任何人的话，执意领了结婚证。"

小袁问："李伟与辛冰冰怎么认识的？"

柳月实事求是："我听说，两人相识于一次公司举办的酒会，辛冰冰看上李伟的才华，主动邀他跳舞，不清楚是不是真的，还有其他几种不同的说法。两人认识一个月就结婚了。我可以负责任地说，李伟与辛冰冰交往时，他的的确确不知道辛冰冰比他大七岁，做过人流，还有男朋友，辛冰冰隐瞒了这些情况。李伟疯狂地爱上辛冰冰，投入了全部感情，辛冰冰是他的初恋。"

小袁这次来赵家，本来只想了解一下李伟的婚后生活与精神状态，从中寻找线索，分析李伟有无自杀的可能，没想到，竟然翻出一段陈年旧事。她问："李伟与辛冰冰夫妻感情怎么样？"

柳月有所保留："还好吧。"

小袁自知问得太直了。俗话说，外衣合不合身旁人能看出来，内裤舒不舒服只有穿的人自己知道，这与评价婚姻同样道理。小袁换个问法："结婚以后，主要是近两年，李伟的言谈举止有什么变化？"

柳月不假思索，说："眼睛，李伟的眼睛远不如过去亮了，没有生气，明明看着你，又像没看见你。"

严主任、辛元、柳月的说法相互吻合。

冥冥中，一双空洞的眼睛看着小袁。

柳月问："袁警官，你在调查什么？"

小袁不好回答。

柳月眼里闪着聪慧的光："我猜，你还在调查李伟的死亡原因。我与李伟是大学同学，李伟是个仔细、有条理的人，他不会抽烟，没有打火机，哪来的蚊香，怎么引起爆燃的？事情透着古怪，这两天，我总在想这件事。"

赵大鹏说："消防队下了正式结论，意外事故，别想了。"

过堂风吹来一股浓郁的香水味儿。

赵大鹏吼道："谁在那儿偷听？"

一阵风骚入骨的笑声。

往事如烟

胡小雨笑着跳进客厅。

她还是一身短到不能再短的短裙，紧绷到不能喘气，黑蕾丝的。她一屁股坐下去，跟赵大鹏挤在一张单人沙发上，问："哥，你是怎么发现我的？"

赵大鹏躲开她，坐到旁边的大沙发上，说："我闻到一股臭味儿，外面修化粪池哪？"

"去你的，你才臭呢，人家刚喷的香水，你闻闻。"胡小雨凑到赵大鹏跟前。

小袁看出来，胡小雨的言行是在向柳月示威。

胡小雨说："袁警官也在。"她又对柳月说："我没偷听，你们的话往我的耳朵里钻。哟，姐姐，你跟李伟是大学同学呀，你们两个那时候就好上了？哥，你也不问问，人家两个好到什么程度啦。"

赵大鹏绷起脸："滚。"

任凭胡小雨绿头苍蝇似的乱嗡嗡，柳月不为所动，还是那么娴静。她重回刚才的话题，说："袁警官，从你的问话里，我大概猜出你在做哪方面的调查。"

小袁感到这个女人可以看进她的内心。

柳月温言细语地说："我讲一件事。上大三的时候，一个礼拜天，同学们上街买东西。在一家商店门口，一男一女正在厮打。男的抓住女的头发，将其拖倒在地，拳打脚踢，看热闹的群众堵了半条街，没人敢管。李伟挺身而出，一拳把那个男的打趴下了，李伟没练过功夫，只凭一股气势。你猜猜，后面发生什么事？"

小袁说："这是见义勇为，群众拍手称快。"

柳月淡淡一笑："那个女的从后面扑上来，抓住李伟又挠又咬，在场的人与李伟都蒙了。原来，人家是一对情人。那对男女夹攻李伟，李伟只能挨打，不能还手。更糟糕的事情还在后面。"

还有更糟糕的事？

柳月说："警察来了，把三个人带回派出所，同学们跟着去了。当着警察的面，那个女的痛哭流涕地说李伟对她耍流氓，她的男朋友上前阻挡，反而被打，受了很重的内伤。那对男女不仅要求李伟赔偿医药费、精神损失费，还请求警方拘留李伟，告他故意伤害罪。多亏现场群众作证，李伟才算洗清罪名，医药费还是赔了一些。李伟被放出来时，同学们以为他会垂头丧气，错了，他笑嘻嘻的，没事儿人一样。"柳月问："通过这件事，你能看出李伟是什么性格？"

小袁想到八个字：疾恶如仇，乐观开朗。

柳月沉浸在对往事的追忆中，她轻声说："这种性格的人能做出那种傻事吗？"她讳言"自杀"二字。

小袁说："你怎么解释李伟眼神的变化？也许，近一年他遭遇到难以承受的打击或挫折。"

柳月沉思。

胡小雨尖着耳朵，偷听两人谈话。她实在憋不住了，叫声："姐姐，你干吗处处替李伟说好话？我听说，李伟跟辛冰冰都不是好人，李伟仗着他是个当官的，有权有势，当初，他看上辛冰冰，整天缠着不放，非要让她嫁给他。辛冰冰有男朋友，破产了，就被她当成伤风的鼻涕，甩啦。她半推半就，上了李伟的床。"她把李伟、辛冰冰描述成一对行为不堪的苟且男女。

小袁问："你听谁说的？"

胡小雨一时语塞："我、我听……"她转向赵大鹏："哥，我听你说的。"

赵大鹏赧然一笑，他不看柳月。

小袁从辛元、柳月、胡小雨三人口中，听到辛冰冰与李伟相恋经过的几个不同版本，她想，哪个是真实的呢？

胡小雨得意了："我以前的姐妹们说，男人，就是一大根儿没脑子的海绵体。李伟那人特别色，前两天晚上，我在李伟家喝酒，他眼睛特不老实。"

小袁问："前两天，哪天？"

胡小雨随口说："嗯，着大火那天。"

"几点到几点？"

"晚上九点，到十二点多，问这个干吗？"

"在李伟家里？"

"对呀。"

赵大鹏不信："你到李伟家喝酒，他能让你进门？"

"嘻嘻，我骗李伟说是送快递的，门一开，我就硬往里进。"胡小雨眼波流动，说："哥，你别乱想，我去就是跟李伟喝酒，没干别的。酒是我带的，我把劝酒的本事都使出来了，李伟一滴不喝，他的眼睛直勾勾的，吓人，盯着我这儿看，眼皮眨都不眨一下，看得我都不好意思了。"她挺起高耸的胸部。

"你还有不好意思的时候?"赵大鹏说。

胡小雨说："李伟几次轰我走，我猜，他正在看黄片，电脑上有一男一女，搂在一块，我想偷看一眼，他把电脑关了。"

小袁问了个怪问题："你穿这条裙子去的?"

胡小雨不经意地说："我穿的睡衣，老公新给我买的，深红的，特性感。"

小袁目光一闪。

胡小雨扫兴地说："我让李伟轰烦了，就走了。回到家，我睡了，没睡着呢，听见轰的一声，李伟家的别墅爆炸了，我那晚要是不走，见我妈去了。我八岁那年，我妈死的。"

客厅里的座机铃响。柳月拿起话筒，听了听，对胡小雨说："找你的。"

胡小雨接过话筒："喂，爸，我是素娥（她身份证上的名字），你怎么找到这儿来了? 又要钱! 我上月刚寄回的钱，我没钱啦。"她改用听不懂的家乡话，叽里咕噜说了一大堆，说到激烈之处，她气得发抖，呜呜地哭。她扔下话筒，捂着脸跑了。

外面的门咣地响了一声。

柳月把话筒放归原位，对小袁说："胡小雨的爸爸嗜赌成性，败光家业，她的妈妈一气之下，投河自尽了。她有一个弟弟，一个妹妹，她十岁下地干活，不到十六岁进城打工，她把挣的钱全部寄给家里，她的爸爸还是三天两头找她要钱，扬言不给就平了她妈妈的坟头，租出去改做菜地。胡小雨是个可怜的女人。"

赵大鹏说："她能嫁给老王，也算是有了依靠，老王给了她不少钱。"

小袁说:"胡小雨与王梓结婚,为了钱吧。"

柳月思索着,问了一句:"辛冰冰为了什么?"

从后面看孔雀开屏

辛冰冰坐在塞纳河畔西餐厅一个靠窗的座位。

这家西餐厅具有纯正的欧式风格,店面装饰浪漫、典雅。廊柱,奢华的水晶吊灯,原木色餐桌椅,古铜色垂地窗幔,尤其是点缀于各处的黄蕊白花瓣的小雏菊,以及墙上悬挂的骑士盾牌与刀剑,共同散发出欧洲中世纪的贵族气息。

这家西餐厅的菜很贵,辛冰冰是这儿的常客。

辛冰冰点的主菜是配橙子的香煎鱼排,一杯白兰地酒,她使用刀叉的动作完美无瑕。

她又起一小块鱼排,送到唇边,停住了。

"你想不想做个官太太?"妈妈七年前对她说过的话又在耳边响起。

那是一个雨夜。她冲过澡,躺在松软的床上,听着窗外淅淅沥沥的雨声,翻阅一本时装杂志。她、哥哥辛元、父母不久前搬入这座四合院,在于英的一再坚持下,产权人换成她的名字。

她合上杂志,伸手调暗床头柜上的寝灯。

敲门声。她不理,准是妈妈又来烦她。

门开了,妈妈笑眯眯地进来,端着一杯干红葡萄酒,说:"冰冰,听说这种酒美容,还安神。"

辛冰冰喝了,等着妈妈说要说的话。

妈妈坐在床边,把她揽在怀里,说:"妈妈最疼你了。"每次有事，妈妈都用这句话做开场白。妈妈说："于英破产了，不光没钱，还欠了一屁股债，我舍不得让我的宝贝女儿受一辈子穷。"

妈妈掀开女儿的睡衣，用男人的眼光看了又看，啧啧赞叹："我的女儿真美。冰冰，你想不想做个官太太？"

辛冰冰不反对。

从一堆候选人中，妈妈选中综合评分最高的李伟。通过介绍人，安排辛冰冰与李伟在塞纳河畔西餐厅见面，相亲。

约好中午十二点，李伟没到。

介绍人是位老太太，她连声道歉，据她讲：她与李伟之间还隔着一个介绍人，那个介绍人传过话来，李伟不大同意来相亲，说他才满二十五岁，工作不到两年，又是刚提的科长，现在考虑成家早了一点。

哥哥辛元一拍桌子："他早，我妹不早，冰冰今年三十二，再不嫁就成黄花菜了。"

妈妈、哥哥着急，辛冰冰无所谓。

她对男人不感兴趣（别误解）。她也没有任何意义上的女友，她太漂亮了，所以女人们都不屑与她走在一起。她并不像赵大鹏说的那样不堪，以前，她交过几个男友，由于她的父母是商场售货员，家住小胡同，因此接触不到上流社会的人，她的前男友们都不是成功人士，没有经济能力带她到塞纳河畔西餐厅这种高档场所消费。于英除了买套四合院，钱全部投入生意周转，手头很紧，更不懂如何哄她开心。

她第一次来这儿，心底某种东西被唤醒了。

西餐厅门外，介绍人打了一通电话，进来，抹着汗，笑道："李科长在路上了，咱们先点菜？"

二十几分钟后，一个年轻男人推开玻璃门。

他并不英俊，但高大，挺拔，有精神，眼神明亮，一身白衬衣蓝长裤，衣袖挽起，露出结实的小臂。他利用午休时间，从办公室直接赶来，只为应付一下，待一会儿就走。

介绍人碰碰看菜单的辛冰冰，说："这位是李伟，李科长；这位是辛冰冰。"

辛冰冰抬起头，站起身。

两人面对面，相距咫尺。

李伟只看了她一眼！一道自天而降的闪电击中李伟，强大的电流迅即传遍全身，他呼吸停顿，几乎窒息。

辛冰冰，一双梦一样迷幻的黑眼睛。

介绍人说："李科长工作忙，只能待几分钟，你们互相留个电话，如果有意另约时间。"

李伟坐下，坐了两个小时。

他双手放在膝上，与辛冰冰的哥哥、妈妈说话，有问必答。他不看辛冰冰，他盘子里的菜一点没动。

李伟结的账。

从西餐厅出来，服务生叫住李伟，说在桌下捡到一件东西，让他回去拿。

一个月后，李伟与辛冰冰结为伉俪。

赶上四合院所在的胡同整体拆迁，辛冰冰的妈妈当机立断，拍板做主，她让女儿第一个签了拆迁协议，并拿到补偿款，随即买了香格里拉小区07号别墅。全家不择日喜迁新居，从此房屋产权再无争议。

于英音讯全无。据说，于英失踪前，有人在香格里拉小区附近见过他。当时，他站在铁栅外，痴呆呆地望着07号别墅。

看到一家人生活在阔气的别墅里，其乐融融，辛冰冰的妈妈流下幸福的泪水。

她爱儿女，爱丈夫，是个好女人。

　　辛冰冰的妈妈、爸爸年轻时是舞蹈演员，在舞台上的一束追光下跳王子与白天鹅。一对璧人因爱结合，婚后生下一儿一女。可叹韶华易逝，舞跳不动了，两人洒泪告别舞台，由于没有一技之长，只能转行到商场做了售货员。由于两人收入不高，一家四口过着俭朴的日子，手头总是紧巴巴的。辛冰冰的妈妈看着丈夫日渐臃肿的身材、稀疏的头发与满脸皱纹，哪里找得到当年王子的神采？她也因此许久不照镜子了。她总结出一条教训：美不能当饭吃，可以换饭吃。

　　她时常以此教育女儿。

　　别墅，当官的女婿，银行里几位数的存款，她心满意足。清贫半生，有了钱，她要享受一次，去国外，海边，拥抱沙滩、浪花。

　　老夫妻一去不归……

　　辛冰冰不再想过去。她把叉尖上的鱼排送进嘴里，又饮一小口白兰地，两样相配，味道好极了。

　　落地的大玻璃窗外，一个男人朝她挥手，他是被称作"朱太太"的金山，神色焦急。

　　辛冰冰讨厌这时候有人打扰她，不管是谁。

　　从金山的口型可以看出，他在说：有急事！

不可告人

　　"让开！"

　　赵大鹏喝令，他开着一台轮式挖掘机，撞断黄黑两色的警示胶带，往废墟里闯。

　　物业孙经理挡在前面："赵老板，您这是要干吗？"

赵大鹏说："我要把地下室挖开，让它里面也晒晒太阳。"

"您说笑呢吧？"

"让不让开，轧死不偿命。"

一小群支持赵大鹏的业主站在警示线外。

人群旁，小袁不干预，听，看。十分钟之前，在赵家客厅，她听见外面一阵柴油机突突突的轰鸣声，由远而近。赵大鹏用目光征求柳月的意见，柳月微一点头，说："去吧，挖开看一看，这是你多年解不开的一块心结。"

赵大鹏从沙发上一跃而起，晃动熊样的身躯，大步走出客厅。

小袁与柳月跟着出去。

一辆轮式挖掘机停在冬青墙外，驾驶室里钻出一男一女，两人衣着怪异。不等小袁问，柳月介绍："男的叫杜顺，公司部门经理，女的叫洪宝，他的老婆，杜顺几年前来的公司，他对赵大鹏一向忠心耿耿。这两口子不知哪来的钱，刚从国外旅游回来，穿的是导游推荐买的服装，怪模怪样的。"

柏油路上，物业孙经理衣冠不整，带着年长保安，朝这儿跑来。他喊："你们是哪儿来的？开着挖掘机硬往小区里闯，我报警啦。"

"我让他们来的。"赵大鹏说。

孙经理的态度变了："赵老板，您打声招呼呀，这挖掘机把阻拦杆都撞断了。"

杜顺嬉皮笑脸地说："孙、孙什么经理，我们老板赔。"

赵大鹏开上轮式挖掘机，直奔废墟。

于是，发生了刚才看到的一幕。

孙经理挡着轮式挖掘机，问："赵老板，您真想把这间地下室挖开，不是开玩笑？"

赵大鹏声若洪钟："跟你明说了吧，地下室连着两天闹鬼，天一黑，吓得小区业主们都不敢出来散步。挖开它，一见阳光，鬼就跑了。我给一家家业主打过电话，全支持我这么干。"

围观业主们齐声附和。

孙经理说："这是事故现场，消防队拉的警示线，不能乱动吧？"

赵大鹏说："事故定性了，意外，霍干事说，警示线取消。"

明知赵大鹏假传圣旨，孙经理不能当众戳穿，他换个理由："这是私人产业，业主是辛冰冰，我问过了，她不同意挖开地下室。"

"她同意了。"

"您别蒙我。"

赵大鹏与柳月用目光交流后，他一摆头，杜顺与洪宝上来，两人一边一个，各架住孙经理的一条胳膊，将他拖到一边。孙经理脚不沾地，喊："嘿，你们俩绑票呀。"杜顺话不正经："绑你？又老又丑，做压寨夫人不够格。"

赵大鹏一踩油门，轮式挖掘机冲入废墟。

铲斗举起，将要落下。

他听见人群一阵惊呼！

一个女人，辛冰冰，站在地下室入口前。她披着奶白色风衣，下摆随风飘起。她神色安静，根本不在意悬在头上、带着利齿的沉重铲斗。轮式挖掘机吼叫着，一寸一寸往前拱，她纹丝不动，半步不退。

她那梦一般的黑眼睛望着赵大鹏。

赵大鹏怒视着她。

两人的目光犹如坚石与水流的交战。

一片秋叶在两人中间盘旋。

一分钟，两分钟，五分钟……

小袁想到一种可能，如果于英纠缠辛冰冰不放，幻想重拾旧爱，或是要求返还四合院，主张别墅的产权归他，会有什么样的结局？

身为刑警，小袁立即把于英可能的结局与地下室联系到一起。

铁栅外，哑巴又出现了，他手握竖直的铁条，朝这边看。

一刻钟过去，辛冰冰依然不退。

金山到塞纳河畔西餐厅向她通风报信后，她放下刀叉，动作快而不乱地穿好风衣，用纸巾拭嘴，不忘拿上手袋。金山没开车来，她在路边招手叫了一辆出租，付双倍车钱，用最快的速度赶到她从前的家、如今的废墟，及时阻止住赵大鹏的野蛮行为。她清楚记得，七年前，还是那个雨夜，妈妈冷冷地说过一句话：要想个好法子，于英的问题必须彻底解决，不能让他坏了女儿的好事。过了没几天，别墅地下室渗水，重新铺了一次水泥地面。装修队走的当天晚上，妈妈对她说：于英不会再来找麻烦了。辛冰冰不往下多想，反正她绝不允许赵大鹏挖开身后这间地下室。

小袁意外看到，辛冰冰是个外柔内刚的强势女人。

对峙。

熊一样的赵大鹏败下阵来。

传　说

曲终人散，业主们回家吃午饭了。

小袁一个人再次进入漆黑的地下室，借助随身带的强光手电，仔细勘查，从表面上看，没找到一点点可疑之处。

她到爸妈家吃饭。妈妈看到一个礼拜没见的女儿，特别高兴，给她做了一桌子好吃的菜，看着她吃，顺便关心一下她交男朋友的事儿。她放下筷子，双手堵住耳朵："妈妈，你要是问个没完，以后我长住集体宿舍，不回家了。"妈妈说："不问了，不问了。毕队长今年有三十了？"小袁吃撑了，她穿好警服，临出门前，妈妈塞给她一大包姜茶，让她带给胃不好的毕队长。

小袁回到警队，周围没人时，她把姜茶扔到毕队长的办公桌上。

"谢谢伯母大人。"毕队长正看一份警情简报，他闻出是姜茶，推断出是小袁的妈妈送的。一名刑警进来，毕队长飞快地把姜茶收进抽屉。他把警情简报递给小袁，说："看看吧，上面登了一篇破案通讯，通过一支琥珀发卡侦破案件，读后很受启发。"

他特意强调"启发"二字。

这是一件发生在邻省某市的案件，案情并不曲折复杂，结局出乎意料。

某天，一位贵妇报案，她的独子三天没回家，没电话，她打没人接。贵妇怀疑她的独子被人绑架了。

刑警问："你儿子平时不回家，住哪儿？"

贵妇说："我们家有二十几套房产，不知儿子会住在哪一套里。"

刑警逐套寻找，在第十七套房子里找到了。

吊灯一亮，只见贵妇独子脖子上勒着一根绳子，吊在客厅的暖气管上，脸部肌肉扭曲，吐出半截紫色舌头，表情似在欢笑。他死了三天，有臭味儿了。

法医尸检结论：自杀。

贵妇不信，说她儿子不缺钱，不缺女人，没有理由自杀。

刑警在贵妇独子的上衣口袋中找到一张购买琥珀发卡的发票。根据发票，刑警找到一家首饰店。据店主说，贵妇独子三天前到他的店，买走一支琥珀发卡，发卡独家设计，琥珀宝石级别，价格极为高昂。

三天前？刑警一算日子，那天是情人节。

刑警在贵妇独子的女友中筛查，查到一位叫珍珍的新娘。婚礼进行到一半，刑警带着传唤证，进入举办婚宴的酒店大堂。

珍珍承认，情人节那天，贵妇独子约她幽会，说她就要做别人的老婆了，最后见一次面，送她一件贵重礼物，纪念两人的一段感情。两人到了第十七套房里，先亲热了一次，她收下琥珀发卡，然后，贵妇独子借着酒兴，要给她表演一个节目。

刑警打断她的话，问："贵妇独子是不是自杀？不要扯别的。"

珍珍说："是，也不是。"

刑警恼了，这叫什么话。

珍珍带着哭音说下去："贵妇独子给她表演假装上吊。"

贵妇独子把一根绳子拴到暖气管上，又挽了一个活套，头伸进去，虚勒住脖子，他吐出舌头，翻起白眼，装死。珍珍乐得前仰后合。她看见贵妇独子身体一晃，手脚挥动，拼命挣扎，喉咙里咕咕响。珍珍以为他演得真像，拍手称赞。过了一会儿，贵妇独子不动了，珍珍叫他，他不应声。珍珍过去一看，贵妇独子不小心踩翻了脚下的小板凳，假戏真做，真的吊死啦。

珍珍跑回家，没对任何人讲。

传唤结束。珍珍按手印时，哭着说这事要是传出去，新郎会不要她的。

这个案件能给人什么启发？毕队长不会随便一说。琥珀发卡，小袁脑子一亮，她联想到被烧成焦尸的李伟左手心里紧握着的那枚耳坠。

小袁带上耳坠照片，去找一位在首饰行业工作的小学同学刘兰香。

刘兰香是位戴白边眼镜、说话细声细气的女孩子，她家从太爷爷那一辈起就是首饰匠人，祖传的手艺，她高中毕业，也干上这一行，开了一个小作坊。台灯下，她两指拈着耳坠照片，用放大镜观看。

小袁问了好几遍："看出什么？"

刘兰香慢性子，说："别急。"

小袁不急，大口喝水，用报纸哗哗扇风。

刘兰香终于有所发现："你看这儿。"

"看哪儿？"

"凤鸟的眼睛。"

放大镜下，小袁依稀看到，凤鸟的眼睛里藏着一朵刻上的小莲花，染成青色。

刘兰香从抽屉里取出一个蓝布包，慢条斯理地一层层打开，露出一本厚厚的旧书，书页泛黄，页边破损，像是一碰就碎。她小心翻开，书上字体小而模糊，带有若干插图。她翻到其中一页，插图上的耳坠与照片上的一模一样：一只凤鸟嘴里含着一粒宝石。由于插图是黑白的，看不出色彩。

刘兰香摘下眼镜，揉揉发涩的眼睛，又戴上，这才说："你想不想听个故事？"

小袁说："不想，你告诉我这枚耳坠的来历就行，越简单越好。"

刘兰香说："你的性格一点没变。咱们几年没见了？"

"姑奶奶，求你，快说！"

"我说。清末民初，首饰界有位大师，自号青莲老人，跟我的太爷爷同辈。他设计、制作的首饰造型奇特，用料讲究，工艺精湛，价格昂贵，当时的宫里妃嫔、宫外贵妇都以拥有一件他亲手制作的首饰为荣。"

"这枚耳坠是他的作品？"

"由于赝品太多，青莲老人在他的每件作品的隐秘之处都要刻上一朵青色莲花。"

"这枚耳坠是真的了？"

"不好说，我爷爷生病住院了，等他出院让他老人家再看看。"

"你爷爷一百岁了吧？"

"九十九。这枚耳坠是不是真品，仅凭一张照片，下不了定论，你哪天把实物带来？"

"行，"小袁一口答应。她问："如果一个男人珍藏这样一枚耳坠，代表什么意思？"

刘兰香轻轻地说："爱情，一个男人对一个女人深藏于心的爱情。"

爱情？深藏于心？

辛冰冰没见过这枚耳坠，它从哪儿来的？

李伟暗中爱着另外一个女人？

这个女人是谁？

小袁脑子里闪过一串念头。刘兰香"嘿"了她一声。小袁回过神。

刘兰香郑重地说："听我爷爷讲，青莲老人亲手制作的首饰有灵性，能勾走人的魂。你的魂还在吧？"

小袁想，李伟的魂不在了。

第三章

遗　像

　　西郊。山坡上，万寿墓园隐没于四季常青的松柏树中。一排排墓穴前，立着形制不同的白色大理石墓碑，碑上镌刻的亡者姓名与生卒年月成为永恒的休止符号。这里墓穴的售价约与市内一套商品房相等，安魂于此的都是曾经的富人，如今成了一分钱没带走的穷鬼。

　　墓园大门内，中轴路左侧，一座古典建筑分隔成若干间大小不一的告别室。金山指挥两个工人，往其中一间搬入一盆盆黄白两色鲜花。室内，辛冰冰一身黑色衣装，黑纱巾拢住黑色长发，她面对祭台，神情哀伤。

　　祭台上，摆放着一只黄楠木骨灰盒。

　　骨灰盒上方，厚厚的黑纱遮住遗像。

　　这间告别室无窗，终年不见阳光。金山将鲜花摆放到位，额头沁出一层油汗，心里却阵阵发凉，他觉得从那只骨灰盒里飘出一股阴寒之气，向他袭来。

　　辛冰冰没有通知亲朋好友，她要一个人为亡灵送行。

　　九点差一刻，小袁开着警车驶入万寿墓园大门，停在离告别室较远的地方，这里视野开阔，便于观察。半夜两点，她的手机收到一条十一字短信：万寿墓园九时李伟追悼会。短信来自一个陌生的手机号码，谁发来的？没有署名。

　　小袁想在参加追悼会的女人中找出谁曾戴过那枚耳坠。

085

赵大鹏、柳月比她先到，两人着黑色正装。柳月捧着一束白花。赵大鹏去告别室看了一下，回来跟柳月说了几句，柳月掏出手机，连续拨打。

参加追悼会的人陆续到了。

一辆蓝色小轿车开进停车场。车上下来梅林一家三口，那位三十七八岁的女人应该是陈莉，她的身材小巧玲珑，小鼻子小嘴杏核眼睛，属于小家碧玉类型的女人。从外貌条件上，梅林配不上她。两人六岁的女儿苗苗可爱极了，一双纯真的眼睛又大又黑又清亮。梅林与陈莉护在女儿左右。

陈莉取来三朵用后即还的公用小白花。

陈莉与辛元离婚多年，梅林不过是小区的维修工，这一家与李伟并无密切关系。梅林为何带着妻女前来参加追悼会？

一辆白色奥迪轿车进入停车场。拄着拐棍的王梓一身黑色中式对襟裤褂，胡小雨紧随在旁，她照例一条短裙，黑色的，戴一副墨镜，别有风味儿。

不知何时，告别室对面，隔着墓园中轴路，出现一个黑衣女人，她隐身在一株松树后面，显然不愿意被人看见。她面颊瘦削，线条冷峻，薄嘴唇，鼻梁高挺，眼窝凹陷，皮肤比一般人白，年龄不好说，是位典型的骨感美人。

苗苗一见她，叫着"冷妈妈"，跑过去。

梅林与陈莉紧跟。陈莉客气地说："冷大夫，您也来了。"

那个女人扭头走开。

姓冷，医生，她是辛元的第三任前妻冷琴？梅林一家与她似乎很熟悉。

九点差五分。墓园大门，一辆中巴开进来，后面跟着车头带长翅膀小金人的黑色豪车，严主任、十几位李伟生前的男女同事，还有土豪贾十全从两辆车上下来。严主任叫住一个墓园工作人员，问："李伟追悼会在哪儿开？"

工作人员摇头。

赵大鹏指了一下。

严主任走进告别室。辛冰冰双手合十，默立在祭台前。严主任退出，对单位的同事们说："大家静静，听我说，今天我们来，不是单位组织的，而是以个人身份参加李伟的追悼会。"

墓园经理跑步赶来，拜见土豪贾十全。

贾十全挥动戴着七个戒指的手，说："鲜花，最好的，有多少搬多少，别替我省钱。"

大批各式鲜花源源不断地送到告别室。

贾十全把墓园经理拉到一边，放低声音，说："要让辛冰冰女士知道，花是我送的，花了一大把钱。"

墓园经理没见过追女人追到墓地的。

小袁观察，李伟生前的女同事中，一个束着马尾辫的姑娘长得好看一些，表情也比较沉痛。

严主任问："袁警官，谁通知你来的？"

小袁举起手机："短信。"

严主任挨个问一遍，来参加追悼会的人都是半夜收到的手机短信。一个声音说："我也是。"说话的人是辛元，他还是那身花格衬衫、牛仔裤。他说："冰冰没跟我讲今天办李伟的追悼会呀。"

金山像看到什么，刺溜不见了。

一辆红色凯迪拉克轿车风一样冲进墓园大门，在告别室前刹住。开车的是朱红，这种场合，她依旧是红衣裙，红耳环，红丝巾，一身火红。她落下车窗，探出头，问："该到的都到了吧，李伟的爸爸没来？"

凭这一句话，小袁当即断定，手机短信是她发的。

小袁的目光在每个女人脸上停留了一下，那枚耳坠会是谁的呢？

九点差一分。朱红带头，参加追悼会的人一起走进告别室，柳月不时回头看看门口，李伟的父亲还没到。

辛冰冰谁也不理。

九点整。没有哀乐，辛冰冰放了一首钢琴曲《爱之梦》，乐声回响在堆满鲜花的告别室里，敲击着每个人的心扉。

辛冰冰扯下遗像上的黑纱。

黑纱飘落。

参加追悼会的人乍见遗像上的亡灵形象，无不愕然失色，有的女人忍不住惊呼出声。

遗像上，不是李伟的脸！

我的甜心

遗像是一只猫的脸。

暗紫色背景下，这张脸布满皱褶，无毛，淡蓝色，一双圆鼓鼓的猫眼向外突出，两只蝙蝠一样巨大的耳朵竖立着，连在一起的黑色口鼻散发着阴间的气息。

它像是活的。

告别室里无声无息，参加追悼会的人震惊之余，糊涂了，这是怎么回事？唯有朱红唇边含着冷笑。

"我的Sweet heart。"

辛冰冰对着遗像，喃喃自语。

在刑警队法医室，辛冰冰对着解剖台上一大一小两具焦尸说过这句话。当时，小袁被感动得眼眶湿润，还以为辛冰冰在呼唤她的爱人李伟。原来她的爱人、她的甜心不是李伟，而是与李伟并排躺在一起的那具烧焦的小小猫尸。

骨灰盒里是谁？

辛冰冰把一只黑色卡通小老鼠放到祭台上。

《爱之梦》的乐曲变得刺耳。

严主任第一个清醒过来，他哑着嗓子，向辛冰冰发问："你这是开的谁的追悼会？"

朱红代为回答："猫的。"

面对猫的遗像，参加追悼会的人群情激愤。朱红煽动："真应该把这儿砸了！"无人响应，因为不是辛冰冰请大家来的，那条夜半短信是谁发的，在场的人心里多少有了点数。

柳月拉一下赵大鹏，转身向外走。

严主任气坏了，他摆摆手，示意同事们尽快离开这个鬼地方。

胡小雨扔掉小白花，踩了一脚，又呸了一口，说："什么事呀，一群大活人，给一只死猫送葬，晦气！"

参加追悼会的人涌向门口。

李伟的父亲站在门口，他手抓门框，浑身发抖，又悲、又愤的痛苦表情难以名状。

众人围立在老人身旁，说不出安慰的话。

"请让让，"墓园经理从人缝中挤进告别室，只听他说，"辛女士，刻碑的师傅说，您要求在墓碑上刻上这些碑文，这些都是外国字儿，什么意思？"

朱红代答："这是英文Sweet heart，甜心，就是墙上挂的那只猫的名字。"

"猫？"

"你不知道，人家辛冰冰女士在你们这儿买了一块最上等的墓地，就是为了安葬她最心爱的那只叫Sweet heart的蓝猫。"

"啊?"

"别啊了,快去给人家辛女士刻碑文。"

墓园经理看看遗像,又看看骨灰盒,说道:"辛女士,您的猫不能葬在这儿。"

贾十全出面:"辛女士交钱了。"

"交钱也不行。"

"我替辛女士再加钱呢?"

墓园经理一口回绝:"加多少钱都不行。这儿不是宠物墓地,传出去,我们没法儿做别人的生意了。辛女士,钱一分不少,退给您,外加利息。欢迎您将来再次光顾,万寿墓园保证给您八折优惠。"

无论贾十全如何协商,墓园经理坚决不肯通融。

李伟的父亲嘴唇泛白,眼睛布满红红的血丝,他问:"我的儿子小伟呢?"老人问得奇怪,他的儿子已经死了,还能在哪儿。他对着从前的儿媳辛冰冰,又问了一遍:"我的儿子小伟呢?"

柳月明白老人的意思,她问辛冰冰:"李伟的骨灰在哪儿?"

辛冰冰对外界毫无反应,完全沉入怀念Sweet heart的爱河。

朱红说:"扔了吧?"

"你别胡说。"辛元怕引起众怒,他说,"李伟、我妹夫的骨灰保存完好,冰冰亲手挑选的最好的骨灰盒。"

柳月问:"在哪儿?"

辛元答:"好像在、在骨灰存放处。"

"存放证?"

"没证,编号1314。"

说完,辛元绕到朱红身边,问:"你为什么发那些短信?你跟冰冰有多大的仇?你干吗要整她?"

朱红不理,走向红色凯迪拉克轿车,她回头说了一句:"你这件花格衬衫几天没洗？有味儿了，熏人。"

像来时一样，她开上车，风似的跑了。

赵大鹏、柳月将老人扶上自家小轿车。柳月问："爸，我给您打过好多个电话，您都没接。"李伟的父亲指指耳朵。柳月说："您别住小旅馆了，来家住吧。"

参加追悼会的人走光了。

辛冰冰抱着Sweet heart的骨灰盒与遗像，伤心地走出告别室。拐角处，一棵树后，金山探出头，见四下无人，他张嘴要喊"冰冰"。一辆车头带长翅膀小金人的黑色豪车开来，停在辛冰冰身边。

贾十全两条小短腿倒腾频率很快，跑来，拉开后车门，做了个"请"的手势。

辛冰冰上车。贾十全与她并排坐在宽大的真皮后座上，笑容满面，说："你喜欢小动物，有爱心，这是我送你的，纯种，大价钱买的。"他从纸盒里抱出一只小奶狗，毛茸茸的，像个小黄球，送到辛冰冰手上。

辛冰冰将小奶狗扔出车窗外，掸掸黑裙，从手袋中拿出纸巾，擦擦手。

"不喜欢？"贾十全指着遗像，问："什么种的猫，我让秘书买一只，无论多少钱，送你。"

黑色豪车开出墓园大门。

金山看看那只被遗弃的小奶狗，小奶狗也抬头看他，弱弱地叫了两声。

金山抱起它。

秋风凉凉的。

蓝色的精灵

王朝酒店大堂。辛冰冰面前，值班经理分外恭敬地说："贾先生为您换了一个高级套房。"

金色旋转门外，贾十全朝她招招手。

这是酒店最好的向阳套房。客厅里，沙发、冰柜等设施一应俱全，里间是舒适的卧室。那个"猪头"很会体贴人，辛冰冰满意地想。

辛冰冰把骨灰盒、遗像放到小写字台上，一手抱肘，一手托腮，与猫眼对视。

她很少想心事，今天例外。

七年前，严格地讲，应该是六年十个月之前，她和李伟新婚，两人过起与所有夫妻相同的夫妻生活。她不用上班，家务全由李伟包办，她的生活只有一件事：如何让自己更美。美甲，做头发，按摩，逛街购买新款衣服，试用不同的化妆品，佩戴五花八门、形形色色的小饰物，她的时间全部消磨在这些事上面。

李伟被列为处级培养对象，他工作更努力，更忙。

昨天，爸爸妈妈坐飞机出国旅游，看大海去了。哥哥辛元为了不受约束的自由，租房另住。李伟打来电话，今晚又要加班。空旷的别墅只有辛冰冰一个人，她闷了，出小区叫辆出租，开车师傅问她去哪儿，她信手朝前一指。

办公室，李伟加班到六点半，他快速收起办公桌上的文件，想马上回家。

严肃没敲门走了进来，坐到沙发上。他把整瓶白酒、五香花生、从单位食堂买的几样卤菜放到茶几上，说："别急着走，陪我喝点，晚回家一小时，你老婆不会跟别人跑了。"

李伟坐了半个屁股，随时准备起身走人。

严肃说："就在四十七分钟前，领导找我谈话，提我副科，我只有你一个能说说心里话的朋友，找你庆祝一下。"

"以后叫你严科长了?"

"副的，严副科长。"

两人碰杯。

严肃问："听说你快提副处了?"

李伟不否认。

严肃羡慕地说："你的命真好，局领导欣赏你的才干，你还娶了一位美若天仙的老婆。我呢，处处不如你，我家那位贤妻，三心牌的，想起来伤心，看见恶心，不过有一样好处，不怕有人惦记，放心。她还看不上我，女人哪，她们喜欢的男人要么有钱，要么有权。"

传言严肃畏妻如虎，也许是句玩笑话吧。

又喝了会儿，李伟实在坐不住，跑了。

这辆夜班公共汽车开得太慢。到站了，不等车门全开，李伟侧身跳下车。前方，香格里拉小区灯光点点。

李伟大步流星。

别墅窗户透出温情的灯光。说来也怪，每次想到进家门将要见到辛冰冰时，李伟总会心跳加快，脸上发烧，有种按捺不住的急切与冲动。

他打开别墅大门，摸黑走进去，闻到熟悉的辛冰冰身上的气味儿。

卧室开着一道门缝，露出寝灯幽暗的光。他尽量不发出响动，打开冰箱，找出两片剩的切片面包，塞到嘴里。他闻到自己满身烟味儿，严肃是个烟鬼，一根接一根地抽，抽的还是又便宜、又劲大的劣质烟，搞得办公室里烟雾腾腾。辛冰冰最受不了男人抽烟。他把外衣挂到阳台上。

在卫生间，他低头刷牙漱口时，感到有什么东西在看他。

他回过头。

门口空空的。

他打开花洒，冰冷的水流冲遍全身，他一年四季都洗冷水澡。在哗哗水声中，他听到一阵轻微声音，他的背上像是扎了几十根细刺，那个东西又在盯住他看。

他猛地转身。

身后什么都没有，他检查了一下卫生间的各个角落，只找到一只死潮虫。他暗笑自己，神经过敏。他用大毛巾擦干头发、结实的胸、背、大腿。

那种如芒在背的感觉又来了。

这次，他不动，不回头，斜起一只眼睛向盥洗镜看去。

镜中，映出一只躲在门口一侧的蓝色精灵。

李伟慢慢回过身。这是一种从未见过的猫，鼓眼睛，硕大的耳廓，身上光秃秃的，很少几处地方长着短短的绒毛，四条长腿，驼背，棍似的长尾巴，浑身布满深深的皱褶，最为奇特的是，它有着一身蓝色的皮肤。

李伟一点点凑近它。

它后腿弯曲，绷紧，喉咙里发出不友好的低音。

它一闪身，溜了。

李伟跟到卧室，只见窗前多了猫架、猫砂、猫的水碗与食盆。那只蓝色的猫藏哪儿了？

它偎在熟睡的辛冰冰身旁。

书房。李伟打开电脑，检索这只猫的信息。根据外形特征，他查到这种猫的名字叫斯芬克斯，又叫加拿大无毛猫，稀有品种，皮肤光滑柔软，适合对猫毛过敏的爱猫者。一千七百年前，就有墨西哥土著饲养无毛猫的记载。无毛猫爱舔身子自我清洁，小便后会用舌头舔舔私处。

斯芬克斯，在古希腊神话中是一个雌性的邪恶怪物。

李伟小心地把蓝猫轰下床，它蹿上猫架。

李伟钻入双人合盖的大被子。是夜，他做了一个怪梦，梦见辛冰冰变成人面猫身的斯芬克斯。

醒来已是清晨，他听见辛冰冰叫那只不长毛的蓝猫：

"Sweet heart。"

我睡哪儿

李伟没想到，他会与蓝猫展开一场"战争"。

刚开始，李伟爱屋及乌，很想跟蓝猫搞好关系，可是，无论怎样努力，蓝猫都不让他碰一下。对于李伟买来的猫玩具，它不屑一顾，高傲地昂首而过。李伟喜欢狗，大狗，不喜欢猫，更何况一只不长毛的蓝猫。他这点心思早被蓝猫看穿了。

蓝猫与辛冰冰形影不离。晚上，李伟回到家里，忙了一天，他很想搂着新婚妻子，坐在沙发上看看电视，说说话。每到这个时候，蓝猫必然卧在辛冰冰怀里，半闭猫眼，享受女主人的抚摸，它的蓝色皮肤小羊皮般柔软，绸缎般光滑。李伟一靠近，它就会抗议地喵喵叫。上床睡觉时，它抢先跳到床上，迎接辛冰冰。然后，卧在大床中央。

头几天，李伟把它抱到猫架上，它转过身，用屁股对着李伟，以示不满。

半夜，李伟身体一抖，惊醒，不到一寸距离，一双绿幽幽的猫眼与他对视。李伟再次把蓝猫抱上猫架，一夜来回折腾数次。过了几天，蓝猫坚决不肯下床，躲到辛冰冰另一边，钻进被子不出来。李伟受不了它身上的异味，尤其是看它舔过私处，又舔遍全身时，李伟快要吐了。趁辛冰冰睡熟，李伟用暴力将它驱逐，它不上猫架，伏在大衣柜顶，居高临下，整夜盯住李伟，那双猫眼在黑暗中闪着绿光。

李伟尝到失眠的滋味儿。

是可忍，孰不可忍？有一件事李伟绝对无法容忍。

辛冰冰的一张时装照登上全国发行的女性杂志，虽然不是封面，仍在本市名媛界引起轰动。辛冰冰心情大好，不仅与李伟同浴，之后的事也不拒绝。李伟长鲸吸水似的亲吻爱妻时，忽觉别扭，侧脸一看，蓝猫守在旁边，猫眼一眨不眨。

它在观看。

李伟与辛冰冰的亲热草草了事。

一天又一天，猫眼越来越亮，李伟眼中却失去光彩。

第十一天，李伟冲过澡，走进卧室。蓝猫卧在大床左侧，那是李伟睡觉的地方，李伟轰它，怪了，它毫不理会，一点没有让开的意思，就像在它的地盘上。辛冰冰侧身躺着，手抚蓝猫，面含浅笑。

李伟问："我睡哪儿？"

辛冰冰起身，拉着他的手，来到客房，单人床上已经铺好被褥。辛冰冰欠起脚，给他轻轻一吻，扭身，出去，带上房门。李伟木在当场，辛冰冰与他分室分床而睡？两人新婚，还没出蜜月呀！

李伟躺在床上，翻来覆去，像一块烤在烈火上、吱吱作响的牛排。婚后，他与辛冰冰亲热的次数不足五个手指头，辛冰冰对那事的反应异常冷淡。每次完事后，她都要长时间洗浴，用大量的洗浴液，就像李伟把脏东西带进她的体内。李伟是个精力旺盛的男人，这样的夫妻生活使他备受煎熬，心灵与肉体的双重煎熬。

李伟的怒火一点点上升，他跳下床。

他没穿拖鞋，赤脚冲进卧室。

他要冲冠一怒！

大床上，辛冰冰与Sweet heart偎在一起，她睁大梦幻般的黑眼睛，噘起花一样的红嘴唇，冲着李伟嫣然一笑。

李伟火气全消。

书房。李伟想找本书看，他睡不着。书桌下，散落一地纸屑。他跪在地上，一看，那是父亲在旧书摊上淘到并送给他的一套线装古本《离骚》，是他的心爱之物，被蓝猫又撕又咬，扯成碎片。李伟的拳头握紧，松开，又握紧，无力地松开。

他找出一盘透明胶条，将书的碎片一页页拼粘好。

他的心如同这本撕碎又粘好的书。

猫丢了

办公桌上，座机响了。

李伟正在写一份处罚某企业违法经营的行政文件，他拿起话筒，用下巴颏夹着，笔不停，说："喂，你好……"辛冰冰妈妈的声音："小伟，我是妈妈，我和你爸爸今天回家，下午的飞机，晚上到。"

李伟礼貌地说："我去机场接您和爸爸。晚饭在家吃？我多买点菜。"

辛冰冰的妈妈说："去饭店吧，我给你和冰冰带了礼物，你是草帽，冰冰是当地的裙子。"

李伟说："谢谢妈妈。"

辛冰冰的妈妈又说了一些国外见闻，听语气，她这十几天玩得相当开心。她说："我和你爸爸还要再去一个景点，不多说了，大巴等着哪。"

李伟放下话筒，写了几个字，座机又响了。

还是辛冰冰的妈妈打来的？李伟把话筒凑到耳边，是辛元的声音，他劈头一句话："你家里出事了。"

李伟紧张地问："什么事？"

"天大的事！"辛元说。

"人……没事吧？"李伟手心全是汗，他以为辛冰冰遇到不测。

辛元说："不是人的事，你快回来吧。"

李伟听出他这位大舅子并不着急，不禁长舒口气："你告诉我什么事，我好向领导请假。"

辛元说："你还请什么假呀，家里的事重要，还是工作重要，冰冰正在哭呢。"

李伟第三次问："到底出什么事了？"

"Sweet heart 不见了。"

猫丢了？！

李伟哭笑不得，他要抓紧时间赶写处罚决定，局领导急等着用。他说："它可能又藏起来了，就算跑出去，渴了，饿了，它会自己回来的。"

"你一点不关心我妹妹。"辛元生气地说。

李伟噎住了。辛元"啪"地挂断电话。李伟左右为难，一边是需要全心全意伺候的老婆，一边是急等处罚决定的局领导，他该如何取舍？他当机立断，一把抓起材料，塞进公文包。办公楼外，他叫了一辆出租车，说了要去的地点香格里拉小区。车上，他打开笔记本电脑，用极快的速度敲击键盘。到小区大门，他打出最后一个字，处罚决定写好了。他匆忙看了一遍，改了几处，将邮件发到局领导的电脑上。

开车师傅等他付车费，等了几分钟，没催他。

他跑进小区，在别墅前，见到搜寻灌木丛的辛冰冰，她不理他。李伟说："我放下电话就跑回来了。"

看到喘着粗气，头上冒汗的李伟，辛冰冰脸上阴转晴。

李伟抱住她，安慰地抚摸她散开的长发；辛冰冰靠紧他，脸贴着他的胸膛；阳光下，两人相拥的侧影挺有诗情画意。李伟心里暗暗感谢那只走失的蓝猫。

两人分头寻找。

在物业孙经理动员之下，保安全体出动，找猫。一个年轻保安说："我巡逻的时候，看见一只蓝猫。"

孙经理问："朝哪儿跑了？"

年轻保安指指一栋红斜顶的别墅。

红斜顶别墅前，一个擦车的俊秀年轻男人与辛冰冰说话，他摊开手，耸耸肩，表示没见到一只蓝猫。他叫金山，那时是朱红的司机。辛冰冰走开时，被地上的水管绊了一下，金山手疾眼快，搂住她的腰。

李伟过去，把辛冰冰拉到身边。

李伟的手机响了，旅游公司打来的，一个陌生的男人问："您是李伟先生吗？"

李伟说："我是。"

"公司让我通知您，您的岳父岳母乘坐的游船遇到一点小风浪，回港要晚一两个小时，需要改签下一次航班，请您调整一下今晚到机场接人的时间。"

"小风浪？有没有危险？"

"请您放心，本公司绝对保证每一位游客的人身安全。"

李伟将电话内容转告辛冰冰。

他跟辛冰冰商量，是不是先停下，等到确认辛冰冰的爸爸妈妈没有危险，平安归来，再去找猫。辛冰冰抓住他的胳膊，露出担惊受怕的神情，她好像看见危险，正向Sweet heart逼近的危险。

找遍小区每个角落，Sweet heart踪影全无。一位年长保安说："我好像看见一只猫，蓝色儿的，从铁栅栏钻出去，朝东边跑了。"

小区外面，河滩、小树林、车来车往的马路，范围很广，找一只猫如同大海捞针。孙经理出了一个主意：贴寻猫启事，悬赏，重金。

李伟在笔记本电脑上一挥而就。

寻猫启事

彩色
标准照

我家爱猫斯芬克斯今晨出走，三月猫龄，身长三十八厘米，体重八百克。猫妈妈五内俱焚，以泪洗面，翘首以盼女儿平安归来。愿爱心人士施以援手，提供信息者，谢金若干；送还者，谢金若干。

联系人×× 手机号码×××××××××××

地址××××××××××××××××××××

孙经理用物业复印机制作一百份整，免费，并随赠不干胶棒两根。

走出小区大门，李伟再次接到旅游公司打来的电话，还是那个陌生的男人："十二分抱歉地通知您，由于风浪加大，游船进港困难，预计再晚一到两个小时，您的岳父岳母无法赶上今晚航班，因此产生的食宿等费用均由本公司承担，感谢您对本公司的惠顾。"

李伟心生不安。他接电话时，辛冰冰在一旁听见了。她把寻猫启事递给李伟，让他去贴，每见到一根路灯杆就贴上一张。

李伟贴完最后一张。他的手机响个不停，共接到几十个电话，都说见到一只蓝猫。李伟与辛冰冰疲于奔命，来电中所说的每一处地方辛冰冰都要去看一下。李伟手机上收到一条短信："我在丁字路口东北角的垃圾箱旁看见一只舔食香蕉皮的蓝猫。提供此信息，不为谢金，只献爱心。"发短信人的头像是龇牙的猫。

臭烘烘的垃圾箱旁，活跃着几只争食的野猫。

李伟的手机快被打爆了，他随手滑开一个刚打入的电话，一位带点外国腔的女人问："您是李伟先生吗？"

"我是，你也看见一只蓝猫？在哪儿？"

"蓝猫？我听不懂您的意思。我是旅游公司的，紧急通知：风浪太大，加上超载，您的岳父岳母乘坐的游船发生倾覆，港口正在抢救。请您放心，每名游客都配有救生衣，有惊无险，只是洗次海水澡，可能会生一场感冒。"

不等李伟问明情况，那边转成"嘟嘟"音。

李伟心生不祥的预感。他犹豫着，是否把这个不好的消息告诉辛冰冰。

野猫四散逃开。或许真的有心灵感应，辛冰冰跟上其中一只，这只野猫嘴里叼着从剩菜中挑出的小肉块，跑向一处小树林。她跟在后面，远远看见一个蓝色的小球。那只野猫把叼回的肉块放到小蓝球面前。

李伟接到电话，机械的语音通知：您的岳父岳母不幸遇难，请节哀顺变，本公司将给予您最优厚的补偿。

他听到辛冰冰的欢笑声。

Sweet heart 找到了。

冬日。黑色墓碑上，嵌着辛冰冰的爸爸妈妈跳王子与白天鹅时的烤瓷照片。

辛元、抱着 Sweet heart 的辛冰冰、李伟站在墓碑前。

父母死于海难之后，辛冰冰按照她的喜好，重新装修别墅；辛元忙着与旅游公司谈判赔偿问题，他准备打官司，聘请了胜诉率百分之百的吴良律师；李伟一个人料理后事。

李伟选了一块墓地，辛元嫌贵，他说，哀思寄托于心，不必拘泥形式，找个物美价廉的地方就行了。辛冰冰悉心安抚惊魂未定的 Sweet heart，她不表态。

李伟按兄妹的意思，一切简办。

三人向墓碑鞠躬。

归　宿

李伟与 Sweet heart 一同葬身火海。

遗像上，占据整张照片的蓝色猫脸皱褶横生，失去活着时候的灵气，它已经不能再给辛冰冰带来快乐。

她最后一次抚摸骨灰盒。

她轻哼一声，皱起细长的弯眉，骨灰盒有一处木刺，扎到她的手。她把手举到眼前，多么完美的一根食指，扎破了，流出一小滴血。她恼了，心情一下子变得很坏。

她把骨灰盒拨拉到地上。

她没消气，又踢了骨灰盒一脚。她从卫生间找出一只大号黑色垃圾袋，把骨灰盒与遗像塞进去，打开门，将垃圾袋扔到门外的走廊上。

一阵发作之后，她的气撒出去了。

她站在穿衣镜前，来回扭动身体，自我欣赏。一身黑衣使她具有忧伤的气质，再配上哀婉的表情，雪白的皮肤，独特的韵味足以令天下男人为之倾倒，瞎子除外。

有人敲门。

谁这么讨厌？辛冰冰打开门，门口站着手捧一大束黄色小雏菊的值班经理，他说："辛女士，您好，这是一位先生送给您的。那位先生没说他的名字。"

不用说，花是贾十全送的，他怎么知道辛冰冰喜爱雏菊？

值班经理又说："这是菜单，请您过目，王朝酒店的西餐厅保证可以与您常去的塞纳河畔媲美。"

贾十全下了功夫，他对辛冰冰的调查不止如此。

值班经理的话又多又快："王朝酒店的香煎鱼排绝对正宗，由特聘的外籍厨师亲自主厨，简直就是为了您的口味专门烹饪的。王朝酒店西餐厅的菜品上百道之多，每一道都是精品、杰作，由您任选。如果您仍不满意，王朝酒店可以代您向塞纳河畔西餐厅订餐，并派专人取餐，闪电般送到您的餐桌上。"说完，他看着辛冰冰，以为会得到几句夸赞。

辛冰冰反应平淡。

值班经理的脸上挂着职业性微笑，说："王朝酒店可以满足您的任何要求，包括摘一颗天上的星星做您卧室里的寝灯。这些都是那位先生亲自安排的，并由他承担全部费用。"他退出套房，后脑勺没长眼，被黑色垃圾袋绊了一跤。他叫来一个女服务员，问："谁放在这儿的，不及时清理，扣你奖金。"

套房里，辛冰冰凑近雏菊，闻着它似有若无的香气。

花朵中夹着一张金色卡片。辛冰冰随手拈起，上面没写字，贾十全字认得不多，写得歪七扭八，更不会抒情，他画了一只憨直可爱的猪头。

门外，女服务员抱怨道："客人乱丢，凭什么扣我奖金，讲不讲理呀？"

她提起黑色垃圾袋，不沉，里面有一个方方正正的东西撞了一下她的腿。她打开袋，低头瞅了一眼。她四顾无人，收紧袋口，沿走廊小步快走，上电梯，回员工休息室。经过值班经理办公室门口时，她放轻脚步。她关上员工休息室的门，蹲下，从黑色垃圾袋里掏出一个黄木盒子，还有一张猫脸照片，蓝汪汪的。她又抠又掰，打不开盒盖。

她叫来一个长相伶俐的女同事。

两人头碰头，发现盒盖下有个暗扣。

打开盒盖前，两人商量，如果里面有好东西怎么分？一人一半。盒子是客人扔掉不要的，不属于私分，不违反服务纪律。

木盒一点点打开，里面装着半盒黑不黑、灰不灰的粉末。两了傻丫头一通研究，长相伶俐的女同事分析：兴许是猫粮。

带回黑色垃圾袋的女服务员性子冲，她捏起一小撮，就要往嘴里塞，尝尝。

长相伶俐的女同事拉住她的手，说："别吃，我猜到是什么了。"

"姐，快说呀。"

"我说了，你不许叫。"

长相伶俐的女同事将要说出木盒里装的什么东西。女服务员好奇心重，怕听又想听，她捂紧嘴。

与此相隔一扇门。值班经理办公室里，贾十全吸着时髦的电子烟。

他用牙咬着烟嘴，背靠沙发，两条手臂向两边分开搭在沙发背上，这样显得高大、霸气。值班经理站在他面前。贾十全问："都办好了？"

值班经理不废话："按您吩咐，都办好了。"

"你说没说，所有费用需要花一大笔钱。"

"没说。"

贾十全母猪眼一立。

值班经理不慌不忙："您听我说，贾总，您这种有身份的人不应该一张嘴就谈钱。我在酒店干了二十多年，阅人无数，辛冰冰以前的经济条件至多称得上富裕，她没有品尝过奢侈的滋味儿，她一旦体验到了，就像吸毒成瘾，再也离不开了。那时……"

"那时，就算我轰她走，她也不会走了，反而要跪下来求我留下她，哈哈哈，你小子，人精，我的大酒店下月开张，你做总经理。"贾十全大笑着说，他心里想，值班经理这人武贼，可用，但须控制使用。

值班经理不卑不亢："谢谢。"

走廊里传来一声惊呼，过后，响起两个姑娘的打闹声。

值班经理拉开门。

两个穿王朝酒店客房制服的女孩子撕扯在一起，一个说"你坏，吓死我了"；一个说"怕啥，烧剩的一把灰，大白天哪儿来的鬼"。两个女孩子见到脸色铁青的值班经理，赶紧贴墙站好，低下头。

值班经理问："你们谁先说？"

长相伶俐的那个退后一点，把老实的女服务员推到前面。女服务员说："在垃圾袋里找到这个，她故意吓我。"

黄色木盒翻扣在走廊地毯上，洒出黑灰粉末。

贾十全倚门而立，他看明白了。几小时前，辛冰冰对Sweet heart的离去还表现得那么伤感，转眼之间，便将它的骨灰弃置垃圾袋，这个女人的心思变幻莫测，更加激起他的占有欲望。他从不指望能得到辛冰冰的爱情，那是少男少女玩的小把戏。

王朝酒店楼后，女服务员把黑色垃圾袋扔进垃圾清运车。

垃圾车开远了。

垃圾消纳场，那里是Sweet heart的最终归宿。

小袁的调查结果：辛冰冰养了一只蓝色加拿大无毛猫，丢过一次，蓝猫与李伟同时死于天然气爆燃意外事故。在辛冰冰心中，蓝猫是她的Sweet heart，而李伟呢，是她的什么？

小袁感受到李伟内心的荒凉。

小袁的下一个调查目标是谁？

第四章

意外之喜

妇产科诊室。没穿警服的小袁说："我只耽误你五分钟。"

冷琴医生说："我很忙，没有时间。"

就诊的孕妇说："快让这女的出去，我要脱衣服检查呢，有外人我不好意思。"她四十岁过了，这是第三胎，她脸皮薄。

外面候诊的女人们齐声抗议："排队，不许加塞儿。"

冷琴医生让孕妇躺到诊床上，她对小袁说："请你去挂号，按顺序候诊，等护士叫号。"

她为孕妇做检查，拉上帘子。

一层大厅。小袁在自助机上挂号，冷琴是专家，医术好，她的号预约到半个月之后。一个中年女人凑过来："姑娘，想挂谁的号，冷主任的？"

这是个倒号的黄牛。

女黄牛斜眼打量小袁的肚子，说："我有冷主任的号，让给你，要不要？这个数。"她伸出五根手指。小袁不理她。女黄牛说："便宜点儿，这个数也行。"她收回一根手指。

妇产科诊室外的长椅上，小袁排在队尾，她不理会周围投来的异样目光。

红日西垂。小袁耐心等候。

诊室里，今天就诊的最后一位"孕妇"进来，小袁将一张高价专家号放到桌上，坐下。

冷琴医生说："你第一次就诊，先做几项常规检查。"

小袁问："大约七年前，辛冰冰是否怀过孕？"

冷琴医生答："据我的观察，你没有怀孕，不应该来妇产科，如果你哪儿不舒服，建议你挂别的科室的号。"

小袁重复一遍刚才的问题。

冷琴医生锁好抽屉，走到门口，不回头，说："走时带上门。"

小袁咬咬嘴唇。

下班了。冷琴医生与内科程主任夫妻二人走出医院大门。小袁站在前面的路中央。冷琴医生想绕开她，小袁说了一句话，一句足以让冷琴医生停住脚步的话。小袁说："苗苗的眼睛很美。"

冷琴医生的脸色更冷。她对程主任说："你先回家，我跟这位患者谈几句话。"

市立医院住院部有座小花园。小袁坐在一张绿色长椅上，等去取样东西的冷琴医生。女黄牛凑到跟前，说："姑娘，你有难处就找我，我认识好几个做人流的医生，多花点钱就行。"小袁亮出警官证，腰间的手铐哗啦一响。

女黄牛把多收的挂号费放到长椅上，耗子一样地溜了。

冷琴医生走来，手里拿着几页纸。她问："你有调查手续吗？"

小袁料到对方会提出这个问题，她说："我可以按照正规程序向刑警队申请，你觉得那样做好吗？"她断定，冷琴医生不希望扩散影响。

冷琴医生坐到长椅上，与小袁保持较远距离，她说："你能保证对我们的谈话内容保密吗？"

"保证。"

"你不做秘密录音？"

"不做。"小袁有一张正直的脸。

冷琴医生思忖了半分钟，开口了："准确地说，六年九个月之前，辛冰冰感觉身体不适，到我这儿来检查后，确认她已有四十天的身孕。当时，她的情绪波动较大，不小心损坏了诊室里的一台检测仪器。"

冷琴医生回想起当时的情景：经过简单快速的检测，她对辛冰冰说："该不该恭喜你，你快要做妈妈了。"刹那间，辛冰冰面白如纸，变得好吓人，她歇斯底里大发作，活像一只狂暴的野猫，推翻检测仪器时用力过猛，刚做过美甲的指甲有两片折断了。

小袁并不掌握这个情况，她机灵地说："这件事在医院里传开了，尽人皆知。"

冷琴医生说："李伟第二天来赔的钱。我觉得挺奇怪，他是笑着来的，好像交赔款是一件高兴的事。"

"你告诉他辛冰冰怀孕的事了？"

"当然，他是辛冰冰的丈夫，这是他的权利，同时，他也有应尽的义务，女性孕期有许多注意事项，需要夫妻配合，共同遵守。"

"怀孕是件喜事，辛冰冰的反应不同寻常。"小袁引导话题。

"不是所有的女人都想生个孩子。"冷琴医生措辞含蓄。她沉吟着说："辛冰冰一直严格按照我的医嘱服用避孕药物，怎么会怀孕呢，究竟哪个环节出了问题？"

小袁问："辛冰冰的身体适合再次怀孕吗？"

她有意强调"再次"二字。

冷琴医生不再隐瞒："辛冰冰做过一次人流，身体各项机能恢复良好，再次怀孕是可以的。"

小袁问："辛冰冰那次人流手术是你做的？"

冷琴医生承认。

"在手术单上签字的人是她的男友于英。"小袁说道。

冷琴医生觉得这位女警官很厉害，无所不知。

　　小袁确认，赵大鹏与柳月夫妇所述属实。她问："妻子怀孕，做丈夫的什么表现？"

　　"李伟喜形于色，他的父母坐了一夜火车，第二天赶来了。李伟的母亲身体不好，有严重的冠心病，硬撑着也要来。"冷琴医生说道。

　　"辛冰冰怀的女孩，李伟的父母没有不满意？"小袁如何知道胎儿的性别？

　　"李伟的父母都是老师，思想开明。两位老人商量着在医院附近租间房，便于侍候儿媳妇，住到孩子生下来。"冷琴医生回避了胎儿性别这一问题。

　　"辛冰冰呢？"

　　"她？"

　　冷琴医生望着天边一抹晚霞："过了两天，辛冰冰请我到塞纳河畔西餐厅，我碍于情面，不好拒绝，去了。辛冰冰穿着白色的纯羊绒长裙，美得永远那么优雅脱俗。香煎鱼排吃到一半时，她说，请我帮她一个忙。"冷琴医生一字一顿地说：

　　"辛冰冰要做人工流产。"

十月怀胎

　　环境高雅的塞纳河畔西餐厅。冷琴医生与辛冰冰相对而坐，老座位。每次辛冰冰来，男服务生都要特意在餐桌上摆一盆小雏菊。

　　冷琴医生劝说："你不想要孩子？小孩子多可爱，我亲手接生了上千婴儿，看到父母抱着新生儿幸福的样子，你也会受到感染。"她的声音柔和，不再那么冷，有了温度。

辛冰冰不像在听，她朝冷琴医生举举高脚杯。

冷琴医生不喝酒，今天破例抿了一小口。辛元正在狂热地追求她，每天电话无数，她从一开始的厌烦，到现在如果半天没有辛元的电话，心里就发空。背地里，男同学、男同事们把她叫做"冰山"，她冷冰冰的外表吓退了那些男人，唯有辛元敢于挑战"冰山"的攀登难度。迄今为止，她的生命中只有白大褂的白色，没有恋爱的彩虹。她想尽力打消辛冰冰堕胎的念头，她认为这样对辛冰冰好。她说："你想过几年再要孩子？你今年三十二周岁，年纪越大，孕期与分娩的风险越大。"

辛冰冰脸上笑意顿失，她放下高脚杯，拿过手袋，起身离去。

冷琴医生想起，辛元说过，他的这位妹妹最忌讳有人说她的真实年龄，一说准急。

冷琴医生结的账单，这顿西餐很贵。

出于责任心，冷琴医生第一次主动给辛元打电话，告知她与辛冰冰的谈话内容。辛元听完，说："亲爱的，听你说话就像围着火炉吃冰激凌。我有两张冰雪节的VIP贵宾票，滑雪，冰上舞蹈，篝火晚会，浪漫极了，我开车接你。"

冷琴医生谢绝。她想：谁是你的亲爱的，冰雪节，什么样？

辛冰冰没有再来找她，并且在市立医院妇产科正常建立了围产保健卡。两人在走廊里碰见时，像不认识一样。

周一上班，冷琴医生经过分诊台时，听到几个女护士叽叽喳喳说着什么，其中一个对她说："冷主任，院长找您。"

冷琴医生敲开老院长办公室的门。

老院长一反平日的端正持重，他愤怒地说："岂有此理，简直是岂有此理，医院的脸都被丢光了，你平时是怎么管理的？"

冷琴医生不明白发生了什么事。

据老院长讲，妇产科的刘医生被警察"请"走了。刘医生在妇产科工作二十年，勤恳、敬业，从未出过差错。他的儿子出国留学，一年需要花不少钱，为了凑足这笔费用，刘医生利用周末休息时间，到一家黑诊所兼职。老院长问："你知道刘医生兼什么职吗？"

冷琴医生被问住了。

"他给人私自堕胎！"老院长嘭嘭拍着大写字台，台面上的茶杯震得跳起来。

"注意您的血压。"冷琴医生扶老院长坐下，诚恳地承认错误，自我批评。

老院长告诉她，刘医生正要给一位孕妇做人流手术，当场被抓了现行。听说，那位孕妇的相貌非常、非常漂亮。

冷琴医生心头一震，问："孕妇姓什么？"

"姓什么，没问。刘医生的问题必须严肃处理。"老院长说。

冷琴医生第二次给辛元打电话。辛元说："有这么回事，是我妹妹，没做成。冰冰打定主意的事，谁也拦不住，我妈的话她还听一两句，我妈不在了。"

几天后，辛冰冰瞒过所有人，报名参加一个旅行团，她的目的不言而喻。

旅游公司老总与李伟是要好的朋友。旅行团出发那天，李伟赶到机场，拦住辛冰冰，劝她回家。辛冰冰扔下拉杆箱，往登机口闯。登机牌在女领队手里，她交给李伟。

李伟将登机牌撕碎。

回到别墅，辛冰冰关上卧室的门，只让蓝猫陪伴她。

李伟的母亲做好饭菜，送进去。

"咣"，饭菜从卧室里飞出来，先撞上墙，再砸到地板上，汤汁四溅。

辛元适时赶到。他说，他可以试着劝一劝妹妹。他与辛冰冰关门谈了半小时，出来后，他把李伟及其父母请到大客厅，说："你们不能全埋怨我妹妹不通情理，她不想要孩子自有她的道理。"辛元把两张照片放到茶几上。

一张照片，是位青春靓丽的女孩子，身材姣好。

另一张照片，是位大妈，眼角深刻鱼尾纹，面部虚胖，嘴角下垂，身材像只橄榄，鼓起的小肚子撑开衣扣，眉眼间依稀可以分辨出她是前一张照片中的女孩子。

辛元说，照片中的妇女是辛冰冰的小学同学，婚后生了一对双胞胎，为了专心带孩子，辞了工作。她由于夜里睡不好觉，终日忙碌，没时间也没钱保养，容颜衰老得很快，所以被丈夫嫌弃。辛冰冰不想成为这样的女人。

两张照片，对比鲜明。对女性而言，生育是一次巨大的冒险与牺牲。

李伟的母亲说："我每天来洗衣，做饭，收拾家务，做个不要钱的老妈子。"李伟的父亲说："我们老两口的一辈子积蓄全拿出来，滋补保养儿媳妇的身体。"李伟泪花在眼眶里泛起，他拉着父母的手，说："我有工资，我可以照顾。"

辛元嗤之以鼻："你那点工资，还不够我妹妹做两次按摩。"

两位老人说到做到。

辛冰冰安静了一阵子。怀孕期间，她照常每隔三天到香妃美容美体中心做按摩，全身涂满粉红色的香妃膏。冷琴医生劝她多次，香妃膏成分不明，可能导致胎儿发育不良，甚至畸形。辛冰冰充耳不闻。

辛冰冰小腹明显隆起，除了肚子大一点，美丽依旧，魅力更胜从前。她拍了一套孕妇写真集，一家摄影社曾想刊印出版，发行全球，由于画面过于暴露大胆，被中途叫停了。

写真集梦想破灭，辛冰冰的情绪糟透了。

她又想去掉肚子里那块多余的肉。她赌气花钱，每天开销惊人，李伟父母节衣缩食、勤俭一生攒下的积蓄像火炉上的冰块。老两口退休工资不高，将够支付在本市租房等生活费用，再无余力拿出钱来。老两口整日相对无言，长吁短叹，愁眉不展。李伟的母亲心痛时，吃片药，硬撑过去。

李伟的眼神不如过去亮了，他笑容渐少，只在需要时笑一下。

辛元给两位老人出了一个新主意：卖房。李伟的父母只有一套住房，卖了房住哪儿？辛元勾画出一幅美好愿景：将来，老两口住进别墅，一家五口，三世同堂，安度晚年。

李伟的父亲买了当夜的火车票。

母子在厨房里吃晚饭时，李伟没见父亲，问："我爸呢？"

母亲说："他有点急事，回去三天。"

饭后，洗完碗筷，李伟送母亲回到租住的小屋。李伟看着父母住在如此简陋的屋子里，心中发苦。

三天后，李伟的父亲回来了，他把一张银行卡交到辛冰冰手里，说：

"我们老两口已经倾其所有。"

不能冤枉辛冰冰，她不是贪婪的女人，不爱钱，只是爱花钱。

没人对李伟讲卖房的事。

初夏。孕期七个月时，辛冰冰腹大如鼓，行动沉重，她感到真的难受了。她又要闹时，冷琴医生告诫："你还想着堕胎？那样做不仅会给你的身体造成难以修复的损害，还可能有生命危险。"

辛冰冰老实了。

产前几天，辛冰冰住进市立医院妇产科病房。冷琴医生左手无名指戴了一枚订婚钻戒，她对辛冰冰照顾入微。辛冰冰挺着大肚子时，李伟觉得她是世上最美的女人，他情不自禁，抱住她，深情一吻。

辛冰冰偎入他的怀中，接受他的爱抚。

李伟觉得自己是天底下最幸福的丈夫。

水晶王冠

小袁问："生了吗?"

冷琴医生答："生了。"

"是男孩还是女孩?"

"男孩。"

"那个男孩现在在哪儿?"

"天国。"

"请说得明白一点。"

"辛冰冰生下一个死婴。"

听到冷琴医生的回答，小袁并不意外，她预料到了，但她没想到还有更惨的事随后发生。

冷琴医生说："由于受到过度刺激，李伟的母亲当时心梗发作，没有抢救过来。"

暮色苍茫。小花园里，立柱灯亮了，冷琴医生眼神虚幻。

小袁问："你一个人接的生?"

"还有一名护士长。"

"那位护士长叫什么名字?"

"她姓董，董淑珍，几年前退休了。你是警察，应该很容易查到她的家庭住址。"冷琴医生把手里的几页纸放到长椅上，说，"这是辛冰冰的分娩记录，董护士长填写的，上面有我与她的签字，你可以带走。这份记录证明，分娩过程中，医护人员操作规范，不存在医疗差错。造成死婴的原因有多种可能性，具体到辛冰冰，可能与她不遵医嘱，怀孕期间定期、多次、大量周身涂抹香妃膏有一定关联，当然这只是一种猜测。"

小袁从她的话中找不到一丝纰漏，问："孩子没了，辛冰冰也很伤心吧？"

"她很伤心。"冷琴医生语气敷衍地说，她动作幅度很大地抬起手腕，看看手表。

"不再占用你的宝贵时间，谢谢。"小袁说。

冷琴医生走后，小袁在长椅上又坐了会儿。住院部大楼的灯一盏盏熄灭，一只飞蛾围着立柱灯飞旋，不知疲倦地一次次撞击射出光亮的灯头，它的努力徒劳无望，人的追求何尝不是如此。李伟渴望美满的婚姻家庭生活，不料连遭双重的惨痛打击，儿子夭折，母亲受到过度刺激而猝然离世，他的心上必然留下两道永远无法愈合的伤口。

关于李伟是否自杀的调查又向前进了一步。

刑警队集体宿舍，小袁坐在上铺，一边啃着青苹果，一边在网上查资料。同住的女警们换上便装，个个打扮得漂漂亮亮的，相约着上街吃麻辣火锅，小袁不去。她查到计划为辛冰冰出写真集的摄影社是一家小公司，没有违法经营记录，目前处于停业状态，该社官网仅存十余条信息。其中一条：本社与辛冰冰女士拟于近日签约，出版发行她的孕期写真集，精选九十九张彩照，风格大胆前卫，激发人的原始欲望。

另外一条引起小袁注意：

本市举办首届女王大赛，云集各界佳丽，辛冰冰女士志在摘取水晶王冠。本社有幸成为辛女士御用摄影团队。

小袁查到女王大赛相关资料，她惊诧地发现，辛冰冰产后第五天，即是女王大赛举办日期。

五天，仅仅过去五天，辛冰冰就忘记了丧子之痛?!

网上介绍女王大赛的报道、采访、花絮等洋洋数十万言，可见当年盛况空前。赞美辛冰冰的文章不少，有一篇是贾十全重金请人代写、以他的名义发表的，将辛冰冰描绘成圣母、貂蝉，读后让人鸡皮疙瘩掉落一地。小袁大略看了一遍，眼前映出连续、活动的画面：

一束强光下，紫红色金丝绒垫上的水晶王冠熠熠生辉。

一眼望去，满场淑女如云，个个衣着华美，争奇斗艳，她们的目光集中于水晶王冠，都想一把抓过来戴在自己头上。本次大赛特聘九位名人作为评委，从进入决赛的十位美女中选出唯一的女王，呼声最高的是辛冰冰与朱红。

辛冰冰笑容傲然，对那顶水晶王冠志在必得。

她别出心裁，穿了一件雪白的长裙，裸肩，赤足，左脚踝上套着一只叮叮响的银铃，俨然一位神话世界中的仙女。她的美让女人们都为之心动。

朱红红衣不改，十足的贵妃娘娘气派。

观众席上，贾十全不住吞咽口水，眼珠子随着辛冰冰转，他抱着一大束白玫瑰，只等结果宣布，便第一个上台献花。经过高人指点，他选的白玫瑰的花语是：爱你，不奢求回报。

贾十全也要玩一把浪漫。不可以吗?

评委密室投票后，年逾八旬的评委会主席宣布："本次大赛的女王是……"

一阵密集的小军鼓声。

聚光灯束打在辛冰冰身上，她面露胜券在握的笑容，各种摄像头一齐对准她。

关键时刻，评委会主席这个行将就木的糟老头子咳嗽起来，他喝一口司仪递上的香槟酒，喘会儿气，说：

"……是朱红女士。"

全场沸腾，鼓乐大奏。

朱红戴上水晶王冠。

辛冰冰从台上消失了。事后有人发文，不负责任地乱说：朱红用钱收买了九名评委中的五名。

网上所有文章中，没有一字提到李伟，就像他是一个不存在的人。

小袁看到一个孤单的黑色背影。

辛冰冰分娩时，一个叫董淑珍的老护士长在场。小袁给基层派出所打去电话，询问董淑珍的住址与近况。接电话的民警答复：

董淑珍已于去年病故。

魔法雏菊

好友咖啡屋。小袁与辛元再次对坐谈话。

一壶咖啡，AA制。

今天，辛元从容多了，不像小袁第一次叫他来时那样紧张，他甚至大起胆子直视小袁的脸，心里评价道，典型的娃娃脸，是位健康的漂亮女孩，有点厉害，不是一点。

辛元说："我妹妹心胸开阔，孩子没了，她很快就从悲伤中走出来了。"

"她不哭了？"小袁问。女人遇到这种事，大多终日以泪洗面。

"哭？"辛元嘴里的咖啡差点喷出来，"在我的记忆中，没见冰冰掉过眼泪，我妈最疼她，我妈死了，她都没哭。她说，爱哭的女人老得快，她可能天生没有泪腺。"

小袁说："辛冰冰个性很坚强？"

"也不完全是，要看遇到什么事。"辛元瞄上一位新进咖啡屋的黄发女子，盯住不放，直到那女子冲他竖起中指。他对小袁说："那次女王大赛，冰冰没戴上水晶王冠，气恼了很长时间，半年没缓过劲儿来。"

他开始长谈：

女王大赛铩羽而归，辛冰冰砸了家里的全部碗碟，一头栽到大床上，脸朝下，趴在那儿，死了一样。

窗外，树叶由绿变黄，从枝头脱落，第一场冬雪降临。

辛冰冰的心情始终不见好转，她把满腹怨气发泄到李伟身上，两人的夫妻关系比肆虐的风雪还要冷，别墅就像一座大冰窖。

北风呼啸。晚上九点多钟，辛元与酒友分手，从火锅店出来，凛冽的寒风让他缩起脖子。他路过一家大型超市，小广场上，音响放得震天响，一群大妈不惧严寒，大跳俄国水兵舞。围观的有十来个闲人。辛元眼尖，看见李伟站在路灯照不到的地方，裹紧大衣，脸隐没在暗中。西北风呜呜地吹，滴水成冰，李伟跑到这儿来看热闹？

也许别墅里更冷，更缺少人气儿吧。

辛元非常同情他的这位妹夫，但爱莫能助。他与冷琴医生结婚半年，也走到激情不再、终日冷漠相对的地步，他现在是泥菩萨过河，自身难保，没心思哭别人家的坟头。嗐，大不了就是个"离"。

辛元与冷琴医生的婚姻走到终点。就在他以为妹妹即将步其后尘的时候，听到一个惊人的消息：

据香格里拉小区的邻居们说，李伟与辛冰冰手拉手，情浓意浓，一起去农贸市场买菜，多人亲眼所见。太阳从西边出来啦？辛元打听到，李伟十天前提了副处。近半年多，为了不去想丧子、丧母之痛，不回冰冷的家，李伟每天加班到很晚，拼命工作，表现更为优异，因此大受局领导赞赏，这大概就是人们常说的因祸得福。还有极重要的一点，李伟所在处室的老处长体弱多病，明年退休，内中含意不需多想。这个世界最不缺的就是趋炎附势之徒，大大小小的老板们争着宴请李伟，一天送到的请柬足有半尺高，李伟一概婉拒。老板中有头脑特别灵光的，提议筹办第二届女王大赛，上届九位评委统统换人。

新的水晶王冠按照辛冰冰的头围尺寸定制。

桃花开了，盛开。辛冰冰与李伟重回蜜月。

月圆则亏。

为了填补情感上的空虚，重获单身的辛元很快找到新的女友。两人滚床单时，辛元接到李伟父亲打来的电话。

李伟父亲的声音十分慌乱："小伟知道了。"

辛元莫名其妙："知道什么了？"

"卖房子的事。"

"哎哟。"

辛元推开压在他身上的新女友。当初，为了哄着辛冰冰保胎，李伟父母卖掉房子，把钱全给了她。辛元出这个主意时，再三声明：一别让李伟知道，二别说这事与他辛元有关。李伟父亲声音焦虑："不是我说的，小伟给我打电话，赶上我的破手机坏了，小伟不放心，联系上我家的老邻居，说着说着，老邻居把卖房子的事说漏了嘴。"辛元问："然后呢？"

"小伟问我，我不承认不行了。"

"李伟怎么说？"

"小伟没说话，他……哭了。"

"哭了？"

李伟父亲说，从小到大，没听过小伟那样伤心欲绝的哭声。

李伟父亲请辛元再帮着想想办法，辛元满口答应。挂断电话，辛元想好了办法，一个字：躲！躲在这套出租屋里与新女友缠绵厮混，关掉手机，不管外面的闲事。

辛元的耳朵没闲着，他听说，李伟严厉斥责那位提议举办第二届女王大赛的老板，要求他把心思用在守法经营上。

李伟与辛冰冰的夫妻关系重回冰点。

辛元躲不下去了，出于某种不能说的原因，他不希望妹妹与李伟劳燕分飞。他要亲自登门，以大舅哥的堂堂身份，与李伟谈谈心，挽救妹妹的婚姻。

别墅外，辛元倚着桃树，心里整理待会儿要说的台词。

别墅内，李伟收拾不多的几件衣物，装入拉杆箱。他在工作单位附近租了一间房，今天搬过去住。为了他，老父亲卖掉房子，老无可居，这件事让他心里充满自责与愧疚。他与辛冰冰的婚姻还能维系下去吗？

看到李伟将他的衣物慢慢装箱，辛冰冰不加理会，出门做头发去了。

李伟拖着拉杆箱，走到门口，回过头，再看一眼这个家。

他拉开门。

辛元堵在门口，一手提着一瓶酒，一手抱着一大束雏菊，说：“干吗去？别走，陪我喝光这瓶XO。”他亲昵地搂住李伟的肩，来到餐厅，酒瓶蹾到餐桌上，雏菊插到花瓶里。他打开冰箱，翻找下酒菜。

李伟陪他喝了一杯，手没离开拉杆箱。

辛元问：“你说说看，婚姻里什么最重要？”

李伟默默喝酒。

辛元发表长篇大论：“你心里铁定在想，感情是第一位的。你呀，呆子！我离过三次婚，我有发言权，我给你启蒙一下吧。

一百句我爱你，不如一只名牌包包；一千句我爱你，不如一枚钻戒；一万句我爱你，不如一辆跑车；你能满足你的女人多少物质需求，与你的婚姻幸福指数成正比。你想说，你没钱，对不对，但你有另外一样，你是官呀。我看好你，五年内，副局；四十岁之前，正局；前途不可限量。你见过局长太太跟局长闹离婚的吗？男人的官位最能满足女人的虚荣。物质与虚荣，只要能满足一样，你的女人不仅爱你爱到发狂，而且日夜担心你被别的女人抢走。"

李伟闷声道："我是副处，没钱。"

辛元仗义地说："好妹夫，我帮你。我在这束雏菊上施了魔法，只要你今天晚上把它献给冰冰，包你夫妻二人鸳梦重温。不信？骗你是这个。"他伸出五根手指，比画什么不说也罢。

李伟似信非信。

辛元说："我帮了你，你也帮我一个小忙，有位老板想请你吃顿便饭，赏个脸吧。"

"谁？"

"姓史，史老板。"

"提议举办第二届女王大赛的那位？"

"正是。"

李伟冷笑："请你转告他，他的违法经营行为并不严重，但是，如果他总想用行贿逃避处罚，我要视之为加重情节，处罚加倍。"

"别别别，算我没说。"辛元目的已经达到。

一瓶 XO 见了底。

辛元让李伟回避一下，他一个人在餐厅鼓捣了两分钟。他叫李伟回来时，餐桌正中，那束雏菊蒙上一块红纱巾。辛元说："今晚，你准备烛光晚宴，我请冰冰来吃。冰冰坐下后，你只需请她揭开红纱巾，不用说'我爱你'那句废话，如果冰冰还不与你和好，杀我的头。"这回，他没发誓。

这束雏菊真的被施了魔法？

真的！

当夜，李伟与辛冰冰共度良宵。

一点二克拉的钻石

第二天。傍晚，辛元与一个形容猥琐的男人吃海鲜，喝冰啤。他给李伟打电话，问："我的魔法灵不灵？"

"谢谢你。"李伟为人实在。

"不客气，记住，你欠我一份人情。"

"我问你，雏菊上有一粒亮晶晶的东西，那是什么？"

"钻石，一点二克拉的钻石。"

"那就是你的魔法？"

听到李伟如此问话，辛元得意地哈哈大笑："钻石是女人的至爱，没有任何一个女人能够抵抗它的魔力，冰冰是女人中的女人。我跟史老板吃海鲜哪，你的指示我如实传达，他表示坚决照办。你来不来，龙虾刺身，一起喝点儿。"

辛元把手机放到餐桌上，对史老板说："如果不是我再三为你美言，你的罚款就要加倍，恐怕还不止。我妹夫听我的。"

史老板谄笑，递过厚厚的信封。

辛元捏了捏，扣除买钻石的钱，能剩多一半。

辛元在娱乐城"疯狂老鼠"的包间里一展歌喉的时候，李伟走进一家首饰店。他站在钻石柜台前，弯下腰，找寻一点二克拉的钻石，他关心的不是钻石的等级成色，而是价格。

一粒粒各种切割面的钻石反射出灵动的辉光，晃得李伟的头发晕。

女店员问："先生，需要我的帮助吗？"

李伟问："一点二克拉的在哪儿，我找不到。"

"不巧，前天被一位先生买走了，一点三克拉的您考虑吗？"

"不。"

"这有一粒一点一克拉的，外观上与一点二克拉的无异，价钱也要低一些。"

"我只要一点二克拉的。"

这是一个固执的人。女店员和颜悦色地问："您送人，还是保值？"

李伟说："送人。"

"送给谁？"女店员问的很正常，送给情人的讲究华彩，送给妻子的注重实惠。

李伟说："妻子。"

"您考虑选择哪个等级？"女店员的目光从李伟的朴素衣着上一滑而过："IF级的净度虽然高，价钱相应也高。我建议您选择VS级的钻石，不放大的情况下，无法通过冠部看到内含物，换句话说，不用放大镜看不到钻石里面的杂质，在视觉上与高端的IF级的没有区别，价格更为亲民。"

李伟问："VS级，一点二克拉，多少钱？"

女店员笑容不变："一点二克拉的没有现货，您可以预订，进货渠道不同，价钱可能上下浮动。"

李伟灵机一动："你刚才说，前天有位先生买走一粒一点二克拉的钻石，他是不是姓辛，辛元？他是我的亲戚，他抱怨说，贵店没给他开正规发票。"

"我查查，开了，这是发票底联，"女店员等于承认辛元确在这家店购买的钻石。

李伟视力奇佳，看清了发票上填写的金额。

从首饰店出来，李伟走路回家。他查钻石价格，为的是将钱分文不差地还给辛元，凭直觉这事跟史老板有关联。一粒小小的钻石，相当于他两个多月的工资。他没有积蓄，每月工资将够支付生活费用以及别墅的各种花销，他到哪儿去找这笔钱？

小区里，李伟只顾想心事，跟一个人撞个满怀，像撞到铁柱子上。

赵大鹏嗓音洪亮："走路不看路，你撞得过我吗？"柳月在旁，提着一条鱼，看着两个男人笑。她与赵大鹏结婚后，搬入香格里拉小区，所住别墅是先前业主拿来抵债的，刚好折抵他欠大鹏公司的工程款，柳月很会打算盘。赵大鹏说："李处长，叫你兄弟吧，到我家去，尝尝我老婆做的红烧鲤鱼。"

他不容分说，拉上李伟就走。

饭桌上，赵大鹏说："兄弟，你可把我给救啦，我最怕吃鱼，不会挑刺，这条鱼全是你的，我啃我的酱猪蹄。你有心事？"

李伟掩饰道："没、没有。"

恰逢此时，辛元打来电话："我的好妹夫，首饰店的人跟我说，你到那儿打听钻石的价钱去啦，你想干吗？"

李伟说："我把买钻石的钱还给你。"

"你这个人，冰冰怎么嫁给你了？你有钱吗？"

"我想办法。"

"凭你那点死工资，算了吧。这是我跟史老板的一点心意，为了冰冰，为了你跟我妹妹夫妻恩爱，收下吧。"

"明天，一分不少，还钱给你。"

李伟说得斩钉截铁。

柳月借口去厨房，在电话中向辛元问明情况。她喊："大鹏，过来端菜。"

两口子在厨房嘀嘀咕咕。

赵大鹏回到饭桌，喝了半杯酒后，他问李伟："兄弟，听说你有一本《离骚》?"

"哎。"李伟满脑子想的是明天如何向单位同事们借钱。

"古本?"赵大鹏问。

"嗯。"李伟这会儿没心思聊这个。

"你能不能让给我？不是我要，我也看不懂，我的一位远房亲戚，喜欢收藏古本书，过两天是他的生日，我想送他做寿礼。"

"那本《离骚》被猫扯烂了。"

"没关系，我的那位远房亲戚是位修复古籍的高手，不过，你的价钱得让一点。"赵大鹏摆出一副奸商的嘴脸。

"让多少？"李伟缺钱。

"你看这个价行吗？"赵大鹏出的价与买一点二克拉钻石的钱相等。

成交！一手钱，一手货。李伟把古本《离骚》交给赵大鹏，从赵大鹏手中接过钱，他的心中感激莫名。他会把《离骚》赎回来的。

李伟没等到第二天，当晚，他把买钻石的钱还给辛元。辛元掂着钱，说：

"你以后怎么办？我妹妹可是无底洞。"

好运花

辛元在雏菊上施的"魔法"效力消退，李伟与辛冰冰的关系渐趋冷却。

两人的结婚纪念日到了。

李伟爬山归来，摘了一大束杂色野花。

大客厅里，辛元躺在沙发上玩手机游戏，他最近常来串门。他嘲笑道："你真会过日子，买花的钱都省了，结婚纪念日，你送我妹妹什么礼物呀？"

李伟问："她呢？"

"服装店新到一条裙子，仅此一条，专门为我妹妹进的货，请她去试穿。"辛元特别亲切地叫了一声："妹夫，我有个朋友姓皮，我叫他老P，一家公司的老板，经营上出点小问题，你打算怎么处理他？"

李伟进厨房："晚上别走，一起吃晚饭。"

"你们夫妻二人世界，我不当电灯泡。"辛元说是去卫生间撒尿，转道潜入书房。

书桌上放着李伟的公文包，辛元打开搭扣，找出里面的一叠文件，翻看，他用手机拍下两张照片，再把文件放回公文包。他啪地打个响指，一副眉飞色舞的样子。

他双手插兜，吹着口哨走出别墅大门。

他打着手机："老P，晚上请我吃烤肉。"

李伟把西式冷盘、酸奶沙拉、奶油小点心、干红葡萄酒一样样摆上餐桌。他不相信女人只爱钻石，他认为人间最珍贵无价的是真情，他坚信一块石头抱三年也能抱暖了。

杂色野花盛开在餐桌上。这是李伟一朵朵采摘、倍加爱护地带回来的，没有一片叶子、一个花瓣受到损伤，它们散发着山野的清香，蕴含着大自然的灵气。花束中，有一朵不起眼的小花，黄色的花蕊，白色花瓣略带一圈嫩红，衬着一小片绿叶。

李伟也为花束蒙上一块红纱巾。

别墅外，停下一辆红色小轿车，有人送辛冰冰回家。李伟去开门……

红色烛光充盈室内，抒情音乐在心间回响。

李伟与辛冰冰难得在一起吃晚饭，两人无言，有时相视笑一笑。辛冰冰时不时瞥一眼蒙着红纱巾的花束。

烛光染红辛冰冰的面颊。

李伟看得痴了。辛冰冰眼波流动，她的莞尔一笑具有勾魂摄魄的魅力。李伟过去，拉起她，两人相拥相抱，跳起随便什么舞。

红烛爆出一朵烛花。

李伟犹如烈火焚身，辛冰冰温玉一般的身体在他的怀中融化。他抱起辛冰冰，辛冰冰双臂环绕着他的脖子，辛冰冰的一缕长发摩挲着他的脸，发烧的脸。

卧室。大床上，这对夫妻上演华彩乐章的序曲。

李伟血脉偾张，将要更进一步之时，辛冰冰推一下他，像条游鱼似的从他身下滑走。

在他的注视下，辛冰冰打开床头柜，从最底下、最里面取出一个白色的小药瓶，她一丝不苟地检查瓶盖，确认没有开过封，拧开，倒出一粒，吞下，那是特效避孕药。她又取出一只男性避孕工具，也是反复检查包装完好后，这才交给李伟。双重保险措施！辛冰冰有条不紊的一套准备工作费时好几分钟，李伟身体的热度一点点降低，恢复到正常体温三十六点五度。

一切妥当，辛冰冰仰面躺下，平静地等待。

李伟温和地一笑，拿过睡衣，盖在她的裸体上，说："别着凉。我按西餐菜谱做了一道南瓜浓汤，来，请你品尝，看看我的厨艺能评几分。"他边说边穿上睡衣。

辛冰冰眼睛睁大了一下，爬起身，也把睡衣穿好。

烛光摇曳不定。

餐桌上，两只高脚杯斟满深红的酒液。李伟举杯，说："我爱你。"

辛冰冰的食指滑过杯口，看向红纱巾。她在等，等李伟送给她一个惊喜。

李伟揭开红纱巾，露出那束杂色野花。

辛冰冰的目光在花束中寻找。

李伟像是对待一件易碎的宝物，轻轻捧起那朵黄蕊、白色花瓣镶嵌一圈红边的小花。他说："在我的老家，这种花叫好运花，生长在悬崖缝隙里，得到它的女人一生平安，美丽。小伙子们常常不顾生命危险，去摘一朵好运花，送给心上人，表达永远不变的真情。"李伟没说，他为了摘这朵花，差一点滑落深谷。

辛冰冰听不懂这些话的意思。

李伟热切地说："好运花是送给爱人最贵重的礼物。"他双手献上："送给你，我的爱人。"

这朵小野花一点不好看，它很值钱吗？

李伟说："在不是真心相爱的人眼里，好运花分文不值。"

辛冰冰一手接过来，随手放到餐桌上。这就是她整整一晚的期待？她确信没有别的了。她觉得索然无味，慵懒地打个呵欠，去睡了。李伟听到卧室门关上的声音。

好运花开始枯萎了。

李伟久久地坐在餐桌旁，今夜，他本想对辛冰冰说好多、好多句"我爱你"。

价值连城

在外人眼中，李伟与辛冰冰郎才女貌，夫妻和谐，相敬如宾。宾，客人的意思。年复一年，李伟仕途顺利，升为正处，去年起风传他将被破格提拔为副局。作为处长太太，未来的局长夫人，辛冰冰受到人们的格外尊重。面对一些人的曲意逢迎、巴结，辛冰冰心理上得到一种不一样的满足，也许妈妈为她做出的选择是对的，她对李伟的态度不再那么冷。

李伟成熟了，不懂他的人，说他的目光深邃、坚毅；懂他的人，说他的眼神寂寞、空洞；可能各说对了一半。

以上是辛元的叙述，添加了小袁丰富的想象。

说话太多，辛元口干，他让服务员再续咖啡。他同情地说："我那位前妹夫事业成功，生活上是个可怜的人。其实没必要把感情看得那么重，他应当向我学习，遇到伤心事，喝顿大酒，醉到不省人事，第二天醒来，保准把昨日之感情忘个精光。"

今晚，好友咖啡屋客人不多，比较安静，辛元的话引来一对情侣的侧目而视。

小袁拿出照片，问："你见过这枚耳坠吗？"

辛元细看："样式老气，值多少钱？"

"你见没见过？"

"没有，这年头哪个女人还戴这种老掉牙的首饰。我想想，在我认识的人里，这种式样的耳坠只有两个女人适合戴。"

"哪两个？"

"一个是我妹妹，凭她的肤色、相貌、气质，戴什么样的首饰都行。"

小袁问："你见她戴过？"

辛元再看照片："没印象，冰冰的首饰太多了，一天换几次，装满几大抽屉，我哪儿记得住。"

"还有一个女人是谁？"

"我不敢乱说。"

"你怕什么？"

"我怕赵大鹏揍我，那只大狗熊，爱妻如命，我可惹不起他。"

辛元不用说出那个女人的名字了。他不谦虚地说："我对首饰颇有研究，比我更懂的人屈指可数。柳月属于那种传统的、古典的、宫廷韵味的女人，这枚耳坠太适合她了。"

"你见柳月戴过？"

"她？她什么首饰都不戴，素面朝天，是一个把自己的美藏起来的女人，一般人发现不了。说实话，在这点上冰冰真比不上人家。"

"我听说，柳月跟李伟是大学同学。"

"何止是同学，两人的关系……"

辛元及时管住舌头，他说："小袁警官，你套我的话，这样不大好吧。有些话不能乱讲，更不能传到赵大鹏的耳朵里。"

小袁笑问："你好像很怕赵大鹏。"

"我怕他？"辛元梗起脖子，愤愤地说，"有一次，我跟柳月说笑了几句，赵大鹏就吃醋要打人，那个人心胸狭窄，粗暴！野蛮！没有教养！我从那天起，再也不从他家门口走过。"

小袁心中暗笑，她把辛元的话翻译了一下：某日，辛元见到柳月，纠缠不休，出言调情，赵大鹏一怒之下要揍他，吓得他夺路而逃，以后再不敢走过赵家门口，绕路而行。

小袁收回耳坠照片。

耳坠都是成对的，另一枚在哪儿？

小袁把一半咖啡钱放到小桌上。辛元不走，因为那个黄发女人冲他狐媚地一笑，摇一摇满头大波浪的长鬈发，眼波里充满挑逗的意味。他心痒难抓，以为今晚会有一场艳遇。

小袁一走，辛元过去，坐到黄发女子对面的空座位上，还没开口，一只大手掐住他的脖子。一个上衣敞开、戴大金链子的凶汉站在背后，恶声恶气地说："勾引我的女人，赔钱！"

辛元吓软了，嗓子眼里挤出声音："我没带钱。"

凶汉说："写欠条，扣身份证。"

小袁去而复返，她早已看出情形不对，刚才没走，站在门外。凶汉认出她是警察，撇下黄发女子，亡命而逃，一头撞上玻璃门，晕死过去。小袁让服务生报警。辛元感激地说："袁警官，你救了我，我一定知恩图报，我帮你查出耳坠是谁的，否则，是这个。"他又伸出五根手指。

后来，他误打误撞真做到了。

在一座全玻璃幕墙、水晶宫似的大厦前，小袁因刚才的事迟到几分钟，开着一家首饰小作坊的小学同学刘兰香朝她招手。

两人走进大厦。一个气势恢宏的大厅展现在眼前，无数深色木柜中摆满各式各样的奇珍异宝，琳琅满目，具有强大的视觉冲击力。小袁不禁放轻呼吸，刘兰香带她来到一家珠宝拍卖公司。

全套清宫陈设的洽谈室里，一位马脸、黑色西装的年轻男士出面接待，他递上名片："敝姓邹，大客户经理。"

刘兰香说："我跟你们老板的太太是熟人，她常去我那儿打首饰。"

邹经理更加毕恭毕敬。

刘兰香把耳坠照片放到桌面上："请鉴定一下。"

邹经理先是随意看了一眼，神色变为郑重，他用上高倍放大镜。他问："没有实物？"

刘兰香说："没带在身上，怕不安全。"

邹经理"噢"了一声，尾音拖得较长。他问刘兰香："这枚耳坠是祖上传下来的？"

"……是。"

"祖上为官，还是经商？"

"当过官，也经过商，这是真的还是假的？"

"凭我多年从业经验，真品无疑。"

多年？这位邹经理二十出头，他莫非在娘胎里就做珠宝生意？小袁问："真的？说说你的根据。"

邹经理说："按业内规矩，不方便透露，请您谅解。"

刘兰香问："值多少钱？"

邹经理反问："您是否有意参加本公司秋季拍卖会？本公司宗旨，为宝物所有人提供最优质的服务，您只需预交一笔为数不多的鉴定费、拍卖费。"

刘兰香说："合适我就参加。"

邹经理打起精神，他问："这枚耳坠是您的？"刘兰香反问："不是我的，是你的？"邹经理问："您对这枚耳坠的价位一无所知？"刘兰香说："我想考考你的眼力。"邹经理心中有数了，他说："两位女士请坐稳。"

邹经理站起来，手按在照片上，神情与做派像是舞台上的魔术大师，他认为气氛营造得够足时，说：

"这枚耳坠价值连城！"

第五章

定情信物

六六大顺小旅馆，它由临建木板房改造而成，简陋，失修。

李伟的父亲住在一间四人客房，没有离开本市。他要等着开过儿子的追悼会，再抱着儿子的骨灰回到千里之外的家乡。

下午两点半。小袁一身便衣，走上小旅馆台阶。

严主任从门内出来，他与小袁在台阶上迎面相遇。严主任一手虚引："烦请借一步说话。"

他开着单位公车来的。车内，他说："袁警官，你帮我做做工作，动员李伟的老父亲换一家条件较好的宾馆去住。我来了几次，他老人家不肯，他说这家小旅馆他承担得起，不用公家为他花钱了。李伟是我唯一的好朋友，李伟走了，李伟的老父亲却住在这么破破烂烂的地方，我于心不忍哪。昨天夜里，我又梦见李伟，我醒了，出了一身汗，汗把被子打湿了，我问心有愧呀。"

小袁问："安排李伟的父亲搬到哪家宾馆？"

"西子酒店，我预订了一个标准间，我老婆是那儿的客房部经理，便于照顾。"严主任说。

"我试试。"小袁同意帮忙，她是出于对李伟父亲的同情。

严主任说："谢谢。局领导批评我几次了，说我办事不力，李伟的父亲住这种小旅馆，会让外人说闲话，说局里苛待李伟的家属，传扬出去影响不好。"

小袁讥诮地说："原来如此。"

严主任解释："你不要误会，局领导是非常体恤下级的人，但是，局领导需要平衡方方面面的关系，在他的位置上，有些问题……"小袁不想听下去，下车，走向小旅馆门口。严主任追喊："拜托啦。"

走廊，又窄又矮又暗，里面亮着一盏不知几瓦的昏黄小灯泡。小袁推开朝北的第三间客房的门。

房间十几平方米，靠着两边的木板墙放着四张铁管床，三张床被褥凌乱，像是住宿的客人走的时间不长，服务员还没来收拾。一张床单平整的床上，李伟的父亲闭紧双目，和衣而卧。他的深蓝色中山装领扣系紧，露出一圈白衬衣衣领，床边地上的皮鞋虽旧，但擦得干干净净。

他的中山装老式的，现在少有人穿。

屋内气味不佳，小袁开窗通风。她摇摇空暖壶，去打开水。

她回来时，与老人目光相遇。

老人问："小袁警官，你找我有事？"

小袁问："您能认出我？"她与老人没有正面打过交道，也没说过话。

"我见过你两次，我是语文老师，几十年的班主任，班上的孩子见一面就能记住，"老人的笑容慈祥可亲，说话声音抑扬顿挫。

小袁规规矩矩地说："伯伯，我想向您请教几件事。"老人穿上鞋，端正地坐好。小袁回想起上学时在老师面前的情景。她双手拿着照片，问："您见过这枚耳坠吗？"

"见过，小伟的宝贝。"

"您没看错？"

老人的表情就像听到一个学生质疑标准答案。他说："小伟总把它带在身上。我第一次见大约是在七年前，小伟探亲回家，他妈妈有个老毛病，翻儿子的口袋，几下翻出这枚耳坠，耳坠藏在钱包的夹层里。她拿给我看，她认定耳坠是柳月的，因为柳月家祖上三代经商，一般人家不会有这种样式的古董。她猜耳坠是柳月与小伟的定情信物。"

"定情信物？"小袁问。

"小伟的妈妈早就把柳月看成最中意的儿媳妇，柳月叫她妈妈，两人亲如母女。她认为，这枚耳坠表示小伟与柳月已经私定终身，她高兴极了。晚上，我们老两口审问小伟，小伟交代，他这次回家探亲，主要为了跟我们商量，他相中一位姑娘，想让她做我们的儿媳妇。"老人长叹，"姻缘里有个缘字，小伟说，那位姑娘不姓柳，而是姓辛。"

"妈妈跟儿子吵起来了吧？"小袁问。

"小伟的妈妈没说不同意，她深知小伟是牛脾气，随我。小袁警官，你牵过牛吗？小伟的妈妈只问了问辛冰冰的出生日期，几点生的。"老人的话令人费解。他接着说："第二天上午，小伟的妈妈请来一位圆脸大耳、穿黄袈裟的高僧。高僧看过辛冰冰的生辰八字，说，依据命理，这位辛姓女子克父克母，且无法化解，不宜迎娶。小伟是个孝顺孩子。"

小袁恍然，牛是这样牵的。

老人笑得酸楚："小伟不争辩，他请高僧留下来吃斋饭。小伟下厨，做的自然是豆腐、木耳、青菜，他最后端上一只白瓷砂锅，揭开盖子，香气扑鼻，锅里是酱红色的苏造肘子。小伟说声'请'，高僧拿着筷子去夹，筷子刚夹到肘子，停住了。高僧与小伟相视而笑，小伟微笑，高僧哈哈大笑。吃肉的高僧是位佛学爱好者，小伟的妈妈请他来做说客，就这样被小伟拆穿了。"

小袁想，这对母子一样聪明。

老人说："我们老两口同意了这门亲事，这时，小伟才对我们讲，他与辛冰冰已于前天登记结婚了。这枚耳坠很可能是柳月送给小伟的念想，纪念一段过去的友情。我见过几次，小伟一直把它带在身上。"

耳坠上的红宝石像一滴红色的泪。

小袁还要找个恰当的机会，向柳月核对。她问第二个问题："伯伯，您的儿子李伟小时候爱哭吗？"

老人说："小伟性格内向，感情丰富，但不表露出来，眼泪留在心里。他热爱爬山，爬最陡的山，爬到山顶，让风把他的叫声送上蓝天白云，这就是他的性格。"他又加了一句：

"小伟像一块玻璃，硬，脆。"

小袁说话直，她问："伯伯，李伟这次叫您来，有什么要紧事？"

老人的回答是："我只有一个杯子，我自己用的，不干净，不请你喝水了。"

小袁不再问，她说："伯伯，这家小旅馆的条件太差了。"

老人说："一张床，足矣。严主任两次劝我搬到西子酒店去住，我不同意，他又让你来劝我，我不去，在这里住得蛮好。请严主任收回他的好心，小袁警官，你不要往里掺和。"

小袁自讨没趣。倔犟的老人！

她正不知该说什么好时，客房门推开，进来一位穿制服的男警察，身后跟着严主任。严主任一指老人，说："这是你要找的人。"男警察年纪不大，派头很足，他用鼻音向老人发问："你有个儿媳叫辛冰冰？"

老人答："有啊。"

男警察命令："你跟我去趟派出所。"

小袁叫他："小董。"

"小袁！在这儿碰见你了，"男警察小董乐得差点跳起来。他说，"我给你打过一百次电话，你都不接。"

小袁问："你找这位老伯伯什么事？"

发 飙

警车以三十迈的时速前行。小董开车，他只顾跟小袁叙旧，忘了车后座上还有李伟的父亲。

在警校时，小袁身边追求者众多，小董是其中最狂热的一个。小袁不胜其烦，公开宣布：谁的射击与格斗胜过她，她就跟谁交朋友。小董雄心勃勃，天天泡在靶场，风雨无阻；日日翻滚在练功房，摔得浑身伤痕累累；他的各项成绩突飞猛进，成为男同学中的大拇哥。期末考核，他手枪十发速射比小袁差了不止一环；自由格斗被小袁几下击倒在软垫上，爬不起来，丧失反抗能力；班上其他男同学个个瞠目结舌，无人再敢上前向小袁挑战。

自此，小袁雌风大振，被全班同学尊称为袁姐。

毕业分配，小董分到基层派出所，射击格斗水平一落千丈，却练就一身与大爷大妈打交道的过硬本领。小董羡慕地说："女刑警，女神探，威风，神气！你跟毕队说说，把我调你们那儿去，我请你吃火锅，或者做一个月你的陪练，任你摔，任你打，哪怕筋断骨折。"

小袁笑道："你在派出所好好干吧，我可听说了，有女儿的大妈都争着抢你做女婿呢。"

"你别听那些胡说，我的心只属于一个姑娘。"小董转过脸，可怜巴巴地看着小袁。

"看前方，当心追尾。"小袁提醒他。

派出所到了。这是一栋不大的红砖小楼，外观朴素。办公室里，小董倒了两纸杯茶水，放在李伟的父亲与小袁面前。他说："老人家，您别怕，您没违法，有件事想请您协助解决一下。"

李伟的父亲问："辛冰冰的事?"

"您老圣明。"

"她违法了?"

"是这么回事……"小董刚说个开头，就听见隔壁传来一声怒吼："放我走!"声音嘶哑，蛮横，像是发自一个壮实的中年男人。

小董过去关上门。他说："辛冰冰，您的儿媳妇，在塞纳河畔西餐厅吃饭，吃完了，她不给钱，还砸了餐厅的汤盘。"

小袁问："因为菜做得不好?"

小董说："不是。"

"服务不周到?"

"也不是。"

"那为什么?"

"她没带钱。"

辛冰冰吃霸王餐?

小董说："餐厅女经理打电话报的警，我去处理的，当事双方现在都在派出所。经过询问，事情不大，只要辛冰冰或是有人替她赔偿餐厅损失，道个歉，就不作为治安案件处理。老人家，您看……"

"你什么意思，你要让李伯伯出这份钱?"小袁质问。

"我只是建议。"小董的好脾气是在派出所练出来的。

小袁说："你应该去找辛冰冰的哥哥要钱，一个叫辛元的。"

"我找过了。"小董无奈地说，"你看看，这是辛元的手机号码，辛冰冰女士给我的，她说让她哥哥送钱来，我按照这个号码拨通了，我问他是否是辛元先生，对方说我打错了，然后啪地就把电话挂断了。"

小袁打开自己的手机，查了一下，她保存的辛元手机号码与小董的一致。

她当即拨打，刚响一声，通了。

辛元带磁性的男中音："小袁警官，今晚还是好友咖啡屋？不如一起吃个饭。"

小袁说："有人找你。"她把手机交给小董。小董说："我是派出所民警，姓董。我没说你不是良民。你妹妹辛冰冰女士在塞纳河畔西餐厅吃完饭，忘记带钱了，她让你赶紧送钱来，送到哪儿？送到派出所。你多长时间能到，半小时？不行，十五分钟，必须到，快着点儿啊。"小董把手机还给小袁，说："没挂，辛元要跟你说两句话。"

小袁接听："说。"

辛元问："冰冰真在派出所？不会连我一块抓吧，我可没做犯法的事。"

"那你心虚什么，带上钱，跑步来。"小袁挂断电话。

小董满意地说："只等钱一送到，事情圆满解决。"

小袁不这样想，她对辛元缺乏信任。她问小董："你怎么找到李伯伯的？"

小董说："我根据辛冰冰女士的户籍资料，查到她的配偶名叫李伟，再查到李伟的工作单位，与严主任联系上了，从他那儿得知李伟已于近日不幸去世，严主任指点我找到六六大顺小旅馆朝北的第三间客房。我有做刑警的天赋吧？"

小袁说："既然你明知李伯伯的儿子死了没几天，为什么让他替辛冰冰赔钱，往他的伤口上撒盐？"

小董说："算我考虑不周。"

李伟的父亲神色不安。

隔壁，又传来那个男人粗鲁的吼叫："放开我！"办公室外的走廊上，响起杂沓的脚步声，几个人跑过去。小袁问："这是谁呀，抓进派出所还这么嚣张？"

小董说："你坐，我去处理一下。"

他跑出办公室。不一会儿，隔壁一阵叮叮咣咣的大响，桌翻椅倒的声音，那个男人牛一样闷吼："我要跟你们拼命！"

小袁想过去看看究竟。

小董跑回来，警服扯开，警帽歪斜，他对小袁说："我们几个人都弄不住那家伙，正好你在，全警校格斗第一，帮我一个忙，顺便给派出所的女警花们做一下动作示范。"

小袁成为刑警之后，跟着毕队长参加多次抓捕，几次出生入死，实战经验日渐丰富。在派出所里制服一个嫌犯，小菜一碟。

她冷静，从容，并不大意。

一间大些的办公室里，几名女警与一个长发覆面的白衣人撕扯在一起，她们抓胳膊，抱腰，使出全部力气。可是，她们不是一线外勤，平日坐办公室，手上没劲儿，动作不得要领，屡屡被白衣人挣脱。白衣人嘴里不断冒出不堪入耳的脏话，狂吼一声，奋力一张双臂，将女警花们四下撞开。

小袁扶住一位女警，她一个箭步冲上去，单手一伸，就要施展擒拿术中的一式。

当她一瞬间看清白衣人的面孔时，愣住。

白衣人是谁？

世上最难的事

秋阳一半沉入西山。

香格里拉小区，一栋别墅的红斜顶反射着落日余晖，像是一簇簇跳动的火焰。餐厅里，朱红与金山分坐在长餐桌两端，晚餐丰盛，朱红面前的餐盘里盛着一大份牛排、配菜，还有水果与一小片涂满奶酪（厚厚一层）的面包。根据营养师的建议，她减掉甜点，一到睡觉前就饿。金山吃得不多，听着朱红的咀嚼声，他有些倒胃口。

朱红放下刀叉，她把奶酪面包塞进红艳艳的嘴巴里。

晚餐吃完了，金山抬屁股要走。

朱红说："你吃得不多。"

"胃不舒服。"金山找个理由。

"去医院，挂个急诊？"朱红表示一下关心。

"家里有胃药，吃一片就好。"

"你应当加强锻炼，我给你办了张健身卡，你去过几次？"

"好像两次。"

"你一次没去。"

朱红的话里包含着一句潜台词：你的行踪瞒不过我。金山说："我不喜欢去健身房，我就爱擦车。"朱红笑着说："你车擦得不错。"金山做她的专职司机时，常因这一点受到她的夸赞。

窗外，路灯初亮，一个人影来回逡巡，高个儿，大长腿，那是辛元。他想进来，又缩回去了。

朱红的眼睛密切关注辛元，嘴里向金山提问："你这次到南方开了几天会？"

金山不慌不忙："半个月，十五天，你问过三遍了。"

"你看我的记性，什么会？"

"你也问过了，未来十年化妆品发展方向的研讨会。会议内容我向你做过汇报，我带回一箱子会议资料。"

"参加研讨会的有我认识的朋友吗？"

"没有。"

朱红冷不丁说了一句没头没脑的话："西子酒店，客房部经理，姓娄，她是我的朋友，我们认的干姐妹，这事你不知道，挺意外吧。"

金山的脑子嗡的一声。

朱红好像在笑，又问："这半个月你去哪儿了？"

金山咬紧牙关："南方，开会，研讨会。"

朱红说："你的嘴真硬。再告诉你一件事，我还认识两个人，男的叫杜顺，女的叫洪宝，一对夫妻，最近参加了一个旅游团，跑了十几个国家。"

金山把水喝进气管，剧烈咳嗽。

朱红说："我帮你捶捶背？"

金山摆手："不用不用，马上就好。"

朱红继续说下去："那对夫妻给我寄回不少在国外拍的照片，背景中有一对男女，女的是辛冰冰，男的越看越像一个人。"

金山的心脏猛地收缩，将全身血液冲压到他的脸上。

朱红是个爽快人，今晚一反常态，不急于说出那个男人像谁。她看着金山，犹如一只猫看着关在笼子中的金丝鼠，她只把爪子伸进去逗弄。

金山脑子飞转，寻找逃生之机。

门铃响了。

"我去开门。"金山从心里感谢那个这时来访的客人。

金山一只眼睛对住门镜，来客是辛元，他正用手抹平鬓角。

金山打开门，两个男人没有相互问候。辛元没换拖鞋，金山带他到餐厅，退出。金山上楼，站在楼梯拐角处，偷听餐厅里的对话。

朱红问："吃饭了吗？"

辛元说："吃过了。"他没吃，胃内空空，餐桌上金山吃剩的牛排勾起他肚子里的馋虫。他掏出烟，朱红用叉子敲敲餐桌，辛元把烟装回口袋。按响门铃之前，辛元在外面转了一圈又一圈，以致引起小区保安的警惕。他是来向朱红借钱的，妹妹辛冰冰关在派出所，等着他拿钱赎人。他这两天手头紧，钱包里只有几张信用卡，全都透支了。他那些酒桌上、牌桌上的好朋友们一听借钱，个个跑得比八条腿的兔子还快。他只好硬起头皮，来找前妻朱红。

朱红看他的样子，猜到有事。

辛元找话说："你这套别墅不错。"

"参观一下。"朱红邀请。

"今天免了，改日。"辛元没心思。

朱红从上到下，全方位地看了一遍她的这位前夫。辛元老了，发际线后移，头发泛黄，不再浓密，眼袋明显，胡子刮得不大干净。他的花格衬衫像是自己熨的，不平整，牛仔裤几天没换，前裆拉锁处似有尿渍，鞋擦得虽亮，鞋底磨偏了，辛元身上的香水味仍然那么浓烈。

辛元不换穿拖鞋，他的袜子八成有个破洞。

朱红自问，当初是怎么看上这个男人的？

朱红高中毕业，凭她的学习成绩考不上大学。她捏着鼻子一闭眼，扑通一声跃入商海，做起买卖，立志挣数不清的钱，让那些进入名牌大学的中学同学看着眼红。初做生意，她没经验，没门路，没本钱，在市场里租个摊位，专卖女士化妆用品，利润跟她的命一样，都像一张钞票那么薄。

一次饭局，她结识了辛元。

酒桌上，辛元一手夹着香烟，吞云吐雾，高谈阔论，满口高深的经济学术语，什么CEO、汇率、期货、企业重组、资本运作等等，朱红听傻了。辛元自称在多家大公司任职，往来皆为商界名流，加上辛元一表人才，风流倜傥，朱红，一个涉世不深的小女生，完全被他迷倒了。

朱红丰腴诱人的体态，红短裙，也牢牢抓住辛元的目光。

饭后，辛元作为一名绅士，提出送朱红回家。朱红零点才到家，一路上走了三个小时，不知两人干了些什么。

第三天，两人闪电般结婚。

差一天一个月，两人再到民政局，这次是来办理离婚手续的。

因为在婚后的共同生活中，朱红发现，辛元的本事全在一张嘴上，而且用情不专，对她的生意毫无帮助。朱红爱穿红衣，但头脑冷静，她不是那种拖泥带水、哭哭啼啼的女人。作为一个精于计算的商人，经过得失的权衡，她与辛元开诚布公地谈了一次话，两人一致同意：和平、理性地解除这份婚姻合同。

她发财了，为了向当年看不起她的辛冰冰与辛元父母示威，她也买了香格里拉小区的别墅，比辛家更大的别墅。

今晚，面对落魄的前夫，朱红心想，自己年轻时真是一个易于被表面迷惑的傻大姐。

她问："你还好吧？"

辛元强颜作笑："还好，这一段我忙得很，连签几单大合同……"他不往下说了，因为朱红脸上现出带刺儿的笑。辛元讪讪地说："我刚好从你家门口路过，顺便进来看看，你更胖了。"

朱红不爱听："这不是胖，这是丰满！"

辛元口袋里的手机不间断地响，派出所打来的。他对朱红说："这是催我去谈合同，离开我就办不成事了，烦人。"

朱红说："别耽误生意，我让金山开车送你。"

一提到车，辛元找到借钱的理由了。他说："我的奔驰车送修理厂了，今天取，不巧我的钱包忘带了，你给我拿点现金，明天还你，利息就算了，你不会要。"

借钱，朱红摸清前夫的来意。她说："那家修理厂账号多少，我用手机银行把钱转过去。"

辛元说："修理厂账号，我不知道。"

"哪家修理厂，我可以查。"

"修理厂的字号，我还真没注意。不用那么麻烦，你把现金给我，我保证明天还。"

朱红干脆地说："我没现金。"

辛元觉得这个绝情女人的大胖脸丑极了，他不再装笑脸，站起身，说："告辞，请您留步，不用送。"

别墅外，辛元仰望星空，身上冷，心里凄惶，他上哪儿去搞钱？

手机没完没了地响，派出所打来的。

朱红追出，往他的牛仔裤口袋里塞进一个两寸厚的信封，转身回去。

信封里装的什么？

朱红又用什么东西来羞辱他，辛元这样想着。他掏出信封，打开，里面是钱。他抬起头，朱红站在窗前，两人隔窗相望。朱红拉上窗帘。

辛元眼前蒙上一层雾气。

尊　严

白衣人是近于疯狂的辛冰冰。

场面静止。

小袁双目如电，气势逼人，她蓄势待发，一出手即可控制住辛冰冰。

辛冰冰被震慑住了，她咻咻地喘着气，膨胀的身体一点点返回人形。她整整奶白色套裙，梳理长发，从手袋里取出化妆盒，补妆。一眨眼的工夫，一个美丽动人、风情万种的辛冰冰重又展现在众人面前。

辛冰冰的真实嗓音粗哑难听，所以她极少说话。

小袁对女警们说："她不老实，叫我。"

回到李伟父亲的身边，小袁问："李伯伯，您已经听出那是辛冰冰的声音？"老人点头，问："你没打她吧？"小袁笑了。

小董双手奉茶，第一次见似的上下看着小袁，说："好厉害的女刑警，出手不凡，凛若天神，让我佩服得五体投地。我不敢追求你啦，哪天吵起架来，还不得被你打个稀巴烂。"

小袁瞪他一眼："贫嘴。你说说事情经过吧。"

小董说："我把餐厅女经理、服务生叫过来，你听他们说。"

塞纳河畔西餐厅女经理人很干练，是位标准的韩版美女，她用几句话概述这场霸王餐风波：

餐桌旁，男服务生把几张信用卡交还辛冰冰，反倒像他做错了事，怯怯地说："抱歉，您的卡都刷不出钱，您有现金吗？"

辛冰冰的钱包从不装现金，钱脏。

女经理过来，向男服务生询问了一下，她对辛冰冰说："您找位朋友，把钱送来？"

辛冰冰没有朋友。她给哥哥打电话，辛元声音很大："我手头也没钱，你跟餐厅说说，你是常客，这次记账。"

女经理说："按规定，本餐厅不记账，我不是老板，请您理解。"

周围的食客们全朝这边看，其中几位女客议论："长的模样凑合，吃饭赖账"；"衣服挺高档，脱了，抵饭钱"；"男人们醒醒吧，看女人不能只看脸蛋、身材，要看心灵美"……一堆诸如此类的话。

面子受到严重伤害，辛冰冰向餐厅外走。女经理横跨一步拦住。辛冰冰高高举起汤盘，摔到地上。

女经理报警。

事情不复杂，也不严重，一件小小的民事纠纷，够不上治安案件。女经理只为讨回这顿饭钱，并不想与客人结仇，影响餐厅今后的生意。她眼睛毒，看了一下李伟的父亲，问："您是那位辛女士的什么人？"

小袁说："老伯伯跟这事没关系。"

她拨打电话，辛元接了。她问："你到哪儿了？"辛元答："快到了，再有十分钟，准到。"

"钱带了吗？"

"带了，够吃十顿的。"

香格里拉小区大门外，辛元站在路边拦出租车，马路上不见车影子。即使他这会儿坐上车，最快也要半小时才能赶到派出所。

半小时过去。

女经理用报纸哗哗扇风，等得心焦："这都几个十分钟了，说话有没有谱，没钱，嘴馋，想白吃，一家子赖皮。"

李伟的父亲表情难堪。

小袁再打电话，辛元说："两分钟，再等两分钟，我看见派出所的标识牌了。"

马路上，车流望不到尽头。辛元问："师傅，还得多长时间？"出租车司机说："堵车，一个钟头能到就不错了，这不是飞机。"

手机铃响，辛元不接了。

办公室里，女经理说："我请示老板了，饭钱不要了，我请求将那个女人拘留几天，给她一个教训，让她没脸做人。"

李伟的父亲听不下去了，他问厕所在哪儿，小董说：出门右拐，走几步就是。

厕所里，李伟的父亲掏出身上所有的钱，有零有整，全数放到洗手池上，他数了一下。他听小董说过，辛冰冰欠了多少饭钱。他收起零钱，放回口袋。他把整钱攥在手心里。

他把手里捂热的钱放到女经理面前。

女经理说："您这是……"

他说："辛冰冰是我的儿媳妇，她欠的钱我还。"

小袁来不及拦了。

女经理数了数，说："您这钱也不够呀。"

李伟的父亲说："我只有这么多了，如果你信得过，差的钱我回家后给你汇来。"

小袁说："差多少，我补上。"

女经理说："算了算了，饭钱打八折，正好。"她问："您儿子呢？应该他来还钱。"小袁在她耳边低语几句。女经理听后，把钱送还："这钱我不要了，不能要。"

李伟的父亲坚定地把钱推回去。

送走女经理，小袁说："伯伯，您的儿子不在了，您没有义务还这笔钱。您经济不宽裕，您这是为什么呢？"

李伟的父亲说："为了小伟，为了他身后的尊严！"

小袁肃然起敬。

辛冰冰扬长而去，高跟鞋敲击瓷砖地面的声音很有韵律感。

小袁说："伯伯，我送您回小旅馆。"

李伟的父亲说："不麻烦了，我认识路，忙你的事去吧。"他走出派出所，背影深深伛偻着。

他进了一家小面馆，把零钱凑到一起，要了一碗素面。他吃得很慢。

同时，辛冰冰进了一家门面奢华的酒吧。

女人是酒做的

酒吧名为"燃烧的心"。

光线迷蒙。一名乐手口衔红玫瑰，低头抚弄六弦琴，演奏一支小夜曲，琴音与酒气飘浮在如烟的空气中。

辛冰冰坐在吧台前的高脚圆凳上。

她面前摆满各式鸡尾酒，十几杯之多，都是男客们送的，不断有人送来新的。她一杯接一杯，喝得快，看来在派出所待了几个小时，渴极了。她喝得越多，大大的黑眼睛越是显得水波荡漾，她那令人销魂的魅力辐射到酒吧的每个角落。

小袁找个空座位，点了一杯柠檬水。她戴上一副平光眼镜，双面夹克反穿，打扮得像个大学生，保证辛冰冰认不出她。

她要通过观察辛冰冰，了解李伟婚后过着怎样的生活。

离吧台不远的沙发座上，坐着几个泡酒吧的常客。其中有两个熟人，男的敞怀，文身，戴条大金链子，他是凶汉；女的是黄发女子；在好友咖啡屋，两人企图用色相敲诈辛元，被小袁当场抓住，送拘留所改善了三天伙食，今天下午刚放出来。凶汉打个响指，叫来服务生，又给辛冰冰送了一杯鸡尾酒，酒名"深水炸弹"。

黄发女子见状，醋意大发，推开抱着她的凶汉。她抓着一瓶快喝完的红酒，脚步歪斜，扭到吧台，紧挨着辛冰冰坐下。

辛冰冰端起"深水炸弹"，她那双多情的黑眼睛瞟了一下凶汉。

美人一顾，凶汉的骨头酥了。

黄发女子更气了，她挑衅地说："姐妹儿，你在哪家夜店上班，陪男人一晚上收多少钱?"

六弦琴乐手换了一支曲子，辛冰冰听得入神。

被人不理不睬，黄发女子从没受过这种轻视，心里不由冒起一股邪火。她一只手去摸辛冰冰的脸，想用猩红尖利的指甲划破辛冰冰娇嫩的脸蛋。她恶声恶气地说:"姐妹儿，你这张脸整的吧，我再给你整整。"

辛冰冰眼中戾光一现，抬手，抡圆，给了黄发女子一记又脆又响的耳光。

黄发女子摔下高脚圆凳，跌倒在地，仰面朝天，短裙翻起。

事发突然，酒吧里先是一静，继而响起满场喝彩与口哨声。

凶汉双手抱肩，等着看戏。他最大的爱好就是看女人打架，她们抓，挠，掐，揪头发，场面不血腥，有趣。他想等到黄发女子与辛冰冰打起来，他过去英雄救美，当然是救辛冰冰啦。

黄发女子跳起来，披头散发，作势欲扑上去。但是，她一接触到辛冰冰森寒的目光，不由吓得倒退。她跑回凶汉身边:"哥，我让人欺负了，你帮我出气。"

凶汉没看成好戏，心里不痛快，甩开她，也给了她一巴掌，骂道:"贱货!"

黄发女子躲到一边，捂住脸，肩膀一抽一抽的，不敢哭出声。

人渣! 这是小袁对那几个人下的评语。

六弦琴声如同水流叮咚，像一只温柔的手，安抚人的心灵。

黄发女子坐在凶汉的腿上，不时发出笑声。酒吧回归迷梦一样的氛围。

辛冰冰喝光所有的酒，没有一丝醉意，她天生是酒做的?

酒吧外，响起连续三声车喇叭。

蛇　舞

辛冰冰坐进红色凯迪拉克轿车，车开走了。

小袁走向一辆停在酒吧前的出租车，问："师傅，走吗？"出租车司机说："上来吧。"小袁上车，说声："跟上前面那辆车。"

出租车司机年近五十，不是多嘴的人。他挂挡，踩油门，跟上红色凯迪拉克。一路上，两车始终保持几十米的距离，不远不近，中间还隔着几辆车，这样红色凯迪拉克不易发觉有车在后跟踪。

这位出租车司机不像一般人。

"疯狂老鼠"到了，巨大的霓虹灯招牌色彩不停变换，亮如白昼，这是本市最具盛名的娱乐场所，通宵不眠。门前豪车云集，门内舞曲声洪水般一波又一波地溢出来。

门童为金山、辛冰冰拉开玻璃门。

路边，小袁下车，问："师傅，您以前干什么的？"

出租车司机说："以前是警察。"

"前辈。您现在……"

"现在还是警察。今晚，市局统一部署，抓捕杀人在逃犯贾宝贝，你进去吧，你们毕队在里面。别走，车钱没给呢。"

小袁早被认出来了。

一层大厅，小袁扫视一遍，没找到毕队长，却意外地看见两个不该在这里出现的人：杜顺与洪宝。这种场所，哪有夫妻一同来"娱乐"的。

预订的座位。金山拉开一把椅子，辛冰冰一坐，他刚好把椅子送到她的屁股下面；他点了一杯朗姆酒，一杯软饮料；他帮辛冰冰脱下外衣，挂在椅背上；他从礼盒里取出一件银光闪闪的紧身短裙，在辛冰冰身上比了比……

杜顺假装用手机打电话，对准金山与辛冰冰拍了一张又一张照片，额头汗涔涔的。

大厅客满。

邻近杜顺夫妻的座位，一张小桌旁有把空椅子，服务生引导小袁过来，坐下。小桌对面，一个男人身体靠墙，鸭舌帽压在脸上，穿得花里胡哨的，打着瞌睡。这么吵的环境，他睡得着？估计喝多了。

洪宝骂她的男人："别拍了，拍上瘾了，那是只狐狸精，迷上她的男人不死也得脱层皮，没好下场。"

杜顺气她："人家长得就是比你好看，养眼。"

"你去找她呀，晚上别往我的被窝里钻。"

"去就去。"

杜顺真去了。金山正往辛冰冰的嘴里喂一粒红樱桃，杜顺抓拍了一张，他想，这张够分量。他跟金山打招呼，金山表情慌乱。他又对辛冰冰说："大姐，在这儿碰上了，有缘。"

辛冰冰喝了一口朗姆酒，视杜顺如空气。

杜顺被晾在当场，没人理。

这边，小袁问："你们认识那个女人？"

洪宝说："认识。哎，你问这个干吗？我好像在哪儿见过你。"

"我看您也面熟。"

"你一个姑娘，少来这种地方，学不了好。"

"嫂子，您说得对。"

"我男人来这儿是为了办事，我不放心他一个人来，怕他学坏，跟着来了，看着他。"

小袁说："嫂子，那个女人不搭理大哥，你们跟她不认识吧？"

"摆臭架子。"洪宝为了挽回面子，说，"前一段我跟我男人出国旅游，跟那两口子一个团。"

"那是两口子？不像。"

"我看也不像，一对野鸳鸯。在国外，那男的影子似的贴在那女的屁股后面，一口一个冰冰，真酸，酸倒了牙。"

小袁的调查取得重大进展。

洪宝觉得不尽兴，又说："那个男人姓金，导游叫他金总，我看哪，他是只馋猫，闻见了腥味儿，鱼还没吃到嘴里。你看他那副百依百顺的德性，我了解男人，男人嘛，吃饱了就撂筷子。"

杜顺碰了一鼻子灰，回来了。

他被洪宝挖苦了几句。两口子的注意力转移到大厅中央的小舞台上，今晚的节目有现代双人舞、一个黑大汉用女声唱《葬花吟》、萨克斯独奏《宋老三》等等，表演精彩，掌声热烈。

大厅里满是黑乎乎的人头，哪个是毕队长的？

对面男人身子一动，鸭舌帽从脸上滑下来，一双炯炯有神的眼睛看着小袁，满含笑意。

毕队长！

他就隐身于自己的对面。堂堂刑警队长穿上这件大花蝴蝶似的花衬衣，不像话。那个将小袁领到这儿的服务生送来一杯免费的冰水。毕队长问："你饿不饿？"小袁说："你请客？"毕队长说："一会儿请你吃拉面。"小袁说："又是拉面，你就不能大方点儿？"毕队长说："财务科发工资的时候不大方，我有什么办法？"

他把一张对折的纸交给小袁。

小袁展开，这是一份出国旅行团团员的名单，第五位、第二十位分别是金山、辛冰冰。

小袁问："你从哪儿弄来的？"

毕队长说："旅游公司。"

"你怎么想到去旅游公司调查?"小袁问。

"你还记得那只拉杆箱吗?"毕队长说。

"什么拉杆箱?"

"辛冰冰来法医室辨认尸体,她随身拖着一只拉杆箱,奶白色的。"

"想起来啦。"

"拉杆箱上粘着十几张不同国家机场的航空行李托运条,这是其中一张。"

毕队长打开手机,点出一张照片,让小袁看。放大后的画面显示:拉杆箱侧面,一张行李托运条上载明航班班次、日期。毕队长说:"该次航班飞机起飞时间是九月七日上午八点半,抵达本市时间应为下午三点左右,飞机正点到达。我向旅游公司核实情况时,在旅行团名单中见到金山的名字。"

小袁有点泄气,航空行李托运条,这么重要的线索摆在眼皮子底下,却被她忽视了。她马上想到:"九月七日下午三点,辛冰冰与金山下飞机,回到本市,但没有回各自的家。十一个小时之后,九月八日凌晨两点,香格里拉小区07号别墅毁于一场天然气爆燃事故,李伟遇难。这对情人当时在哪儿?"

毕队长说:"辛冰冰与金山是不是情人关系,不急着下结论。"

小袁认为,这是板上钉钉的事。

陡然,毕队长冷电一样的目光射向大厅入口处,一个领口竖起、帽子压住眉毛的年轻男子四下张望,想进来又有些畏缩,他是贾宝贝。小舞台上,魔术师从帽子中变出一只不是小白兔,而是乱蹦乱跳的大肚子牛蛙,观众的哄笑声中,魔术师将牛蛙一把抓住,喝道:"你往哪儿跑?!"门口的贾宝贝受到惊吓,转身就逃。

毕队长豹子般轻灵地跃起,追过去,服务生紧跟。

大厅灯光一暗。

报幕的司仪说："今夜，一位匿名女士自愿为来宾们献上一段蛇舞，有请!"

一束追光亮起。

光束照亮一位穿银色紧身短裙的女人，手鼓击打节拍，随着笛音，她的身体灵蛇一样扭动，充满原始的诱惑力。

她面遮轻纱，露出梦幻般的黑眼睛。

第六章

舒博士

小袁走进市立医院大门。

据严主任讲，李伟生前每星期来一次这家医院，挂过好几个科室的号，从不开药。严主任不是随便说话的人，他一定暗有所指，隐晦表达出一个意思：李伟的身体出了某种严重的毛病。但是，所有熟识李伟的人都说，他看上去很健康，只是眼神起了变化。这么多科室，李伟可能去哪一个呢？随着对辛冰冰的深入了解，小袁的手触摸到一个男人饱受伤害的心。她径直向东北角走去。

这里是精神科。长椅上的病人大多有家人陪护，分诊台护士叫号就诊，不叫姓名。小袁站在稍远的地方，她观察了一会儿，断定李伟不会到这儿看病，因为这里缺少私密性。李伟身为政府部门的处长，必须顾及影响，不可能公开来这儿治疗精神类疾病，传扬开去，他只有辞职了。

小袁漫无目的。李伟每周一次到市立医院来干什么，她的判断有误？

医院门口，立着一块绿色的指路牌。

小袁驻足观看，牌子最下一行，四个字：心理咨询。

小袁豁然开朗。按照绿牌子指引的路线，她寻到门诊大楼后面的一座小院，月亮门旁的灰院墙上，镶着一块刻有"心理咨询"字样的铜牌，院墙里探出郁郁葱葱的竹枝，北方少见。她从一位路过的医生那儿打听到，这里主持心理咨询的是位留学女博士，姓舒名畅。

院内，一排平房，闻不到浓重的消毒水味儿，十几盆月季花香扑鼻。

碎石甬道通向居中一间房了。小袁按响门铃，咿呀，门开了，一位鸭蛋脸姑娘说："请进。"她穿的不是白色的护士服，而是色彩柔和、搭配得当的休闲装，给人以亲切感。

小巧舒适的接待室里，小袁问："挂号费怎么付？"

鸭蛋脸姑娘笑容可掬："您可以随意挂任何一个科室的号，我们这儿按谈话时间付费，您有预约吗？"

"没有。"

"方便另定日期吗？"

"我平时工作忙，今天休息，通融一下。"

"我问问舒博士，看她能不能安排。"

鸭蛋脸姑娘打完内部电话，说："里面有位客人，谈话刚好结束，请您稍等。"她打开一扇门，走进去，门后是条走廊，门自动关上。小袁想看看一会儿从这扇门走出的来访客人什么样子，她要了解一下来做心理咨询的都是具有哪类特点的人。门开了，鸭蛋脸姑娘一个人出来，说声"请"。

那位来访的客人呢，蒸发了？

小袁被引进一间不大的咨询室。一位眼睛细而长、有点发胖的三十多岁女士说："坐吧。"她的声音带有很强的亲和力。她穿着浅色套裙，一点不像医生，像邻居姐姐。她应当就是舒博士。

淡黄色四壁，木制家具，风景油画，大盆文竹，小袁自然而然地放松了心情。

"舒博士，你好。"小袁说。

舒博士笑笑，她不问小袁的姓名，坐到对面，目光不给人压迫感。她取出一只小巧的录音机，问："可以吗？"

小袁点头同意。

舒博士将一杯清茶放在小袁旁边的小桌上，打开录音机，谈话开始。

小袁精心准备好一段开场白，很短，她说："李伟指点我来这儿看病的，说你是一位高水平的心理咨询专家。"

舒博士说："你的身体不要绷着劲儿，向后靠着椅背，闻闻茶的清香。"

小袁照做。她说："李伟上个礼拜应该来，没来了。"

舒博士翻一下预约单，问："他最近很忙？"

小袁确认：李伟就是定期到这儿看病。小袁性急了，她说："李伟的病重吗？我可以帮他把药带走。"小袁拿到药，转手交给徐法医，即可确切知道李伟患的是哪种精神类疾病以及病的程度。

舒博士不语。她端详一下小袁，关上录音机，说："谈话结束，你可以走了。今天谈话时间不足五分钟，你不用交费。"

小袁说："谈话还没开始呢。"

舒博士说："你不是来做心理咨询的。"

小袁被拆穿了，她心里冒出一个问号。

舒博士语音轻柔："你一定在想，我是怎么看出来的，对吧？我这儿从不把来做心理咨询的人称为病人，有时我会给他们开一种白色的小精灵，不叫药。"

小袁自知口误。

舒博士说："你的眼睛清亮，眼神端正，没有黑眼圈，说明你心怀坦荡，正派，睡眠质量很好；你的皮肤红润，有弹性，头发乌黑油亮，说明你身体健康，经常从事户外活动；你是个充满朝气的阳光大女孩，不需要心理咨询与情绪疏导。补充一句，你的笑容又甜又美，说明你心里有一个所爱之人，他对你也有意思，你在恋爱之中。"

小袁两颊绯红。

舒博士说："你应当是位警察，你腰杆挺直，习惯性地吸腹，挺胸，收下巴颏，一望而知受过正规训练。但你不是女军人，因为你的眼睛常会闪出审视的目光，像把用于解剖的手术刀。"

小袁被请出咨询室。鸭蛋脸姑娘带着她从走廊另一头的一扇门走出院子，这样的路径安排有效保证了来做心理咨询的人互不碰面，极好地保护了个人隐私。

小袁踢着一块小石头，走在人行道上。

能不能请李伟的父亲出面，向舒博士索要儿子李伟的病历？小袁很快打消了这个念头，这样做无异于在老人心头添加新的伤口，太残忍，不人道。

在刑警队集体宿舍里，小袁躺在上铺，想到头痛，没想出个好办法。

她接到毕队长发来的一则短信："小丫头，舒博士为你准备了一些资料，关于李伟的，明天上午九点，去取。"

测　试

九点。咨询室，一沓资料摊放在小桌上。

小袁问："这是全部？"

舒博士说："不，一部分。"

小袁想问，舒博士为什么改变主意，同意提供李伟的心理咨询资料了？

舒博士的话解答了她的疑问："昨天，你们刑警队的毕警官来了，他对我说，李伟已经死于一场事故，你们对李伟的死因有所怀疑，希望得到我的帮助。毕警官很会说服人，他说，如果为了保护隐私，而让一个人死得不明不白，实际保护了谁?"

小袁心想，毕队长怎么对她的行动这么了解？

她对舒博士说："这些资料我保证完璧归赵。"

刑警队单身宿舍太吵太乱。小袁回到家，躲在她的闺房里，锁上门，坐在床上看带回的资料。爸爸扎起围裙，在厨房里给宝贝女儿炒菜。妈妈端来洗好的水果，敲门，小袁不开。

小袁特烦，爸妈总把她当成还在上小学的女孩子，人家是一名威风凛凛的女刑警啦。

这些资料有各式表格、谈话记录、处方单，还有一只U盘。她先看最上面的几页纸，这是一组测试题。测试人：舒畅，被测试人：LW（没有填写姓名）。测试时间：一年以前。

每道测试题后，被测试人认为"是"，打钩；认为"否"，打叉。

小袁一道一道题看下去：

第一题：你是否一直处在悲伤之中？打的钩。

第二题：你是否总在怀念从前的美好时光？打的钩。

第三题：你是否对未来感到迷茫？这个钩打得有点犹豫。

第四题：你是否觉得人生道路困难重重，无法克服？打的叉，又划掉了。

第五题：你是否觉得自己是个失败者？既未打钩，也未打叉。

第六题：你是否觉得人生没有价值？先是叉，改为钩。

第七题：你是否喜欢去热闹的场所，而心里感到冷清？打的大大的钩。

第八题：你是否对事业、家庭、朋友丧失了兴趣？打了一个勉强的钩。

第九题：你是否常常想念妈妈？打的钩。

第十题：你是否做过对不起朋友的事，因而问心有愧？一个重重的叉，力透纸背。

第十一题：你是否常常整夜失眠？打的钩。

第十二题：你是否没有食欲，吃的东西没有味道，甚至不知道吃的是什么？打的钩。

第十三题：你是否时常因事情做得不好而自责？打的钩。

第十四题：你是否萎靡不振，每天都觉得很疲乏？打的钩。

第十五题：你是否笑得越来越少了？打的钩。

第十六题：你是否常做不好的梦，如离别、亲人去世、一个人迷路等等？打的钩。

第十七题：你是否总是处在彷徨不安的状态？打的钩。

第十八题：你是否感到无聊？打的钩。

第十九题：你是否感到精神恍惚？打的钩。

第二十题：你是否不再欣赏异性的美？打的钩。

第二十一题：你是否对一切事物都失去好奇心？打的钩。

第二十二题：你是否觉得孤独？打的钩。

第二十三题：你是否照镜子时觉得日渐衰老，身体出了问题？打的钩。

第二十四题：你是否丧失对性的欲望？先打的钩，涂掉；再打的叉，又涂掉；最后只写了斜斜的一笔，接下去要打成钩呢，还是要打成叉，这已成为深藏于LW心底的永远的秘密，不会有人知道了。

测试题下，有一行小字：是记1分，否记0分。A（1—6分）；B（7—12分）；C（13—18分）；D（19—24分）。

小袁不懂ABCD的含意。

她把测试题放到一边，拿起一页写满字的纸，标题为《对

LW测试结果的分析》，署名心理医师：舒畅。舒博士的字体又大又方，棱角分明。字如其人，舒博士是位颇有男子气质的女学者。

《分析》内容如下：

被测试人LW自述体检各项指标正常，热爱爬山运动；工作稳定，职务升迁较快；无子女，避谈夫妻关系；朋友多，人际关系良好。

被测试人LW答题一丝不苟，个性严谨，规矩，自律性强。

被测试人LW第十题打叉；第四、五、二十四题既未打钩，亦未打叉，弃答；其余各题均打钩，合计20分。

综合测试结果，被测试人LW情绪低落，忧伤，自感孤独；失眠，多梦，食欲差；耽于怀念过去，进取心受挫，尤其是对异性美失去兴趣。

测试中三点值得注意。

一、被测试人LW对"你是否做过对不起朋友的事"一题反应强烈，且表情厌恶，产生这种反应的原因不明。

二、被测试人LW对第二十四题"你是否丧失对性的欲望"表现出相当矛盾的心理。被测试人LW身材高大，体格健壮，正处于精力旺盛的年龄段，为什么不能肯定回答这个简单的问题？其避而不谈的婚姻生活应当作为下次谈话的重点。

三、被测试人LW对第四、五两题没有表示是或否，说明其尚未失去克服困难的信心，并不甘心做生活中的失败者，仍对未来抱有希望。这一点是好的基础，可以通过心理疏导，帮助其逐步从负面情绪中摆脱出来。

被测试人LW为D级。

舒博士的这份《分析》隐去被测试人LW的姓名、性别、年龄、职业等个人信息，而且通篇不曾出现一个"病"字。

这份《分析》上，用曲别针别着一张处方单，开的药名为fluoxetine（氟西汀）。处方背面，舒博士注明：

LW使用现金支付药费。

随后，按时间顺序叠放着每周一次的《谈话记录》，内容详尽，大致有几十份之多。小袁翻阅这些记录，就像循着LW的心路历程，从中看到一个人细微的心理变化。在舒博士针对性的心理治疗下，LW逐步重建信心、勇气以及对生活的热爱。有一次，LW甚至品评起舒博士的衣着、化妆、香水味道，并提出相应建议，讲得头头是道。字里行间之中，小袁仿佛听到LW久违的笑声。

但是，LW始终回避婚姻、家庭这个话题，无论舒博士如何引导。

小袁翻到最后一份谈话记录，谈话时间为九月七日下午四点五十分至五点半，就在香格里拉小区07号别墅发生天然气爆燃事故之前的不到十个小时。小袁惊讶地看到，这份文字记录只剩开头一句话：

LW心情剧变，形容憔悴，眼神空洞呆滞，因突遭沉重打击导致精神崩溃。

以下内容均被粗重的黑色碳素笔覆盖。

小袁把那只U盘插入笔记本电脑，调到快进，最后一次谈话录音也被抹去，只有轻微的沙沙声。

小袁收起资料，开门往外跑。

爸爸正把炒好的菜一样样端上桌。妈妈说："干什么去？该吃饭了，你爸爸忙活了两个多钟头。"

"我不吃了，有任务！"小袁边说边穿鞋，她急着去找舒博士，就问一句：

李伟突遭什么沉重打击？

不能告诉你

接待室里，小袁不坐，站着等。

鸭蛋脸姑娘给她端来一杯清茶。

舒博士与来访客人谈话，时间较长。小袁等得心急火燎，清茶喝了一杯又一杯。茶喝多了，她问鸭蛋脸姑娘：洗手间在哪儿。她从洗手间回来，鸭蛋脸姑娘说："舒博士谈完话，出去了。"

小袁脑门腾地冒出火苗。

鸭蛋脸姑娘抿嘴一笑："你别急，舒博士让你等十分钟，她就回来。"

十分钟之后，小袁听到舒博士的脚步声。

小袁被请进咨询室。舒博士说："抱歉，我去取一件快递，新出版的《刑侦心理学》，送给毕警官的，请你带给他。"

小袁把资料放到小桌上。

舒博士说："看完了？这么快。回答你要问的几个问题，LW代表李伟；D级是指重度抑郁；fluoxetine的中文名称是百忧解20，白色片剂，治疗抑郁症的一种药物，我叫它白色小精灵；回答完毕。"

小袁说："这些问题的答案我已经猜出来了，我今天来，只有一个问题。"

舒博士说："哦?"

小袁翻到资料最后一页，这页内容被大片黑色覆盖。小袁不开口问，拿眼看着舒博士。

舒博士说："这个问题我不能解答。"

小袁说："我还没问呢。"

舒博士说："我是研究心理学的，你叫我专家，我能看出你心中所想。"

"我在想什么？"

"你想知道，黑色墨迹遮盖下的我与李伟最后一次谈话的内容。"

"对。"

"我不能告诉你。"

舒博士语气坚决，不留商量余地。她说："你一定在想，为什么只对最后一次谈话内容保密。在生活节奏越来越快的社会里，每一百个人中，表现出抑郁症状的大约为六至七个人，这是一个数量庞大的人群。经过适当的心理疏导，他们中的绝大多数可以走出抑郁，开始新的生活。如今，抑郁不仅不再是羞于见人的心理疾病，反而成了时尚的标志，以致有些人在见面打招呼时，都要问一句，今天你抑郁了吗？"

小袁说："所以，你可以让我看李伟因为抑郁进行心理咨询的那些资料。"

舒博士说："最后一次谈话不同，涉及李伟的重大个人隐私，即使他不在了，为了保护他身后的尊严与体面，我不能告诉你。"

小袁换个问法："李伟受到来自哪个方面的打击，你能说一说吗？"

"也不能。"舒博士回答。

小袁转出一个念头：把资料带到刑警队，请技术科想想办法，去掉纸上墨渍，重现最后一次谈话记录上的笔迹。她的嘴角向上翘了一下。

舒博士细长的眼睛眨了眨，她收走全部资料，锁进抽屉。

小袁是警察，不能去抢。

小袁问："李伟受到的打击沉重到什么程度？"

"足以摧毁一个人生的欲望。"

"你的意思是可能导致李伟自杀?"

"一种可能,这是许多种可能中的一种,不同的人会有不同选择。"舒博士回想起她与李伟最后一次谈话的情景,语气中隐含惋惜与同情,她说:"你体会不到一个抑郁症患者内心的挣扎,煎熬,痛苦,绝望。李伟基本康复了,一次打击,前功尽弃,而且更趋严重,也许,死于一场意外事故,对他反而是个解脱。"

小袁说:"你应当协助我们查明真相。"

舒博士说:"那是你们警察的事。对于心理咨询师而言,有时宁愿真相永远埋藏在记忆深处,不要触碰它,忘掉它。真相往往给人的伤害更大,人生需要彩虹,虽然它是短暂的幻影。"

小袁自知无法说服舒博士。

小袁拿出耳坠的照片,讲述了这枚耳坠的来历以及可能的市场价值,问:"李伟心中还有另外一个女人?"

舒博士略一思索:"经过为期一年的多次谈话,我认为李伟是位用情专一的男人。一次谈话中,他给妻子打过一个电话,我从他当时的表情、语气中看出来,他深爱他的妻子。如果说李伟对另一位女人念念不忘,可能性不大,不符合他的心理特质。当然,凡事都有例外。"

小袁有些动摇,她本已有九成把握认定这枚耳坠的女主人是柳月。

舒博士说:"李伟的追悼会哪天举行,请通知我,我想去参加,见一见他的妻子辛冰冰。"

舒博士想见一见辛冰冰?言者无心,听者有意,小袁想,李伟突然遭受的沉重打击必定与辛冰冰有关,因此,才会引起舒博士对那个女人的特别关注。说话严谨的舒博士也会露出破绽?

小袁年轻，不善掩饰，当她窃喜时，听见舒博士说：

"你的确是个聪明的姑娘。"

搭帮过日子

杜顺像只兔子，落入小袁的视线。

他走进一家名为"百姓"的杂货市场，这里各种日用小百货应有尽有。他在服装摊前转悠，看中一条泡泡袖的红裙子，城里女人时兴的式样。经过一番讨价还价，他掏钱买下，让女摊主另找一个高档衣服包装袋把裙子装好。

他转到钟表摊前，停步，跟男摊主聊了几句天，很不礼貌地盯着对方的脸看个没完。

他回到位于地下室的出租屋，与他同住的是大鹏建筑公司的工友，两人各出一半租金。赵大鹏让他租一间地上带窗户的单间，按月另给他一笔钱，他省下来了，多攒点钱，将来回家养老。

他带回四只卤猪蹄，老婆洪宝爱啃这个。

工友躺在床上玩手机。

杜顺说："一会儿你嫂子来。"

工友打趣地说："又到交公粮的日子了？我躲出去，不妨碍你们两口子的好事。"

杜顺递过去一点钱："找个小酒馆，俩钟头以后回来。"

"俩钟头，够能战斗的。"工友羡慕地说，"你比我强，每个礼拜能跟老婆亲热一回，我老婆在南方打工，每年春节才能见上一面。"

杜顺关心地问："你有一个多月没跟你老婆视频聊天了吧？"

工友脸上升起阴云。老婆嫌他没本事，挣不着钱，闹着跟他离婚呢。

门被一脚踢开。

洪宝挤进门，她一手提着一条彩条布口袋，里面装着每周从杜顺这儿带走的脏衣服，洗干净送回来；一手提着一个网兜，盛着几只黄澄澄的大柚子。杜顺忙上前，把东西接过来。洪宝抹把汗："妈呀，真沉，累死我了。"

杜顺问："你买这么多柚子干吗？"

洪宝说："你不是拉不出屎吗，柚子去火。"

工友识趣地冲夫妻二人笑笑，去小酒馆了。

杜顺锁好门。夫妻两人脱衣，上床，不说"你爱我、我爱你"那些浪费时间的话，直奔主题。

一阵剧烈运动。

完事。

杜顺仰面躺着，点燃一支烟。洪宝偎在他的怀里，说："拿来。"杜顺探身，从床边的上衣口袋里掏出一沓钱，交给老婆。洪宝手指蘸点唾沫，数了数，问："这个月工资全在这儿？"杜顺撩开被子，露出光溜溜的身子，说："你看，我能把钱藏哪儿？"

洪宝从那沓钱里数出几张，还给杜顺，说："你这月的烟酒钱。"

大鹏建筑工程公司有单位食堂，管饭。

两口子抱在一起，说点闲话。

每周亲热一次，这是洪宝定的制度，雷打不动。经过坚持数年的实行，杜顺认识到老婆的英明与远见。村里一同出来进城打工的，有几对离了，两口子各住各的集体宿舍，十天半月不见一次面，总不在一张床上睡，时间一长，再好的感情也晾凉了。

杜顺与洪宝是自己搞到一起的，不，应当换个说法，两人是自己好上的。

那年杜顺不满二十，进城打工才几个月。一天干完活，老师傅带他去一家小面馆吃面，服务员叫洪宝。

门外，停着一辆奔驰轿车，S级。

老师傅醉眼惺忪："小杜，你啥时候弄辆大奔，当大老板？"

杜顺头扎在面碗里，边吸溜着面条边说："咱没那命，我只想好好干活，多挣点钱，娶个媳妇，养上一儿一女，给二老送终。"

听到这话，洪宝多看了他一眼，心想，这么实在的小伙子不多见。只会做一夜暴富美梦的人，醒来时，仍然躺在满是臭脚丫子味儿的工棚里。

杜顺也留意上她，这个姑娘身板结实，屁股大，手脚麻利，适合做媳妇。

一来二去，两人"那个"了。

彩礼免不了的，杜顺按规矩办，该给的一分不少，但也一分不多。结婚十几年，两人搭帮过日子，从没想过离婚，或许这就是成功的婚姻！不是吗？

两人抱得太紧，手都不老实，所以，又亲热了一次。

两个钟头一晃而过。

杜顺说："该起了，穿衣服。"

两口子刚穿好内衣。

呼呼呼，有人拍门。

杜顺以为同住的工友回来了，说："俩钟头不到，还差一分钟呢。"

"是我！"

老板赵大鹏的声音，他怎么找到这儿来了？杜顺说："就来。"他趿拉着鞋去开门。洪宝忙着梳头。门一打开，看到赵大鹏脸色不对，一身警服的小袁也来了，杜顺心想：

坏了，那事儿要穿帮。

朱红不属猪

赵大鹏劈头盖脸地问:"你们两口子去国外旅游,谁给的钱?"

杜顺穿上鞋,上衣扣子系错了一粒,他说:"没人给钱,钱是我们自己的,媳妇儿,是不是?"洪宝应了声:"哎。"杜顺又说:"钱是我媳妇攒的。"

赵大鹏问:"是吗?"

洪宝又"哎"了一声,她不住地瞅小袁。

赵大鹏冷笑:"你一年挣多少钱,公司里有账,你在老家盖房,给老人治病,供两个孩子念书,你能有钱出国旅游?你小子贪污了,还是受贿了?"

"绝对没有!"杜顺说,"我媳妇打工挣的钱。"

"放屁!你媳妇的钱都存了五年定期,柳月替她保管存折。"赵大鹏撸起袖子,眼睛瞪得吓人,"你不说实话,信不信我揍你。"

洪宝挡在她男人前面:"赵大哥,杜顺可禁不住您一拳。"

赵大鹏说:"我只使三分劲儿。"

小袁袖手旁观,她认为这不属于刑讯逼供。

洪宝一拽她男人的袖口:"你招了吧。"

杜顺说了实话:"出国旅游的钱是别人给的。"

"谁给的?"

"朱大姐。"

"哪个朱大姐?"

"朱红。"

那个永远一身红衣的朱红?这个回答与小袁的预料不符。

赵大鹏搬把椅子,让小袁坐。他坐在床上,面对站着的杜顺、洪宝，说："当着小袁警官，老实交代，到底怎么回事？说错一个字，哼哼！"

杜顺挠着头皮，说出一段故事：

一个月前，红斜顶别墅一层的卫生间里，杜顺熟练地更换水龙头。赵大鹏派他来的，帮朱红一个小忙，两家同住一个小区，相处不错，这点小修说好不收工钱。换好后，杜顺洗干净手，向坐在客厅沙发上的朱红告辞。

朱红说："喝杯咖啡再走。"

杜顺说："我喝不惯那玩意儿。"

朱红说："过来。"杜顺问："干吗？"朱红笑话他："姐又不会吃了你，躲那么远，过来！"杜顺走近她。朱红拿出两张大钞，塞给杜顺，说："拿着，哪有白干活的，放心，我不告诉赵大鹏那只大狗熊。"

杜顺收下钱。

（此时，洪宝插话："钱呢？你没上交。"）

朱红说："坐呀，坐姐旁边。"

杜顺坐她对面，中间隔着茶几。

朱红说："姐求你件事。"

"您说，只要我能办到的。"

"你帮姐盯住一个人。"

"盯谁呀？"

"金山，我老公。不瞒你，姐怀疑他在外面不老实。"

杜顺问："这么做犯不犯法？"

朱红说："犯什么法呀，真犯法，姐替你去坐牢。姐不让你白干，给你钱。"杜顺的心眼活动了。朱红说："金山跟哪个女人在一起，你用手机拍下来，照片转发给我，就行了，这事不难办吧。"

杜顺说:"我得上班呢,没时间。"

朱红爽快地说:"昨天,金山对我说,他要去南方开什么研讨会,半夜,趁他睡着了,我翻看他的手机,发现他报名参加了一个去国外旅游的旅行团,他敢骗我,准没好事。你跟赵大鹏请半个月事假,你带上老婆也进那个旅行团。记着啊,一切按我说的办。"

出国旅游?不花钱,白玩儿,还能挣一份钱?这是几辈子遇不到的好事!杜顺答应了。

在国外痛痛快快地玩了十几天,杜顺拍了几十张金山与辛冰冰亲密相伴的照片,转发到朱红的手机上。昨天夜里,他又按照朱红的指示,去"疯狂老鼠"拍了几张。朱红不满意,因为没有拍到金山与辛冰冰亲嘴儿的照片。

"说完了?"赵大鹏问。

"该说的全说了。"杜顺一脸老实相。

凭借审讯经验,小袁断定,杜顺所述属实。她曾想当然地推测,应当是李伟出钱,雇请这对夫妻监视辛冰冰,见到传回的照片后,李伟遭受"沉重打击",以致精神崩塌。来找杜顺之前,小袁去了一趟香格里拉小区,请赵大鹏出马相助。她向柳月说起这一推测,柳月不同意:"雇人盯老婆的梢?李伟不是那种下作的人。"看来,柳月更了解李伟的为人。

这时,杜顺转脸对老婆洪宝说:"朱大姐给我的钱都花你身上了,在国外给你买了一条黄头巾,你忘了?我没藏私房钱。"

赵大鹏一拳砸到床板上:"你小子说一半,藏一半,你把不该说的那一半统统倒出来。"

杜顺叫屈:"大鹏哥,我没藏一半。"

看到杜顺憨厚的样子,小袁相信他已说出全部实情。

赵大鹏不相信:"你小子不说实话,我去找朱红。你在这儿等着，看我回来怎么收拾你。"

"别别别，大鹏哥，我说。"

杜顺继续"交代"。

今天下午两点，杜顺溜进红斜顶别墅，朱红叫他去的，没说什么事。

大客厅里，除了朱红，还有一个生人。那人男的，一对灵活的小眼睛，西装革履，面前有一台笔记本电脑，旁边立着黑色公文包。茶几上，摊放着一堆金山跟辛冰冰动作亲密的照片，都是杜顺拍下传给朱红的。这些照片从手机上下载后，经过放大，规格一律为五英寸的彩照。

杜顺心里打鼓，这是要干吗？

朱红说："我要跟金山离婚，这是我请的吴良律师。"

杜顺说："你们忙，我不影响你们办正事。"

"你别走，姐还要再麻烦你一次。"

"您高抬我了。"

"我请你做证人。"

"证人？什么证人？"

吴良律师发话了："让你到法庭作证，证明这些照片的真实性。你还要当庭声明，你亲眼见到金山与辛冰冰接吻，就是亲嘴儿。"

杜顺感觉惹上大麻烦了。金山与朱红他两头都不想得罪，再说，人家是夫妻，哪天和好了，还不得一起恨他。

朱红把一叠大钞放到茶几上。

杜顺讲到这儿，不往下说了。

赵大鹏问："钱你收了？"

杜顺摇头："没有，我跟朱大姐说，我得跟我老婆商量。大鹏哥，世人都爱钱，可是，我不想在法庭上说假话，害人，万一露馅也害了我自己。"

赵大鹏笑赞："好小子，你脑袋里装的不是糨糊。"

洪宝为她的男人感到骄傲。

杜顺受到鼓励，彻底交代："还有一件事，我听朱大姐说，她找过李伟。"

小袁问："为了什么事？"

杜顺想了想："她没说，我不能乱猜。"

"她什么时候找的李伟？"

"朱大姐也没说。"

新的侦查方向

"我找过李伟，不许呀，犯法吗？"朱红不够友好。

小袁压住火，问："你们谈些什么？"

朱红站在自家别墅的门里，对着门外的小袁说："警察管这种事？我在小区大门口碰见李伟，把杜顺拍的照片拿给他看，问他打算怎么办。"

"碰见？"

"我在那儿等他，不行吗？我让他管一管他的老婆辛冰冰，不要勾引别人家的老公。"

"李伟怎么说？"

"他没说话。我还告诉他，金山跟辛冰冰从国外旅游归来，不回家，双双入住西子酒店，真是难舍难分呀。"

"李伟听了什么反应？"

"他像根木头。他不要杜顺拍的那些照片，我发他电脑里了。"

小袁问："这是哪天的事？"

朱红不用想："九月七号，晚上。"

"晚上？几点？"

"差不多七点。"

"你没记错？"

"我一不老年痴呆，二没得健忘症。"

小袁很有涵养地说："请你回忆一下，肯定是九月七号晚上七点，你与李伟在小区门口谈话，谈金山与辛冰冰的事？"

"肯定，还有别的事吗？"

"打扰你了。"

朱红用力关上门，呼！

门差一点撞上小袁的鼻子尖，她对着门，产生对着一只沙袋猛击十几拳的强烈愿望。她静下心，想：不对，时间不对。九月七号下午四点五十分，李伟去心理咨询时，精神上已经遭受到"沉重打击"，显然，他不是从朱红这里，而是从别的渠道得知金山与辛冰冰的事。谁向他透露的消息？严主任的老婆是西子酒店客房部经理。严主任或许出于对朋友的好意，但他的通风报信，给李伟造成的伤害是毁灭性的！

小袁转身欲走，看见山一样的毕队长冲她微笑。

她刚一想到毕队长，毕队长就出现在眼前，比曹操还快。

夜色凄迷，废墟更加残破。半个月亮披着云纱，秋风吹落第一片黄叶。李伟的魂魄还在附近游荡吗？两位警官面对废墟，有一阵没说话。

小袁向毕队长汇报调查结果。

她首先明确提出调查结论："我认为，李伟死于自杀。"

毕队长的左手摸着坚硬如铁的胡茬子，他在听。

小袁说："如果将这次天然气爆燃定性为意外事故，巧合太多，而且主要凭借推测，缺乏实证。事发现场没有外人强行进入、人为破坏的痕迹，根据徐法医的尸检报告，认定他杀同样没有证据支持。第三种可能因此凸显，即李伟是否死于自杀？"

小袁说："辛冰冰，高中文化，无业，与侨商于英有同居史，期间做过一次人流，她比李伟整整大了七岁，除去美丽的外表，真实的辛冰冰是一个言行粗鄙、耽于享乐、超级自恋的女人。"小袁概述了蓝猫Sweet heart追思会、水晶王冠之争、一点二克拉钻石以及霸王餐风波等等事例，当她讲到辛冰冰产下死婴、李伟母亲猝亡、李伟的老父亲老无所居的时候，语气中含有多种感情成分。

小袁说："李伟对辛冰冰的感情真实，热烈，近于痴迷，但是，他爱上的是一个不值得爱的女人。李伟与辛冰冰的家庭、文化、经历、修养等各方面存在极大差异，两人的婚姻具有先天的显著缺陷。严主任说得对，李伟不该娶那个女人，李伟的婚后生活很不幸福。感情破灭又不能自拔，李伟陷入重度抑郁，需要服用药物治疗，所有与他熟识的人都提到他眼神的明显变化。他觉得自己是个失败者，对事业、家庭与异性丧失兴趣，内心孤独、空虚、无聊（小袁引用的是二十四道测试题中的话）。九月七号下午，当他听到妻子不贞的消息后，如同遭受晴天霹雳。他的性格像玻璃，硬，脆，易于破碎。在沉重打击之下，他的精神被瞬间摧垮，产生生无可恋的念头，因而走上轻生之路。"

讲述完毕。小袁十分自信，因为李伟死于自杀的结论是建立在大量调查基础之上的，有充足的人证、物证。她等着毕队长的肯定与表扬。

毕队长说："你的前期调查发掘出许多有价值的线索。"

"前期调查？还要再查什么？"小袁认为，自杀结论一出，调查应该终止了。

"你跟我来。"

"去哪儿？"

两位警官来到香格里拉小区物业仓库。07号别墅天然气爆燃现场清理、收集的所有物品全部存放在这里，原样未动。

毕队长说："这里面少了两样东西。"

小袁看了又看，看不出少了什么。

毕队长说："我把收集到的这些物品检查了三遍，有两样东西没有找到，打火机与蚊香包装盒，现场没留下一点残骸。这种蚊香本市没有卖的，我调查过了。李伟在哪儿买的？只买了一盘？又是用什么点燃它的？"

小袁说："完全有可能毁于大火了。"

毕队长说："烧得一点不剩？今天下午，带着这个疑问，我向辛冰冰做了一次询问，她说家里没有打火机，也从来没有点过蚊香。在她的家里，只能有她的香水味儿。"

辛冰冰是个霸道的女人。

小袁回想起，第一次勘查废墟时，消防队霍干事推测：李伟的心思特别细腻，现场找到的蚊香残段气味独特，香型别致，李伟可能想把屋子熏一熏，用袭人的香气迎接从国外旅游归来的老婆辛冰冰。这一推测不攻自破。

许多大案开端于细小的疑点，小袁身上那根刑警的神经绷紧了。

毕队长说："还有一点，李伟死时手里为什么紧握一枚耳坠？"

这的确令人费解。

毕队长沉声道："我已向邢局请示过了，他同意立案，表面上不动声色，对这件案子开始秘密侦查，不要打草惊蛇。"

"案件性质？"

"谋杀！"

刑警队办公室，灯火通明。刑警们进进出出，紧张忙碌，这里不分白天与黑夜，因为犯罪分子没有固定的上班时间。一年三百六十五天，刑警们几乎天天加班，节假日更忙，能吃顿完整的热乎饭，再美美地睡上一觉自然醒，已是他们的最高享受。

白色塑料板上，贴着十几张照片，大小不一。

正中，一张李伟的彩色照片，取自身份证。围绕着他，其余人的照片排列成一个圆，从右上角起，按顺时针方向依次为：辛冰冰、辛元；金山、朱红；赵大鹏、柳月；王梓、胡小雨；梅林、陈莉、苗苗；杜顺、洪宝；冷琴，严主任，李伟的父亲；一共十七张。

这个圆留有一处缺口，写着"于英"二字，没有照片。

这些照片中有六对夫妻，均与李伟存在某种特殊关联。

毕队长问："于英的照片呢？"

小袁说："他大约七年前失踪，音讯全无，他与本案关系不大吧。"

"尽快搞到他的照片。"毕队长命令。

"是！"

毕队长抽调几名刑警负责外围调查，小袁的工作重点放在香格里拉小区内部。

小袁站在白色塑料板前，与照片上的人一个个对视。

第七章

无底洞

　　一家高级香水专营店，装修具有超现代风格。辛冰冰坐在乳白色小沙发上，面前的玻璃展示台摆满造型各异的香水瓶。她将不同香型的香水在腕部点上一滴。

　　辛冰冰是这儿的常客，也是品评、鉴赏香水的大行家。

　　女导购弯下腰，盖上、打开一只只香水瓶盖。

　　金山侍立在旁，拿着辛冰冰的丝质风衣、小羊皮手袋，像个仆人。

　　辛冰冰对其中一款香水试用两次，似乎比较留意。

　　女导购很会说话："这是本店新到的一款香水，香气悠远，具有一种难以形容的魅惑力。一次只要点上一滴，当你从一位男士身边走过时，随着你带起的轻风，香气飘过去，刺激的不仅是他的嗅觉，还会让他的大脑产生美妙的幻象，没有男人能够抵挡住它的诱惑。"

　　辛冰冰把那瓶香水托在手心，瓶身温润如玉，与她的手融为一体。

　　女导购又说："这款香水香气持久，只要你在一个地方待过，即使你离开了，你身上的香气仍会留在那儿，久久不散。"

　　这句话没打动辛冰冰，她要把香水放回去。

　　女导购精于揣摩来此购物的女客们的心理，她说："这款香水是国外最新产品，香气独特，本市除了您，没有第二个女人用。这款香水还有一个最大的特点，它能压制住其他任何一种香水的香味儿，唯我独尊。"

辛冰冰动心了。

香水瓶上没挂价签。金山说："这瓶香水一定与黄金同样贵重。"

女导购说："黄金怎么能跟它相比？它是有香气的钻石。"

金山下意识地摸摸口袋。比黄金还贵？这瓶香水二十几克，他带的现金不够。用卡？会被朱红发现的。他面露一丝为难之色。

他的动作与神情落在女导购眼里。她说："先生，请您让外面那位出租车司机挪挪车，不要挡着店门。"

金山感谢地朝女导购一笑，走到店外。

今天，他没敢开出那辆红色凯迪拉克轿车，朱红最近盯得很紧。他包了一辆出租车。女导购给他提供了机会，他要争分夺秒抓紧搞钱。

第一个电话打给汽车修理厂的裴厂长。

裴厂长："金总，又没钱花了？"

金山："给我送点钱来，救救急。"

裴厂长："还是放在汽车修理费里？金总，你多报的修理费够买一辆新车了，你老婆朱红要是跟我对账，我怎么说？"

金山："账是你做的，随你怎么说。"

裴厂长："喂，什么叫账是我做的，是你让我做的假账，钱你拿走花了，黑锅我背？"

金山："你误会我的意思了。"

裴厂长："你什么意思呀？"

金山："裴大哥，您别生气，假账是我让你做的，对账的时候怎么说，还得由您去说圆了，我不懂财务。您帮了我大忙，我打心里感谢，绝对不会让您担责任，您一百个放心。"

裴厂长："这么说还差不多，你的话我可录音了，捅出娄子，你跑不了。"裴厂长的声音突然变得急迫："我挂电话了。"

金山："别挂电话呀，钱呢？"

裴厂长："你老婆朱红来了。看她的脸色，来者不善！"

电话里响起嘟嘟嘟的忙音。

朱红去修理厂干什么？左眼跳财，右眼跳灾，金山的右眼皮跳了几天，灾祸将至？他查过书，书上说眼皮跳是受神经支配的肌肉运动，与财、灾无关，他的心理得到些许安慰。他顾不上多想，先救眼前的急。他连着给几家熟悉的酒楼、服装首饰店、办公用品公司打电话，甚至小加油站也不放过，所有这些电话一个目的，搞钱，他急需的买那瓶该死的香水的钱！今天好奇怪，接电话的人个个语气含糊，用各种理由推托，没有一个答应给他送钱来。

金山嘴里的一颗龋齿大痛起来，他上火了。

金山想尽办法，从老婆朱红那儿"偷"钱，买各种礼物送给辛冰冰，只为博辛冰冰一笑。为这一笑，他做任何事都是值得的。

辛冰冰的欲望永不满足。

没弄到钱，今天这关怕是过不去了，金山头发晕，没有觉察到身边停下一辆黑色豪车。他双腿像拖着两块大石头，走回店里，只见女导购把那瓶香水放进藕荷色盒子，打上同色丝质蝴蝶结，再装进礼品袋，交到辛冰冰手里。

金山走向收银台，手伸进西服内袋，摸摸那叠不太厚的钱。

他像即将拿到判决书的待决犯。那些囊中羞涩的男人为他们的女人付天价账单时，大多是这种感觉吧。

女导购深深鞠躬："期待您再次惠顾。"

辛冰冰的手十分自然地搭在一位男士的臂弯上。

那人不是金山。是谁？

辛冰冰挽着土豪贾十全走向店外，她把金山忘了。走过收银台时，贾十全扬扬手中的金卡，冲着金山挤挤眼睛，一脸缺德的笑。因为有钱，贾十全的消息来源又多又快又准。

店门口，贾十全与女导购交换一下眼色。

车头带长翅膀小金人的黑色豪车停在店外，贾十全打开后车门，很绅士地请辛冰冰上车，他随后钻上去。

黑色豪车开走，留下呆若木鸡的金山。

金山包了全天的出租车司机喊："哥们儿，走不走啊？"

曾经的爱

汽车修理厂办公室里，朱红面带怒色："所有修车费的账，每一笔都要给我说清楚。"

裴厂长奉上一杯新沏的茶。

朱红把茶杯推到一边。

裴厂长说："我把账理一理，明天送到您家，行不行？今天会计……"

朱红截断他的话："栾会计在，我看见她了。"

裴厂长躲不过去了，他走到办公室门口，叫："栾会计，过来，带上金总、金山修红色凯迪拉克的专账。"

半小时后，朱红走出办公室，她把装着账页的塑料袋扔到红色凯迪拉克的车后座上。她开车出修理厂大门时，由于车速过快，右侧车身在大铁门上剐了一下，发出刺耳的摩擦声，留下一道深深的伤痕。

香格里拉小区大门，红色凯迪拉克轿车没减速，冲过去，门卫吓得跳到一边。

红斜顶别墅前，朱红从车后座上抱下一大堆各种账页。

她腾出一只手，去按门锁上的密码，抱着的账页滑落一本，她没有弯腰去捡。推开门后，她一脚将那本账页踢进去。

大客厅，朱红没脱外衣，没摘纱巾，没换拖鞋，坐在沙发上，戴副眼镜，手拿计算器，将账页中的每一笔支出核对两遍。她在一张白纸上记下一些数字。

这些数字汇总后，朱红无比震惊。几年来，金山采取多种虚报冒领的方式，从餐饮、修车、差旅、公司办公用品，甚至于家庭水电费支出中"贪污"了很大一笔钱，相当于她的公司一年的盈利。

金山偷走的钱花在哪儿了？只有一种可能。

朱红的心一阵绞痛。性如烈火的她整个身体在燃烧，如果找不到发泄的出口，她会成为一团爆燃的火球。

花洒喷出冰冷的水流，从她的头顶淌遍赤裸的全身。

她双手捂住脸，不是在哭。

她与辛元离婚后，一心一意做生意赚钱，败了，一笑，胜了，也一笑。她没心思找男人，等她成功了，找不到好男人了，因为她从追求她的那些男人眼里看到的是对她的财产的贪婪。

一辈子做个天孤星，也好。

随着业务发展，她的公司登报招聘货运司机，人事经理负责面试，十几位男师傅前来应聘。朱红经过，在玻璃门外停了一下，向里面看。一位年轻男人正在回答人事经理的提问，他容貌俊美，唇红齿白，低垂眼帘，像个害羞的女孩子。当他抬起眼睛时，长长的眼睫毛下竟似有两汪清澈的春水。顿时，朱红对这个男人油然生出怜爱，绝非母爱。面试结束，年轻男人起身离开时，从他的怀里掉落一本书。

一对红衣男女拥吻的封面上，印着书名《飞蛾投火》。

人事经理报上来的录用名单中没有那个年轻男人。朱红问："那天参加面试的有个像女孩子的男人，他叫什么名字？"人事经理从落选的报名表中翻出一张，说："这个？他叫金山。"

"不录用的原因？"

"他的身体太弱，不适合做货运司机，跑不了长途。"

朱红说："让他做我的专职司机。"

"我马上去办，通知金山明天、不、今天下午来公司上班。"人事经理有意无意地说："面试时我问了一下，金山去年离异，他的前妻出国嫁了一个老外，移民了，他没有子女。"

金山上班第一件事，擦车。

董事长大办公室里，朱红手端一杯咖啡，站在窗前，向下看着他把车身擦得光可鉴人。他蹲下身，用水枪冲洗车底盘，直到露出原来的漆色。

朱红走来，金山说："董事长好。"朱红直视的目光下，他的脸红了，低头拉开后车门。

马路上，车行平稳，车速适中，车内有股淡淡的香味儿，金山加了一只空气清新剂小摆件。朱红坐在后排座，她的这位新司机侧脸线条柔美，深色公司制服很适合他的白净皮肤。

朱红脱掉高跟鞋，揉揉酸痛的脚尖。

第二天，车内多了一只卡通靠枕和一双女式软底鞋，都是红色的，鞋的尺码大小正合适，可以让朱红在公开场合之外的私密小空间里放松一下。车门边袋里还放了一把红色的女式折叠晴雨两用伞，粗心的朱红常会忘记带上它。几年独身生活，朱红不近"男"色，整天泡在生意场上，私生活缺少温情与色彩。面对这三样富有人情味儿的小物件，她冷却的心热了，在她眼中，金山如同一位体贴关心的好妻子。

试用期未满，金山转正。

金山的履历表只有短短几行字：高中毕业，考取驾照后，去正德科贸公司开通勤车，接送员工上下班，一开数年；由于工作优异，该公司调他做翟总的专车司机；他干了三个月，辞职了，两年多休闲在家，没再找工作。

朱红问他为什么辞职，他双唇抖动，含泪不说。

一次酒会上，朱红找到他辞职的原由。

正德公司翟总是来宾之一，他年逾六旬，满头银发，相貌堂堂，一派德高望重的长者风度。那天，朱红小恙，金山陪在她的身边，便于照顾。翟总与朱红礼节性交谈时，金山回避，翟总的目光追着他不放。

举办酒会的会场又闷又热，朱红到窗前透口气。

金山去哪儿了，她转着头四处寻找。她的右边，一处灯光照不到的僻静角落，厚重的落地窗幔遮掩下，隐约可见翟总抱住一个人。朱红打算走开，她不想窥破别人男女之间的私事。她猛觉心生警兆，转脸细看，她走近几步，翟总抱着的人竟然是金山。金山被压在死角，不住地挣扎躲闪。

朱红过去，一把抓住翟总裤裆里的那玩意，拖着他来到灯光下。

朱红松手，一推，翟总倒在大沙发上。朱红顺势用力坐到他的大腿上，只听他的骨头咔的一声轻响。在近两百磅的重压下，翟总面露痛苦之色，为了封住他的叫声，朱红咬住他的嘴，同时，朱红抓住他的双手抱住自己的腰。外人看来，两人正在热吻。确认引来全场目光后，朱红跳起来，不怒，笑道："翟总，当着这么多人的面，抱着人家就亲，你酒喝多了吧。"

来宾们的笑声中，翟总一个字说不出来。

从酒会出来，车上，金山伏在朱红的怀里哭，朱红抱着他，轻轻抚摸他，就像丈夫安慰受委屈的妻子。

翟总大腿骨裂，拄了几个月的双拐。

一个周末的晚上，金山开车，送朱红到玉环大酒楼。

车一停下，呼啦上来几个朱红的女密友，二话不说，从车里拉出金山。一阵惊呼之后，她们围住金山，从头看到脚，赞叹不已。今晚，朱红专门带金山来请她们鉴定的。一个胖得像球的女人带头，她们乱纷纷地叫金山为"朱太太"。

金山羞红了脸。

酒桌上，女密友们连番劝饮，朱红多喝了几杯，满脸桃花开，醉了。

红斜顶别墅，金山扶朱红进门。

卧室，金山费力地把朱红弄上大床。他走进卫生间，往浴缸里放满温水。他出来后，正要告辞，只见朱红已经换上红色轻纱睡衣，她将一套男式睡衣扔给金山，眼含春情。

金山接住睡衣，脸像一块红布。

他真的成了"朱太太"。

婚礼上，金山一套白色西装，他挽着身披大红婚纱的朱红，两人走过红地毯，女密友们向金山头顶抛撒一捧捧各色花瓣。婚后生活甘甜如饴，金山虽然瘦弱，却能让朱红身心两方面得到满足。每夜，朱红凝视依偎在她怀里熟睡的金山，不禁深情一吻，她的每个细胞都塞满浓浓的爱意。她要爱护他，做他的保护神，不让任何人欺负他。

一段时间，人们见不到金山，女密友们戏称他被金屋藏娇了。

两年前，朱红对金山大发过一次火，唯一一次。朱红提前回家，只见金山爬上斜度很大的红屋顶，冒险为辛冰冰抱下蓝猫。金山认错下跪，发誓再不与辛冰冰说一句话，朱红饶恕了他。

没想到，金山与辛冰冰秘密往来至今，不仅双飞双宿，还偷走她那么多的钱。

在冰冷水流的冲击下，朱红的心火结成硬核，如果说前些天她还有几分不舍，现在她已下定决心，婚姻也是一种可以解除的合同。

她顾不上擦干身上的水，拨通吴良律师的电话。

人心难测

"你要起诉离婚？"吴良律师意外地问。

金山的脸羞红了。

"跟谁？跟朱红离婚？"吴良律师等于问了一句废话。

金山不用回答。

两人面对面，坐在不锈钢软椅上，中间的茶几上立着一块白底黑字的长条木牌，一行书书：咨询按谈话时间收费。这里是吴良律师工作室，全新的家具，墙上，一张他与本市市长的大幅彩色合影引人注目。

吴良律师问："你怎么找到我这儿来的？"

金山说："我给你打过电话，这个地址是你告诉我的呀。"

吴良律师想起来了，半小时前，一个疑似女声打来电话，说是要委托一件案子，问他在哪儿办公。他说："本市不只我一个律师，你为什么找到我，不去找别人？"

金山说："我渴了。"

吴良律师给他倒了一纸杯清水，说："你还没回答我的问题。"

金山喝了一小口水，说："因为你是那个胖女人的离婚代理律师。"

"哪个胖女人？噢，你是指朱红。我是朱红的离婚代理律师？呵呵，谁告诉你的，这个信息不可靠吧。"吴良律师没对别人讲过，他相信朱红也不会随便乱说，因为离婚案子涉及个人隐私，在中国传统观念中不是光彩的事，没人拿这种事四处张扬。

手机铃响，吴良律师从裤口袋里掏出看了看，彩屏上显示来电人姓名：朱红。他不接。

"我听一个朋友说的。"金山含糊其词。

见金山有意回避，吴良律师不好再问。其实，金山是从香格里拉小区门卫室得来的信息。按物业规定，来客都要在门卫室登记。金山从国外旅游归来，朱红对他的态度大变，夜里不再把他抱在怀里睡觉，今天又查了他经手的全部账目，他心中有鬼，因此对朱红的一举一动分外留心。他在门卫室来客登记表上看到律师吴良拜访朱红的记录，立刻猜到要出大事了。吴良律师的手机号码也在来客登记表上。

手机铃声又响。

金山说："你接吧，准是那个胖女人打来的。"

吴良律师认为需要普及一下法律常识，他说："假如我是朱红的代理律师，就不能接受你的委托，法律明文规定，律师不得在同一案件中为原被告双方担任代理人。"

"这我知道。"金山秀气地一笑，"你可以不理那个胖女人，只为我服务，我多付给你代理费。"

"得了吧，你哪儿来的钱，你家的钱都是朱红的。"吴良律师随口说道。

"我跟那个胖女人是正式登记的合法夫妻，我查过婚姻法，婚姻关系存续期间所得财产归夫妻共同所有。那个胖女人不能白白睡了我好几年，她的公司赚的钱有我一半。"金山的长睫毛一忽闪。

说得不错！但是，那句"不能白白睡了我好几年"让人听着别扭。

吴良律师问："你与朱红签过一份婚前协议吧？协议约定，婚姻关系存续期间所得的财产以及婚前财产均归朱红所有，你买条裤衩都要用朱红的钱，有这回事吧？"

金山妩媚地一笑："你还说你不是那个胖女人的代理律师，这件事她都告诉你了。婚前协议，有呀，那个胖女人锁在书房的保险柜里，我拿出来烧了。"

"你怎么知道保险柜密码的？"

"我不告诉你。"

"你不怕我录音？"

"你的录音笔关着呢，我看见了。"

吴良律师对这个俊俏少妇模样的男人刮目相看。他认真起来，问："你给我多少代理费？"

"一半。"

"一半？"

金山说："你帮我争来多少财产，我给你多少个一半。"

"若是只争来一块钱呢？"

"我给你五毛。"

"用我们律师的行话，这叫风险代理，你旱涝保收，我可能白忙一场。"

"你可能得到两座金山呀。"

吴良律师听明白了"两座金山"的含意。不过，他的性取向正常，对面前的这座金山只觉得倒胃口。他说："我有个小问题。"

"你问呗。"

"既然你明知我是朱红的代理律师，为什么非要来找我，律师有的是呀。"

金山又柔又美地笑了："因为你已经了解到那个胖女人的想法，她会如何下手害我。"

知己知彼，百战不殆，金山读过兵书?!

吴良律师表示："我考虑一下，是否接受你的委托，明天答复。"

金山说："你尽可以今晚去找那个胖女人，她不会给你加一分钱的代理费。"他一句话说穿了吴良律师的心思。

工作室门口，两人握手。

目送金山走进电梯，吴良律师用湿纸巾使劲擦手，他刚才握过的那只手又软又滑又嫩，那是男人的手吗?

他给朱红打去电话，说了金山来访的事。

电话中，朱红说："吴良律师，我不会给你增加代理费，你可以辞去我的委托，我找别的律师。另外，你不妨转告金山，婚前协议还在，他烧的是复印件，原件我保存在银行保管箱了。"

吴良律师辩称，他丝毫没有辞去委托的意思，代理费数额不变。

此时，金山去了王朝酒店。走廊里，客房服务员说：辛女士出去了。金色旋转门外，门童说：一辆车头带长翅膀小金人的黑色豪车接走了辛冰冰。

金山无处可去。他只能回到他最不想回去的那栋红斜顶别墅。

滚

朱红给自己倒上第五杯干红葡萄酒。

几百平方米的别墅里，只有她一个人。她放了女佣一天假，各间屋子无人收拾，东西乱丢，处处凌乱不堪。她仰靠大沙发，没心思化妆，头发蓬散，脸部浮肿，一个早已过了豆腐渣年龄的女人更加显得容颜衰败。

窗外，红色凯迪拉克轿车歪斜地停在甬道上，一只车轮胎压住绿草坪。

茶几上，扔着她收回来的车钥匙。

她点燃一支烟，吸了一口，呛得咳嗽。她手一扬，大半截烟划出一道弧线，准确地落入酒杯，哧的一声，被酒淹灭，她没来由地笑了。

她不用酒杯，嘴对着红酒瓶口，喝了一大口。

她昨夜没睡好，打起盹。门轻微地响了一声，冷风袭来，一双手为她盖上毛毯。她的眼皮裂开一道缝，金山弓身站在大沙发旁。她的头脑不清醒，习惯性地伸手拉过金山，叫着"我的小宝贝"。金山倒在她的怀里，她的厚嘴唇亲上去。

两人嘴唇就要相触之时，她用力推开金山，身子一挺，坐起来。

金山趔趄后退，一屁股跌坐在地毯上。

朱红摇晃几下脑袋，驱走幻梦。她问："你不敲门，闯到我家来干吗？"

金山说："这也是我的家呀。"

朱红说："你不守妇道，犯了七出的第三条，被我休啦，门在那儿。"

金山说："你不要我了？轰我走？让我睡马路？"

朱红说："你可以睡桥洞。"

金山说："你的心真狠。"

朱红说："你背叛我的那天，就应该想到今天的后果。"

金山说："我是你的，只属于你一个人，我没有背叛你。"

朱红说："你这次国外旅游玩得挺高兴吧，去了多少个国家？"

金山早编好了一套说辞："我在家里待闷了，想出国玩玩，怕你不让我去，所以说成是到南方开研讨会，我是在旅行团里偶然碰到辛冰冰的，因为是住在一个小区的邻居，我就跟她说了几句话。"

朱红说："你不去当作家真屈才了。"她从茶几下面的暗格里抽出一个牛皮纸档案袋，摔给金山。袋里装着几十张照片，还有一张发票的复印件。

照片上，金山与辛冰冰如影随形，两人亲昵的动作绝非一般男女朋友。旅游公司的发票底联上，交款人为金山，交的是金、辛两人的旅行团费。

金山一张张看，脑子飞转，在想对策。

朱红说："辛冰冰的腰比我的细多了。"她指着一张金山搂着辛冰冰腰的照片，笑着说，笑容背后是熊熊妒火。她问："你还有什么话说？"

她料定金山必会百般抵赖。

金山低头，说："我错了。"

"你还指使他人作假账，骗我的钱，你别不承认。"

"我错了。"

"你从书房保险柜里偷走婚前协议，一把火烧了，自以为聪明。那是复印件，原件存在银行保管箱，你失算了吧。"

"我错了。"

连着三个"我错了"，金山老老实实地承认错误，不做一字辩解，他的眼睛里一片真诚，不像装出来的，确是真心悔过。他跪在地上，膝行向前，抱住朱红裸露的双腿。他向上仰望朱红，霎时珠泪涟涟，顺着腮边滚落。

那副俊模样谁见谁怜！

朱红摸着他的脸蛋，从胸腔深处发出一声长叹，态度软化下来。

金山头枕在她的腿上："不要轰我走，我走了，谁给你暖被窝。"

两人毕竟夫妻多年，朱红说："我也舍不得你。"

金山的脸在她的光腿上时重时轻地摩擦，在她的体内激起层层波浪。金山说："你咋晚没睡好吧，抱着我，再睡　会儿。"他轻拉朱红的手，意思明确无误。夫妻嘛，偶尔打架，一方服软，加上鱼水之欢，也就满天云雾散了。

朱红心动，把他揽入怀中。

一场风波即将平息？

忽听朱红厉声大笑，她把金山扔了出去。这次，金山摔到光光的地板上，浑身骨节快要散了，痛得他哎哟叫唤。

朱红说："差点中了你的迷魂药。"

金山不明所以，朱红为何突然翻脸？

朱红仰脖喝了一大口红酒，说："你以为我看不出你的鬼主意？几天前，财务向我汇报，正德公司的翟总公开向税务部门举报，反映我的公司偷税漏税，数额巨大，应当依法严惩。我当时觉得奇怪，翟总从哪儿搞到我的公司的历年财务数据的，那么详尽，那么准确？公司财务部的几个会计跟了我多年，我信得过，不会是她们泄密。只有你，能偷偷从我的电脑里用U盘下载、复制，你想知道我是怎么识破你的吗？因为我的电脑与我的保险柜使用的是同一组密码，所以我立刻猜到是你！你的算盘打得真精呀，今天假装认错，拖上一段时间，等我因偷税罪被抓进去，再判上几年刑，你就可以趁机将我的公司、我的房产、我的红色凯迪拉克全部据为己有，翟总答应帮你办到这一切吧。你什么时候又跟姓翟的老家伙搅到一起了，旧情复燃？"

朱红处于激愤之中，没注意金山的眼神变得又阴又暗。

朱红边喝红酒，边说："竖起你的耳朵，听清了，我是有过偷税行为，被税管员发现并指出后，我已然补交了偷漏的税款，那些都是过去的事了。如今，我的公司合法经营，依法纳税，你们抓不住我的把柄！"

金山像被针戳破的气球。

朱红毫不留情地说道："你玩的这一手太阴，太毒，我绝不能留你这种狼心狗肺、蛇蝎心肠的人在身边，今天就请你，"她一指大门：

"滚！"

金山活动一下四肢，站起来，他没朝外走，而是逼向朱红。

他那张俊秀的脸上笑意越来越浓。

夜行出租车

西子酒店不大，一栋白墙灰瓦的四层建筑，绿树环绕，环境幽静，颇有江南风韵。

小袁在一名保安的引领下，走进监控室。

保安调出九月七日至八日的录像资料，画面显示：

16:00 金山拖着两只拉杆箱，与辛冰冰进入酒店大堂；

前台，金山办理入宿手续；

16:15 两人分别入住两间相邻的客房；

18:30 西餐厅，两人对坐，服务生在两只高脚杯中斟满红酒；换了一套裙装的辛冰冰叉起一块鱼排，送入口中，皱眉；

20:15 两人回到各自的客房；

00:10 辛冰冰一人外出，步行离开；

数分钟后，金山从他的客房内出来，下楼；酒店外，他东张西望，拦住一辆夜行的出租车，朝香格里拉小区方向驶去；

金山走后时间不长，辛冰冰返回酒店；

02:30酒店前，金山从夜行出租车上下来，神色慌乱；

走廊，他敲辛冰冰的房门，门没开。

小袁据此推想，金山与辛冰冰从国外旅游归来，入住西子酒店，造成07号别墅只有李伟一人的机会。金山离开、返回酒店的时间长达两个多小时，足够他实施蓄谋已久的计划，很有可能，他是在亲眼目睹了香格里拉小区天然气爆燃的火球之后，才回到酒店的。

不排除辛冰冰与金山合谋。

当然，推想需要证据予以证实，当务之急，尽快找到那辆在西子酒店前载走金山的夜行出租车。

经技术处理，录像画面放大后，该车车牌号清晰可辨。

刑警队办公室，小袁与那辆出租车的司机谈话，他姓马，三十七岁，少白头，人长得有点窝囊。他坚决否认九月八日零点十几分在西子酒店前拉过一位客人，他说，那天，他感冒了，头痛，夜里没出车，在家睡觉，他的老婆孩子可以证明。

经过调查，他说了假话。

他没因感冒在家睡觉，而是跟几个牌友打了一夜麻将，输了钱，老婆气得回了娘家。他不好意思讲，所以撒了小谎，但他确实没出车。

车上的GPS证实，他开的出租车整夜未动。

那辆夜行出租车是辆冒牌的。

线索断了。小袁决定，与金山正面接触。毕队长指示："注意保护朱红。"小袁说："应该保护的是金山吧？"

毕队长说："你查一下金山与他前妻的离婚判决书。"

小袁查到了，白纸黑字：金山性情粗暴，长期对肖华（其前妻）施加家庭暴力，且施暴手段残忍，危及肖华生命……故准予离婚。

小袁吃惊："金山，那么文弱、清秀，如果说他挨老婆的打，我信。"

毕队长说："我与当年审理金山、肖华离婚案子的主审法官联系了一下，据他介绍，他对金山印象深刻。金山从小长得像女孩子，父母也把他当女孩子养，在这种性别错位的成长环境中，他一点点异化成为一个女性思维、男性生理、雌雄同体的怪物，具有双重性取向。婚后的金山与妻子肖华常常为此产生争吵，每次妻子肖华都会被他打得遍体鳞伤，打过之后，他又会尖声哭泣，乞求原谅。法院判决离婚后，他纠缠不休，要求肖华与他复婚，否则同归于尽。为了躲开他，肖华不得不远嫁异国他乡。"

小袁说："这是一个心理变态的人。"

毕队长说："一个心智健全的人会动手殴打同床共枕的妻子吗？"

红斜顶别墅大客厅里，朱红叫道："你别过来，滚出去！"

金山面色狰狞，伸出两只手。

朱红的脖子被他掐住，她喊不出声。往常，几个金山加起来也不是她的对手，今天，她喝多了红酒，身子软绵绵的，使不出力气。金山松开手，朱红刚要骂，金山一个耳光打过去，接着，雨点般的耳光落在她的脸上。金山越打，他的脸上越是洋溢出邪恶的笑意。

他打累了，伸出舌头，舔舔干裂的嘴唇，就像毒蛇吐出信子。

他的眼睛瞥向茶几上的长水果刀。

门外，警车开来，小袁下车。

小袁的耳朵贴在门上听了听，里面没有异样声响。她按门铃。

朱红用尽仅存的力气，挣脱，向门那儿跑。金山追上来，抓住她的头发，往回拖。朱红的手拉倒花盆架，花盆落地摔碎，咣！

门外，小袁用拳头捶门。她高声叫道："开门，我是警察！"

门里一阵乱响。

门开了，朱红脸部红肿，衣衫破碎，她倒向小袁。

金山跳出后窗，逃跑了。

丧家之犬

有人在后窗外的草坪上拾到一部手机。

奔跑的脚印指向北面。小区外围铁栅栏的尖刺上挂着一条衬衣的碎片，金山应该是从这里翻越、逃走的。

那是一部高档品牌手机，经朱红查看，是她送给金山的生日礼物。

红斜顶别墅来了不少朱红的女密友，她们闻讯赶来探望，用各种贴心的话语安慰躺在床上的朱红，水果堆成小山。

派出所民警前来调查，他请女密友们回避，卧室门关上。

大客厅里挤满了人，有人没座位，站着。女密友们同声咒骂"朱太太"，一个球状女人骂得最凶。

小袁问："谁是朱太太？"

球状女人说："那个小白脸，金山，我们都叫他朱太太，他就是家里的一只花瓶，暖被窝的一个热水袋，主人为了解闷养的一条摇尾巴的小哈巴狗……"

民警从卧室出来，他拉着小袁到大门外，说："被害人朱红提出控告，要求枪毙她的老公金山。依我看，她的伤势至多构成轻微伤，是否立案，我请示一下所长。"

民警回派出所了。

出租车上，金山戴口罩、墨镜、帽子，唯恐被人认出来。他以为这次暴打朱红，大祸临头，要被抓去坐牢了。

他一颗心在辛冰冰身上。

王朝酒店大堂，沙发上，金山坐等。辛冰冰又出去了，不在客房。金山用一张报纸遮住脸，膝上放着一大束求爱的红玫瑰花。

旋转门一转，转出辛冰冰。

土豪贾十全陪在她的身边。电梯门开，贾十全没进去，他招来一个脖子上戴大金链子、身上有文身的凶汉，交代了几句话。凶汉跟进电梯轿厢，冲着辛冰冰点头哈腰，他是贾十全派来的保镖。

金山以红玫瑰花挡脸，与贾十全错身而过，上了另一部电梯。

走廊里，凶汉双手抱肩，靠在辛冰冰所住套房的门外，犹如一条恶犬。金山捧着红玫瑰花，绕开他，去按门铃。凶汉抓住金山的脖领子，像拎起一只小鸡子，他抢过红玫瑰花，扔在地上，用脚碾碎。

金山想夺回红玫瑰花。

凶汉一瞪眼："滚得越远越好，别让我看见你，娘们似的，信不信我在你这张一掐一股水的嫩脸蛋上添个大叉子。"

金山退缩，女人似的哭了，用手背擦眼泪。

王朝酒店外，金山抬头仰望，想找出辛冰冰在哪扇窗户后面，高耸入云的酒店大厦向他压下来，他感到自身的渺小，无助。

他想通一个道理，有了钱，他才能从贾十全手中夺回心爱的女人。

他坐在翟总的办公室里。

翟总苦着脸，说："我刚接到律师函，一个他妈的叫什么吴良的律师发来的，指控我盗窃朱红公司的商业机密，并涉嫌诬陷，要求我道歉、赔钱，否则，他将代表朱红公司采取必要的法律措施。小金，那些财务数据是你送来的，我可没指使你干不法的事。"

金山脸急白了："是你让我偷的，我有录音，你不能爽完了，提起裤子就赖账。"

"录音？拿来我听听。"

"我没带在身上。"

翟总目露凶光，转为和善，说："我家那个糟老太婆住院了，你今晚来我家，带上录音，我们商量一下，想办法整倒朱红，送她去吃牢饭，我出一口憋了多年的恶气，你得到她的公司。"

金山说："你不许骗我。"

"不会的。"翟总哄道，他拍拍金山的手。

大街上，金山站在十字路口，不知该朝哪个方向走。他拖着疲惫的脚步，走进一间公共厕所。

他想洗洗脸，拧开水龙头，没水。他鼻子一酸，想哭。乐极生悲呀，金山本以为，李伟死于天然气爆燃，朱红很快会因偷税罪锒铛入狱，两个障碍一举扫除，那时的他就可以同时将辛冰冰与朱红的资产揽入怀中，人财两得，多年梦想一朝实现。不料世事多变，美梦像七彩肥皂泡儿一样破灭，如今的他成了一条无人领养的野狗，流落街头。

还有更倒霉的事等着他。

他接到吴良律师打来的电话，对方通知他：朱红女士半小时前紧急提起离婚诉讼，法院将择日开庭，同时，法院为保护朱红女士免受家庭暴力的严重伤害，依法作出裁定并发出人身保护令，禁止金山进入香格里拉小区。

他被扫地出门了。

他更不会想到，小袁已将他列为07号别墅天然气爆燃案的主要嫌疑人之一。

第八章

鼎　炉

红斜顶别墅。朱红的女密友们围住吴良律师，问东问西，出谋划策，像群吵闹的老母鸡。

吴良律师洗耳恭听，耐心地解答她们提出的一个又一个法律问题，尽管这些问题幼稚可笑。因为朱红的女密友们都是贵妇，她们的丈夫无一不是本市的头面人物，将来有可能成为他的客户，必须提前搞好关系。

卧室里，朱红叫他，声音有气无力。

大床上，朱红的脸肿得像只刚出炉的大面包，眼睛只剩一道缝。她对吴良律师下达新的指令：离婚时，不能让金山得到一分钱！

吴良律师保证："我的胜诉率百分之百。"

朱红说："我给你增加五十，不，一倍的代理费。"

吴良律师态度矜持，心里笑了，他希望天下有情人终成怨偶。

他从卧室出来，撞到一块软而富有弹性的东西。

眼前，一个举止轻佻的俏女人冲他嬉笑。吴良律师无意中碰到她的胸部，连说："对不起。"这个在门外偷听的俏女人穿了一件肉色的超短裙，光着大腿，脚下是高跟拖鞋。在吴良律师的印象中，俏女人四处乱窜，逢人便打听，哪儿都有她。

俏女人拉住吴良律师的手，问："大律师，金山真的得不到一分钱？"

吴良律师说："按照双方婚前约定，全部财产均归朱红女士所有，婚姻法里有相应条款，第三章，第十九条。你要离婚吗？这是我的名片。"

　　俏女人说："我不离婚。你们够黑的，让金山要饭去？"

　　"金山可以去工作。"

　　"工作？适合他的只有一种工作。哎，我的老公要是不要我了，我是不是也得不到一分钱？"

　　"这个，这个，你的老公是谁？"吴良律师不认识这个女人。

　　俏女人笑着飞走了，朝他抛来飞吻。

　　除了胡小雨，俏女人还能是谁。她回到家，一进门，放轻脚步。窗帘拉得很紧，幽暗的光线中，王梓盘腿坐在蒲团上，照例一身黄色的粗布中式裤褂，扎起冲天髻，在太上老君鎏金铜像前潜心修行。胡小雨从他身后溜过去，想到厨房找点吃的，平日总吃素食，她饿得快。

　　"你去哪儿了？"王梓问。

　　胡小雨站住，说："我去朱红家了。"

　　"朱红让你进门了？"王梓问。小区里，关于胡小雨的过去有不少流言，她不是受欢迎的客人。

　　胡小雨说："她家的门大开着，谁都可以进。朱家出大事了！"

　　"大事？她家能有什么大事。"

　　"你听我说呀。"

　　于是，胡小雨添油加醋地说了一通朱家的事，她在几处关键点虚构了少儿不宜的情节。

　　王梓说："朱红应当报警。"

　　胡小雨说："派出所的警察来了，那个来过咱家的女警察也在。"

　　"那个女警察姓什么？"

"姓袁，小袁警官。听说，是她救了朱红，如果她当时不是正巧去敲门，朱红的小命可能就没了，真是太巧了。"

王梓阅历丰富，不相信这是一种巧合。

胡小雨问："老公，金山长得那么秀气，他有杀人的胆量吗？"

王梓默诵《道德真经》。

"老公，我有个想法，你想不想听听？你干吗用那种眼神看我，我不是没脑子的傻大姐。"

"呵呵，你说。"

胡小雨扶起王梓，搀他坐到轮椅上，跪在他身边说："自古奸情出人命，小区里的人都在议论，说李伟家的那场火着得怪，我想，会不会是金山放的火，烧死李伟，他就能跟辛冰冰做长久夫妻了。"

王梓问："你这个想法跟别人说过吗？"

胡小雨答："好像……没有。"

王梓说："把你的舌头吐出来。"

胡小雨伸出一小段舌尖。

王梓用手指碰一碰，说："管住它，今后不许乱讲，你的话如果传到刑警的耳朵里，可能给金山带来无妄之灾。"

"噢，老公的话小雨记住啦。"

胡小雨又想起一件事："老公，我听物业经理老孙说，警察还在调查李伟家的大火是怎么着起来的，他说警察这两天去了几趟大仓库，在那堆大火烧剩下的破烂里东翻西找。"

王梓漠不关心，闭目养神。

胡小雨给他揉腿，说："老公，给我点钱。"

"钱包里有。"

"我是说，你要是先我一步走了，记着给我留点钱，别让我上街要饭。"

"说得好可怜。"王梓笑道，"我安排好了，有朝一日，我若修身得道，绝不会让你一个人留在世上，没钱受苦。"

"老公，你真好。"胡小雨撒娇。

王梓摸摸她，收回手，闻闻掌心沾上的香气，说："我买了几样东西，给你的，去，拿过来，穿戴上，我看看。"

这几样东西分别是白色超短裙，白色长丝袜，白色高跟鞋，还有白色纱巾，白金戒指，白色珍珠项链。

胡小雨一一穿戴在身上。六样东西，她欢喜地叫了六次"好老公"。

王梓指挥下，她乖顺地摆出各种撩人的姿势。半小时过去，王梓心底升起欲望。他说："灵丹。"胡小雨从太上老君铜像的肚子里掏出一只巴掌大的黑琉璃瓶，交给他。他打开瓶塞，倒出一粒红药丸，托在掌心，他又倒出一粒，两粒一起纳入口中。胡小雨端来一盏清水，王梓饮了一口，服下药丸。很快，他像气吹的塑料娃娃，神采奕奕，腰挺直了。

胡小雨扶他上楼。

硬木大床上，王梓枯槁的身体与胡小雨奔腾着生命活力的身体叠压在一起。胡小雨感觉到，王梓的身体越来越轻，有规律的动作也越来越迟缓、乏力。她没有激情，听任摆布，这是她的义务。

王梓有个怪癖，做这种事时，每当他兴奋起来，就会大张嘴巴，头向后仰，眼珠子风车一般飞转，怪吓人的。

王梓近来气色极差。胡小雨劝他检查一下身体，他不去。有一次，他喝了一小盅黄酒，不胜酒力，醉意十足地对胡小雨说："不用去医院，你是我的鼎炉，你在，我的病就会被炼化的。"

胡小雨配合着他的动作，巴不得快点完事。

王梓倏忽不动，伏在她的身上。

胡小雨叫了几声"老公"，他不应声。

胡小雨推他到一边，他眼睛半张，睡着了？过去有过两次这种情况，可能是累的，歇会儿就好。胡小雨没往心里去，她下床到卫生间冲澡。

王梓喉咙里咕噜响，手指微动，想要抓她回来。

鸟笼子

胡小雨冲过澡，盥洗镜中映出她的裸体，没有一两赘肉，美妙诱人，老天给了她一副好皮囊。

她是个随波逐流的女人。嫁汉嫁汉，穿衣吃饭，王梓娶了她，给她买新衣服与金首饰，给她零用钱，挺心疼她的，除了偶尔训她几句，总体上算是性格温和的男人。她十六岁外出打工，挣钱养活不务正业的父亲，供弟妹上学，给母亲修了一座全村最好的坟。如今，大弟高三，小妹高一，学习成绩都是所在学校的第一名，学费与住校的食宿费全靠她这个姐姐。她给家里寄钱，王梓不禁止，还说多寄一点，这样的男人世间没有几个。

她又心有不足，王梓很少准许她外出，这栋别墅像个大鸟笼子。她的天性像风一样流动不定，简称风流的女人。

老话说，黄河有底，人心没底，她渴望健壮男性的怀抱。

硬木大床上，王梓仰面躺着，保持原样。

胡小雨带上卧室的门，在别墅的各个房间里乱转。她溜进书房，这里是王梓设立的禁地，未经允许她不能进入。她坐在硬木书桌前的太师椅上，试了试，这把破椅子有啥好的，又硬又硌屁股，王梓拿它当宝贝。

她拉开中间的抽屉，里面放着几本旧书与一本大红结婚证书。打开结婚证，上面贴着她与王梓的合影照片，填写着两人的姓名、出生日期与身份证号，加盖一枚红色的民政部门婚姻登记专用印章。这本结婚证是她的护身符，证明她是王梓的正经老婆，不是陪夜的小姐。

她隔着门缝偷窥过王梓的动作。她拿出旧书与结婚证，手在抽屉里胡乱摸索，不知碰到哪儿，咔啦，抽屉底部出现一个暗格，装着几样东西：一只翠玉扳指，一枚古钱，一块景泰蓝小怀表，两张银行保管箱租用合同，还有一个黑色的塑料小盒子。她试戴扳指，扔两下古钱，听听怀表嘀嗒声，翻翻合同。她抠开小黑盒子后盖，取出里面的电池，看不出稀奇之处，照原样装好。

她没找到存折，准是放到银行保管箱了。她没坏心眼，只想看看王梓到底有多少钱。

她关上一半抽屉时，忽觉脊背发凉，浑身毛发倒立。她转过头，王梓站在书房门外，碧绿的眼睛看着她。她的一颗心怦怦怦乱跳，像是要从嗓子眼儿跳出来。她紧闭眼睛，再睁开，幻象消失，门口没人。她是做贼心虚，自己吓唬自己。

她拧开卧室的门，床上的王梓不曾挪动半寸。她说："老公，我出去买点菜。"

王梓哼哼两声。

"老公，你答应了，我去啦。"胡小雨飞下楼梯，飞出大门。她深吸一口室外的新鲜空气，心情像从笼子里放飞的小鸟一样快乐。

硬木大床上，王梓在为活下去而做生死之战。或许胡小雨真的没发觉，他因体内潜伏的重病突然发作导致全身瘫痪。这是第三次了，这次可能要了他的命！他运用意念，驱动指尖，一点点到手指能够活动。

他不懈地努力，小臂有了知觉，可以动了。

手机在床头柜上，往日伸手可及，这会儿却像隔着大西洋。

正当王梓搏命的时候，红斜顶别墅外，胡小雨在问："大律师，有了结婚证就是合法夫妻吧？"

吴良律师回答："是的，合法的婚姻关系受到法律保护。"

"夫妻离婚，财产怎么分？"

"一般情况下各占百分之五十。"

"古董呢，锯成两半儿？"

"可以折价，不要古董的一方，分得现金。"

"我老公先死了呢？"

"你可以得到他的一部分遗产。"

"我老公的爸妈不在了，我们没孩子，我能得多少？"

"你可以得到全部遗产。"

胡小雨问："大律师，你的名片呢？"吴良律师掏出一张。胡小雨拿着名片，念了一遍，还回名片。吴良律师说："你留着吧。"胡小雨拍拍脑门："我记住了，我妈说过，记在脑子里的东西丢不了。"

吴良律师说："有需要我效劳的地方吗？"

胡小雨说："你走吧。"

她找年轻门卫聊天去了。

分针转了一圈。

硬木大床上的王梓艰难地、一寸一寸地移动手臂，抓住了手机，他几乎喜极而泣，他有救了。他按下赵大鹏的手机号码，赵大鹏住得近，为人仗义，能在一分钟之内赶来，送他去医院。

他需要抢救！

电话拨通了。赵大鹏洪钟般的声音："老王吧，找我有事？"

"快来。"

"到你家喝酒呀，我在工地呢，改天吧。"

王梓又说一遍"快来"，口齿不清。

这时，胡小雨唱着歌回来了，她夺过王梓的手机，说："大鹏哥，是我，小雨。"

"什么事？"

"没事。"

"没事别打电话，我忙着呢。"电话挂断。

胡小雨对着手机咒了句："挨千刀的。"

她甩掉拖鞋，上床，躺到王梓身边，说："老公，你别睡，听我给你讲件稀罕事，门卫小李的老婆生了一对龙凤胎，大喜事吧，可他一年没回过家呀，嘻嘻，物业经理老孙恭喜他不劳而获，自家的地有人代种了。老孙的话真缺德，欺负小李是老实人……"

王梓快急疯了。

他的病再耽搁下去就没救了！

阴阳鱼

"王梓，这个名字听着耳熟，不认识，我想想，可能在局里召开的工商界人士座谈会上见过两次面。"严主任说。

"他是普济医疗器械公司的董事长。"小袁说。

"好像是吧。"

"他是否因为违法经营行为，正在接受贵局的处理？"

"请用茶。"严主任客气地说。办公室里，毕队长与小袁再次来访，严主任给两位警官沏的上等龙井，他喝的还是茶叶末儿泡的酽茶。他坐下说："我是办公室主任，查处企业违法经营那块工作不归我管。"

"由哪个处室负责？"

"这个……"

毕队长说:"贵局的局领导要求你全力配合我们的调查工作。"

严主任态度立变:"局领导的指示我坚决照办。王梓的普济医疗器械公司确实牵扯进一桩违法经营案件,根据职责范围,由李伟生前所在的处室负责查处。"

"李伟死后,现在的处长是谁?"

"暂时空缺。"

"由谁代管?"

"局领导让我临时负一下责。"

"老严,我看你适合这个位子,廉洁奉公,原则性强。"毕队长说。

"我可干不了,那是得罪人的差事。"严主任说。

小袁紧跟着问:"李伟得罪过哪些人?"

严主任宽厚地说:"据我所知,李伟与王梓同住一个小区,邻里之间相处融洽,照常来往,这起行政案件没有影响到两人的关系。"

见小袁还要追问,严主任转移话题:"两位警官,你们来得正好,帮我拿个主意。李伟处长不幸遇难已有时日,追悼会至今未办。这件事不能总悬着,久拖不决,社会舆论的压力全部集中在局领导一人身上。我考虑,是不是采取一个折中方案,不由单位出面,不致悼词,不开追悼会,作为李伟的生前好友,我以个人名义操办一个比较隆重的骨灰安放仪式,这样做方方面面都满意。行不行,二位提提意见。"

毕队长说:"以局领导的意见为准。"

一位梳马尾辫的女文员敲门进来,请严主任在差旅费的报销单上签字。

小袁拉回跑偏的话题:"严主任,请你介绍一下普济医疗器械公司违法经营的有关情况。"

严主任在报销单上签着字，说："我的确不清楚。"

"董事长王梓承担什么责任？"

"你把我问住了。"

"请你复印一份这件案子的行政处罚决定书，我们带走。你不会说没有吧？"

"没有。李伟处长刚刚结束调查，还没来得及形成最终的处理意见。"

"一问……"小袁说了半句。

"……三不知。"严主任不以为忤。他说："我就是个临时工，新的处长到任之前，我代管几天，不操那么多的心。"

毕队长说："麻烦找个了解情况的人，同时，提供一下相关材料。"

严主任说："普济医疗器械公司这件案子是李伟处长亲自办的，核心情况只有他掌握。他常把材料带回家，夜里加班工作，那些材料全部毁于大火了。"

李伟死了，材料烧光了，一干二净。

小袁的心凉了半截。

两位警官起身，准备告辞。

只听梳马尾辫的女文员说："那些调查材料都在。"

严主任打断："这里没你说话的份儿，字签好了，走吧。"

小袁急问："材料在哪儿？"

女文员说："李处长做事谨慎，他带回家的是复印件，原件锁在文件柜里，一页不少。"

严主任责问："为什么不向我汇报？"

女文员说："您没问过我呀。"

小袁握住女文员的手："太感谢你了。"

"李伟原先是我们的处长。"女文员的眼圈红了。

严主任舍不得更换的那台老式复印机像头老牛拖破车,不断出毛病,需要不时修理,或拍打两下,小袁忙出一头汗。调查材料统统复印一份,页面模糊,凑合着能看。

这些材料表明:

普济医疗器械公司总经理借助行贿手段,高价销售一批伪劣医用产品,从中牟取暴利。由于售出产品质量低下,植入患者体内后,造成一起重大医疗事故。

董事长王梓负有不可推卸的失察之责。王梓亲笔的《悔过书》中,对其错误认识深刻,表示情愿献出一半家财,补偿医疗事故中的受害患者,以赎罪孽,并将面壁思过三年,忏悔终生。《悔过书》末尾有王梓的签字及一枚鲜红的指印。

《行政处罚决定书》尚为初稿,主要内容两条,责令普济医疗器械公司收回并销毁全部伪劣产品;鉴于董事长王梓积极配合调查,且为初犯,不予吊销营业执照,仅对其处以一定数额的罚款。

整套材料认定事实客观公正,证据确凿充分。

严主任指示女文员:材料封存,移交档案室,妥善保管,新处长上任后再做处理。他对毕队长说:"幸亏啊,李伟处长带回家的是复印件,原件毫发无损。"

厚厚的一摞调查材料,小袁掂一掂分量,她对李伟心生敬意。

毕队长说:"老严,走,一起吃饭,还是老规矩,我请客,你带酒,上次喝的那瓶三连升酒不错,还有吗?"

严主任说:"不了不了,上次跟你喝酒,被老婆骂了个狗血喷头。"

两个男人聊起酒。

在女文员的协助下,小袁将复印的材料装订成册。小袁心里有份嫌疑人名单，她增加上王梓，与金山并列。她想起中元道观道士的道袍上绣有一个图案：

一黑一白两条鱼互纠在一起。

差点成仙

硬木大床上，王梓还剩半口气。

他身上多了一张双人被，怕他光着身子着凉，胡小雨出于好心，给他盖上的。胡小雨去哪儿了？她跟王梓说了会儿话，见他不搭理，以为他睡着了，就跑到楼下看电视去了。

薄薄的蚕丝被压得王梓喘不上气。

窗外，暮色渐重。

一层客厅，电视里播放动画片，胡小雨嗑着瓜子，看得入神，不时发出笑声。

门铃响，她不理。

有人敲窗户，她还是不理。

窗外，赵大鹏喊："里面有活人吗？"胡小雨立时像彩蝶一样飞起，飞到窗前，她叫着："大鹏……"那个"哥"字没出口，她笑容消散。赵大鹏身边，站着柳月。

胡小雨说："你才是死人呢，死鬼！"

赵大鹏问："你老公在家吗？"

胡小雨说："你问这个干吗？你想趁我老公不在家，进来欺负我？"

"开门。"

"不开。"

胡小雨回坐到沙发上，接着看动画片。窗外，赵大鹏挠着头，半个多小时前，他在工地接到王梓的电话，胡小雨从中一搅和，他把电话挂了。挂断电话后，他心里觉得不对劲，王梓连说了两个"快来"，声音微弱，分明是向他求救。他将工地的事交代给杜顺，火速开车回家。为了避嫌，他叫上妻子柳月，一同来敲王梓家的门。听胡小雨的口气，不像出了什么事，他再敲窗户，胡小雨过来，唰地拉上窗帘。

胡小雨将瓜子皮吐得老远。

她听见一个人顺着外墙的雨水管向上爬，翻进二楼阳台。她往楼上跑，阳台推拉门没上锁，哗啦，有人进来。

胡小雨喊："老公，家里进贼了。"她小声加了一句："采花贼。"

赵大鹏推开她，直奔卧室。

硬木大床上的王梓抬起沉重的眼皮，见到赵大鹏就像是见到大救星，挣了两下，身子动不了。

赵大鹏扶起他的上半身，问："病了？"

王梓嗯嗯两声："救我。"

　

急救室里，医生全力对王梓实施抢救。

王梓病势危殆，命悬一线。

赵大鹏、柳月夫妻二人守候在外面，陪着哭成泪人的胡小雨。赵大鹏很想问问她："你真没发现王梓突发急病，病得快要死了？"柳月微微摇头，示意不要问。胡小雨哭着说："我以为，我老公跟我干完那事儿，累了，睡着啦。"

天底下真有这么缺心眼的女人？

从急救室里出来一位医生，神情严峻，带着一种不祥的气息。他问："谁是王梓的家属？"

"我，我是他老婆。"胡小雨腿发软，问，"我老公死了？"

她准备昏过去时，医生说："如果晚来半小时……"

王梓转危为安，住进单人特护病房。

送走赵大鹏与柳月，胡小雨留下陪护。她在病房里支起一张小床，为王梓洗脸，擦身，尽心服侍。她叫了一份外卖，大米饭，焖豆角，还有平时王梓严禁她吃的红烧肉。吃完，她给大弟、小妹各打了一个长途电话，问问学习成绩，寄去的钱够不够用。她躺在小床上睡了，夜里起来几次，用手在王梓的鼻子下面试了试，还有气儿。

早晨八点半，女护士通知胡小雨，内科主任程教授请她去一下。

这间诊室比其他医生的大。程教授待人温文有礼，他对胡小雨说："请坐，你是王梓先生的太太？"

胡小雨不习惯"太太"这个称谓，说："王梓是我老公，我是他老婆，领了结婚证的。"

程教授说："王太太，请你来，是想跟你谈谈你先生、你老公的病情。"

胡小雨心中忐忑："我老公得的什么病？"

"一种极为罕见的病。"程教授说出一长串外文。

"他的病重不重？"胡小雨问。

"已经发展到晚期。"

"我老公有钱，您开最贵的药。"

"非常遗憾，目前没有治疗这种病的有效药物。"

"没药，我老公没救了，死定了？"

"话不能这样说，要树立战胜疾病的信心，绝不轻言放弃。不过，现代医学尚未达到可以治愈一切疾病的水平，还存在许多未知领域。"程教授大概对每一位病人及其家属都说过同样的话。

胡小雨掩面哭泣。

程教授找出一张诊断书，说："王梓先生两个多月前在我这儿看过病。我没有告诉他具体患的哪种病，但是，我对他讲，他的病很重，需要立即住院，他同意了，说回家取几件换洗衣服，结果一去不返。如果那时开始积极治疗，而不是拖到今天，病情可能不会发展到这种程度。你作为王梓先生的……老婆，应当劝他及早就医。"

"我们结婚才两个月。"

"新婚？我对王梓先生讲过，他这种病应当避免夫妻同房，否则，会产生致命的危险。很多病人常把医生的话当成耳旁风。"

胡小雨说："自从结婚那天起，我老公天天跟我干那事，我身子不舒服，他也不放过。"

程教授的额头皱出川字纹。

胡小雨擦干眼泪，问："我老公还能活多久？"

程教授说："我会采用最先进的医疗方法，尽量延长王梓先生的生命。"

"您说个准话，我老公还能活一年，一个月，一天？"

"如果我对你说了，你不能透露给王梓先生，那样会对病人造成极大的精神冲击，使他丧失生的信念。"

"我保证！"

程教授竖起一根手指。

诊室里骤然响起哇哇的大哭声，胡小雨从门里冲出来。

单人特护病房里，胡小雨双膝跪在病床旁，用力摇晃王梓，哭得撕心裂肺："老公，医生说你就要死了，活不过一个月了，撇下我一个人，我可怎么办呀，我要跟你一起死。"

王梓从昏睡中醒来。他从被子里伸出枯瘦的手，摸着胡小雨的头，说：

"我带你一起成仙。"

十三吉卦

王梓不见了。

胡小雨去卫生间倒尿盆，回到病房，前后五分钟的工夫，病床上空了，被子掀到一边，输液针头插在枕头上。她的老公王梓呢？女护士们都说没看见。

胡小雨爬上楼顶天台，一个穿病号服的小个子靠着楼沿铁栏。胡小雨大叫："老公，别跳！"那人回过头，不是王梓，是个避开护士监管、躲到这儿抽烟的住院病人，他朝胡小雨龇牙一笑。

胡小雨摸摸胸口，虚惊一场。

王梓身无分文，穿着蓝白条纹的病号服，他能去哪儿？

消息传到刑警队。

毕队长说："王梓肯定去了这个地方。"

小袁问："哪儿？"

毕队长的手指戳在本市地图的一个点上。

中元道观，朱漆大门紧闭，只开一扇侧面的小门，偶有香客进出。

一座偏殿里，王梓跪在拜垫上，面对高高在上的泥塑金身神像，双膝下跪，双手扶地，虔诚地磕了三个响头。他默念几句，将手中高香插入香炉，为了防火，香不允许点燃。

居中神像是药王孙思邈。

王梓从中元道观的侧门出来。

正对道观大门有座影壁，影壁后站着一位留山羊胡子的中年男人，仙风道骨，俨然世外高人。

王梓过去拜见："弟子愚钝，请师傅指点迷津。"

山羊胡子说道："你的命中注定双重劫难，一次因火度劫，一次因水度劫，不出七七四十九日，劫难即将安然过去，前程无限光明。你要坚信道法，不可动摇了本心。"

王梓弯腰长揖："弟子谨遵教诲。"

当他直起腰时，山羊胡子已然不见。

王梓离开医院时，与师傅约好在此地见面。他的这位师傅是经道友介绍相识的，法号玉虚真人，道行高深，不知仙居何处，每次均是通过手机联系，约定不同的见面地点。王梓对师傅崇拜得五体投地，月月按时供奉，玉虚真人并不挑剔供奉的币种，美元，人民币，即便是卢布也可以。玉虚真人说了，这些钱专为道教祖师老子重塑金身所用。

玉虚真人一席话，使得王梓尽扫颓丧之气，精神重又焕发。

他叫了一辆出租车。他落下车窗，车行一路，轻风拂面，心情好不舒畅。在小区大门，他请孙经理代交了出租车费。回到家，他脱掉病号服，换上中式裤褂。他坐在书桌前，打开中间抽屉的暗格，取出那枚古钱。

他心中默念，连抛十三次，古钱落到桌面上，如他所愿，次次都是正面朝上。

十三吉卦!

王梓往太师椅上一靠，哼起老家的小曲。他将古钱放回去，手在中途停住，有人动过暗格。几样宝物有固定的位置，挪动分毫他都能够察觉，如今，扳指与怀表被人互换了。这是谁干的?

他拿起手机，滑开，在"胡小雨"的名字上点了一下。

胡小雨的哭音："老公，你在哪儿，医生、护士，还有警察，好多人到处找你，急死我了。"

王梓说："回家。"

他的手指在书桌上敲了几下，冷静下来，改变主意，不想因此惩罚胡小雨。对于他今后的运数，胡小雨很重要。

胡小雨在清风会所做"服务员"时，与王梓相识，那是两个多月前。王梓是位规矩的客人。两人初见，他对胡小雨的生辰八字问得细而又细，并全面考察了胡小雨身体的各项生理机能。

仅隔一天，王梓再到清风会所，张口要娶胡小雨为妻。

胡小雨听呆了。王梓瘦小枯干，其貌不扬，一般来说，难以得到美人的芳心。但他有一样长处，是个有钱的男人，于是乎，胡小雨动了一半心。当王梓说到他住在香格里拉小区时，胡小雨不再犹豫，一口答应，嫁！

王梓以为他的别墅具有吸引力，后来发现是因为赵大鹏住在这儿。

两人拍了结婚照，王梓领回结婚证。

迄今，两人结婚整整六十天。

门口，王梓大张双臂，胡小雨投入他的怀抱，两人大亲其嘴。胡小雨屏住呼吸，王梓嘴里有股难闻的味道，像是身体里面腐烂的内脏器官发出的恶臭气息。胡小雨从小干农活，翻过猪圈茅厕，因此忍得住。王梓又瘦、又小、又凉的手在她身上摸索，伸进她的裙子，她装出很享受的样子。

隔窗的一对鸟儿以翅遮面，不好意思看下去，扑棱棱地飞走了。

两人亲热之后，王梓说："出去散散步。"

胡小雨给他戴上保暖的帽子、围巾与手套。

王梓一手拄拐棍，一手挽着穿高跟鞋的胡小雨，二人出了小区，沿着围住小区的铁栅栏信步而行。走到一口废弃的电缆井旁，井盖从里向外掀开，钻出哑巴。胡小雨以手揉胸："妈呀，吓死我了。"哑巴不说话，鞠躬致歉。王梓说："没关系。"他掏出一张大面额纸币，施舍给哑巴。哑巴不要，他从废井里拽上小车，盖好井盖，去捡拾空饮料瓶了。

树叶泛黄，天上大雁南归。

望着满目秋色，王梓情趣盎然，吟道："秋色堪悲未必然，轻寒正是可人天。"他的语气中竟似有欢欣之意。

走了一大圈，王梓没有倦意。

回到家里，胡小雨主动从太上老君铜像的肚子里取出黑琉璃瓶，倒出两粒红药丸，塞进王梓口中。

卧室，胡小雨帮他除去衣服。

王梓干瘪的胸膛急剧起伏，呼吸声又粗又重。

胡小雨嘤咛一笑，滚入他的怀中。

手机"叮"地一响，收到一条短信，陌生号码发来的。

王梓看后，手机滑落。

胡小雨还想挑逗他，看到他的脸色，识相地闪到一边。

王梓的头深深垂到胸前，身体缩成一小团。

胡小雨想偷看一眼不知是谁发来的那条短信。

王梓拿起手机，删除了。

第九章

反复无常

王梓睡了，睡得不安稳，在硬木大床上翻来覆去，睡梦中不断发出呓语。

阳台上，胡小雨倚着铁花护栏，发呆。

相邻的别墅里，赵大鹏、柳月的一举一动都逃不过她的眼睛。柳月拎着菜篮子，出门买菜，只有赵大鹏一人在家。胡小雨用最快的速度化好浓妆，换上一条最短的粉色紧身短裙，飞下楼。

客厅里，赵大鹏席地而坐，地毯上摊开十几张施工图纸。

门响，他看着图纸，说："老婆，回来了?"

一双女人的手从后面环抱住他，香水味呛鼻子。他身子一抖，甩开那双手，虎跳而起，大步向外走。

房门大敞。赵大鹏在门外，胡小雨在门内，主客颠倒，两人说话。

赵大鹏："有事，快说，没事，快走。"

胡小雨："没事就不许我找你? 过去，你天天往我那儿跑。大鹏哥，我真有事，我老公得了重病，活不过一个月了。"

赵大鹏："胡说。"

胡小雨："骗你是小狗，小母狗，真的，医生说的。大鹏哥，我要成寡妇了。我年轻没孩子，不想守一辈子寡，我嫁给你吧。"

赵大鹏："胡扯!"

胡小雨："我想好了，你娶两个老婆，我带着我老公的钱、房子嫁给你，一三五，你归我，二四六，你归柳月姐姐，礼拜天你随便睡，反正两套别墅紧挨着。"

赵大鹏："胡想。"

胡小雨："咱们仨一起过日子，不对外人说，没人管，也管不着。"

赵大鹏没拿她的话当真，认为她的脑子发烧，胡言乱语。赵大鹏频频朝小区大门的方向看，胡小雨问："大鹏哥，我跟你说正经话呢，你不好好听，你看什么呢？"赵大鹏说："你嫂子去买菜，往常十五分钟准回来，现在十六分钟了，还不见人影。"

"才晚一分钟，你就急成这样？"胡小雨酸酸地说。

"你回家吧，我去趟菜市场。"赵大鹏说。

"去找你的月儿？"

"我的月儿，呵呵，这话我爱听。"

胡小雨往下扯扯低开的V型领口，挺起胸，说："大鹏哥，你看看我，我好看吗？"

"好看。"赵大鹏看的是小区大门那边。

胡小雨的牙在嘴唇上咬出一个印。她跟赵大鹏说的话里确实有九分是真心的，她自认为更年轻貌美，她不信争不过柳月并取而代之，一步步走着瞧。

她恨自己错过一次机会。

胡小雨媚眼如丝，缠着赵大鹏，她说："大鹏哥，我跟定你了，我老公一死，我就来找你，我这个人，还有那一大堆家产，全是你的！"

"全是谁的？"柳月回来了。

赵大鹏接过菜篮子："好沉，打个电话，我去接你。你裤子上有土。"他弯腰去掸，柳月轻哼一声。赵大鹏问："怎么了？"

柳月说："你的手劲好大。"

赵大鹏是心细的男人，与粗野的外表刚好相反。他蹲下身，轻轻挽起柳月的裤腿，露出一片红肿，擦破的地方渗出血珠。

柳月说："不小心摔了一跤，碰破点皮，没事的。"

赵大鹏心疼了。他是条硬汉子，从前干活摔断骨头，打架挨两刀了，医生给他治疗时不打麻药，他眉头不皱一下，依旧谈笑风生，不耽误喝酒吃肉。老婆柳月受一点点小伤，他却受不了啦，手都抖了。

柳月温情地笑笑，用手摸摸他刚硬的头发。

胡小雨站在一旁，看到这一幕，心凉了。

赵大鹏一伸手，抱起柳月。柳月说："我能走，放下我，让人看见笑话。"赵大鹏不放，向屋里走。

门口的胡小雨让开。

柳月说："小雨，进来坐。"

赵大鹏进门后，用脚后跟一踢门。

门关上了，胡小雨在门外。

胡小雨眼里换成恨意。她无精打采地回家，去守着那个没几天了的活死人王梓。

一辆警车开来，停在甬道前。车上下来毕队长与小袁，两位警官来找赵大鹏，向他借样东西。胡小雨一见，迎上去，说："我要报案，你们管不管？"

小袁问："你报什么案？"

胡小雨又咬咬嘴唇，说："我告赵大鹏，他欺负我！"

小袁掏出纸笔，记录。

隔着窗子，柳月朝这边看了一眼，赵大鹏给她腿上的伤处敷药。

面对两位警官，胡小雨不显紧张，边想边说："三年，不，四年前，我在饭馆当服务员，赵大鹏三天两头去那家饭馆喝酒，他是为我去的，他看上我了。他骗我说，家里没老婆，想跟我好，我信了。他每次来，都对我动手动脚，有一次，他喝醉了，他是假装的，我问他住哪儿，送他回家，他不说。饭馆该关门了，我不能让他睡在大街上，就带他回我租的小屋。我扶他进门，他不醉了，扑过来，压住我，在床上，扒我的衣服，想欺负我。"

小袁记得一字不差。

胡小雨说下去："我喊救命，他给我钱，我抓过钱，扔到他的脸上。"

小袁问："你说的这些有证人吗，现场有没有第三人？"

胡小雨说："干这事哪能有外人在场。"

小袁问："说完了？"

"嗯。"胡小雨解恨地说，"赵大鹏在家，你们快去把他抓起来！我能踢他两脚吗？"

小袁说："请你在笔录上签字。"

"还要签字呀。"胡小雨接过笔，笔尖在纸上只写了一画，她不签了，问："我签了字，你们就去抓他？"

"我们还要调查核实情况。"小袁说。

"我老公醒了，他叫我呢。"胡小雨不签字，还回笔，扭着屁股，走了。

老而又老的故事

柳月给两位警官端上适宜秋季的青茶。

主客围坐在茶几旁的沙发上，都不感到拘束。毕队长问："你家门上的监控哪天装的？"

赵大鹏说："一个多月前，专为胡小雨装的，她总来捣乱。"

"有九月八号前后的录像吗?"

"有。"

"我们想调看一下。"

"行。"

赵大鹏从电视机旁拿过一只U盘:"不用还了,我留着没用。"小袁按规定请他在调取证物清单上签字。赵大鹏问:"你们要查胡小雨,她犯事了?"

柳月对他说:"两位警官还在查李伟的案子。"

赵大鹏签字时用力过度,笔尖划破清单。

小袁问:"赵总,你跟胡小雨过去认识?"

"认识。"赵大鹏瓮声瓮气地说。

柳月一笑:"大鹏,胡小雨又告了你一次。"

一个"又"字,说明胡小雨不止一次向警方控告赵大鹏欺负她。赵大鹏的履历中并没有因此受到警方处理的记录。

赵大鹏对两位警官说:"你们不要相信她的鬼话!"

小袁与毕队长这次到赵家来,目的不单是调取录像。赵大鹏、柳月与李伟三人之间的关系不同寻常,深入挖掘下去,可能从中找到侦破李伟被杀一案的重大线索,许多谋杀动机可以追溯到隐藏在过去的源头。据知情人反映,赵大鹏与柳月这对恩爱夫妻曾经走到婚姻破裂、几乎无可挽回的边缘。

赵大鹏、柳月夫妻之间的矛盾与李伟直接有关!

赵大鹏愤愤地说:"胡小雨每告我一次,我就要向你们警察重复一遍这点烂事。月儿,拿支录音笔,把我的话录下来,以后再有人问,放录音给他听。"

柳月说:"杯子里的青茶都喝了,去火。"

赵大鹏一口喝干,向两位警官讲述一段老得不能再老的故事:

四年半前,赵大鹏与柳月结婚两周年,经过夫妻共同努力,大鹏建筑工程公司蓬勃发展，一跃成为本市建筑行业的新兴企业。赵大鹏主外，柳月主内，工作上配合默契，生活上心心相通，如胶似漆、如鱼似水之类的话不足以形容夫妻二人的感情。不过赵大鹏有个大缺点，就是小心眼，别的男人多跟柳月说一句话，或是多看柳月一眼，他立即拉长了脸（这句话不是出自赵大鹏之口，而是柳月笑着补充的）。

随着公司业务蒸蒸日上，赵大鹏在外面的各种应酬日渐增多，但他有一条铁律，晚饭必须回家吃老婆炒的菜，喝老婆倒的酒，绝不在外过夜。

赵大鹏爱吃杨记清真饭馆的烤羊腿，常去，那家店里有位漂亮诱人的女服务员，号称招揽回头客的金招牌。

她就是胡小雨。

赵大鹏不讲究穿，衣服上粘着工地的水泥灰浆，点菜够吃就行，不像出手阔绰的有钱大老板，胡小雨至多对他不冷不热地说句"您来了"。

一次，店里来了位姓皮、人称老P的客人，订的包间。皮总一身高档名牌西服，据说腕上的手表可以换一辆奔驰，这种尊贵的客人均由胡小雨出面服务。皮总端坐首席，来客们举杯恭喜他做成一笔建材生意，赚了大钱。皮总对胡小雨垂涎已久，当他听说有个黑道老大是胡小雨的干爹之后，不敢再造次。趁胡小雨斟酒时，他东摸一把，西捏一下，占点小便宜而已。席散，胡小雨扶着喝得东倒西歪的皮总向店外走。一个新来的女服务员，十六岁，端着盛烤羊腿的托盘，急着给客人上菜，小跑而过，不留神碰了一下皮总的西服。皮总眼一横，抬手就打，骂女服务员"不长眼睛"。店主过来劝解，皮总张口赔钱，按他说的西服价格，女服务员一年工资不够赔的。皮总说："不赔，也行，让我亲一下。"

胡小雨劝道："亲就亲一下吧，总比赔钱好。"

女服务员哭了，店里的食客们敢怒不敢言。

皮总向女服务员伸过去一张臭嘴。

啪！一双筷子拍到桌面。店门口的散座上，一条熊似的大汉怒目而视。

皮总谄笑，叫声："赵总。"

被称作"赵总"的大汉就是赵大鹏。赵大鹏不理不睬，坐他旁边的杜顺站起来，说："这位小姑娘弄脏你的西服，我大鹏哥替她赔，这是钱，接着。"一叠大钞扔过来。

皮总说："这钱我不能要。"

杜顺说："不要？给脸不要脸，我大鹏哥的拳头你是见识过的。"

皮总的酒肉朋友中，一个练过几天功夫的挺身而出："我没见识过，今天想见识见识。"他的话音刚落，只见眼前人影闪动，小腹挨了重重一击。他瘫软在地，差点儿把胃吐出来。

众食客们轰然叫好。

皮总一脸干笑。

杜顺不笑："我大鹏哥说了，那笔建材生意不跟你做了，恭喜你别处发财。"

女服务员收起眼泪，轮到皮总哭了："别价呀，赵总，赵大哥……"

杜顺说："快走吧，你戳在这儿，坏了我大鹏哥喝酒的心情。"

皮总见苦求无望，只好向店外走。

杜顺说声："回来！"皮总止步，以为那笔建材生意又有了转机。杜顺怪笑着说："钱赔给你了，你身上这套西服就是我大鹏哥的了，你还想穿走？脱了，脱不脱？"

皮总脱下西服，只穿衬衣、裤衩，抱头鼠窜而去。

以后，赵大鹏有时自己来、有时带几个常在一起爬山的朋友来店里吃烤羊腿，胡小雨不让别人服务。两人熟了，赵大鹏叫她"妹子"。两人特别熟了，赵大鹏还是叫她"妹子"。兄妹？胡小雨可不这么想。赵大鹏有钱，孔武有力，待人赤诚，是个好男人。她对赵大鹏的感情成分复杂，一天不见，心里就像猫抓似的，说不出来的滋味。有一回，她试探地说："大鹏哥，好多男人打我的主意，你要保护我。"赵大鹏回答："你有个厉害的干爹哪。"胡小雨笑言："我那是瞎编吓唬人的。你说，你怎么保护我？"赵大鹏将这段对话如实转述给柳月，柳月说："胡小雨是个有心计的姑娘。"

柳月与胡小雨见过两次面，一次，夫妻俩同去店里吃饭；还有一次，胡小雨的大弟因病住院，夫妻俩一起到店里给胡小雨送来急需的医疗费，说是借，没还。暗地里，胡小雨跟柳月比了比，她认为柳月远远不如她长得好看，还比她老许多。

一次，她见赵大鹏一人来店，又多喝了几杯，就凑到跟前："大鹏哥，我听说，柳月嫂子嫁你之前，有个相好的，叫李伟，是吗？"

"你听谁说的？"赵大鹏脸一沉。

"跟你一块来吃饭的老严说的。大鹏哥，我们乡下有个规矩，新婚第二天要在外面晾见红的裤子。"胡小雨话有所指。

赵大鹏只吃了一半烤羊腿。

胡小雨看见鸡蛋上的一条缝，她等待机会。机会来了！

这天，赵大鹏一反常态，晚上九点钟来店里吃饭，憋了一肚子气的样子，一口烤羊腿没动，光喝酒，很快喝醉了。胡小雨问他出了什么事，他不说。他的手机响，不接。胡小雨偷觑，是柳月打来的。

柳月给胡小雨打来电话，问："赵大鹏在不在？"

胡小雨说："不在。"

这对夫妻一定是吵架了。

胡小雨向店主请了假，架起大醉的赵大鹏，回她租住的小屋，离这儿不远。进了小屋，她安顿赵大鹏躺在床上，除去他身上的所有衣服，盖上被子。她关上灯，也脱光了，钻进被子，与赵大鹏抱在一起。

无论她怎样拨弄，赵大鹏人事不省。

她听到外面有汽车开来的声音。她掀起窗帘一角，见一辆轿车停下，车上下来店主与柳月，还有杜顺。

门开，灯亮。

柳月看到不堪入目的一幕。

胡小雨从被子里探出头，羞愧地说："柳月姐姐，不全是我的错，我跟大鹏哥好了一段时间啦，我们对不起你。"

缠腰龙

醉酒中醒来的赵大鹏大脑一片空白。

董事长室里，杜顺简单讲了讲昨夜的事，赵大鹏双肘支在写字台上，双手蒙面。杜顺说："这是柳月嫂子给你的。"

一张离婚协议。

几行娟秀的字，字体不乱，大致内容：大鹏建筑工程公司的股份，夫妻各持有一半，柳月不要了；香格里拉小区的别墅，夫妻共同财产，柳月不要了；存款与一辆小轿车，柳月也不要了；柳月只要求一件事，尽快离婚，静静的，不要惊动亲朋与公司员工。

赵大鹏阅罢，拍案而起。

杜顺说："柳月嫂子走了，哪儿都找不到她。"

赵大鹏颓然坐下，沉重的身躯压垮皮圈椅。

柳月离开公司，离开家，没有带走一样东西。柳月发来短信：下午两点整，准时到民政局办理离婚手续。

赵大鹏不去！

赵大鹏找到一位医生朋友，询问一个人在烂醉如泥的情况下是否会做出那种错事？得到的回答是，一般不会，但凡事都有例外，也许身体受到生理上的本能驱使，做出某种习惯性的特定行为，这种可能性嘛……呵呵。

赵大鹏说不清了。

胡小雨给他一份医院的诊断证明：处女膜新鲜破裂。

一连多日，赵大鹏到处找，找不到柳月。赵大鹏胡子不刮，一身酒气，独自关在董事长室里。公司上下传开小道消息，员工们人心浮动。祸不单行，工地上接连出了架子工不戴安全带高空坠落、钢筋不合格造成整体浇注返工的两起大事故，公司业绩一落千丈。中层管理有人陆续辞职，被竞争对手挖走了，这是树倒猢狲散的前兆。

赵大鹏整日借酒浇愁。

一夜之情，赵大鹏不能不负责任。胡小雨想搬进香格里拉小区的大别墅，赵大鹏断然拒绝，给她租了一套两室一厅的单元房。胡小雨心里不满，脸上欢喜。乔迁之日，胡小雨锁住门，换上薄如蝉翼的睡衣，搂紧赵大鹏的脖子，颤声叫："大鹏哥。"

赵大鹏解开她的双臂。

赵大鹏力大，拉断门锁，迈出房门，说：

"妹子，早点睡。"

自此，赵大鹏再没来过。一个月过去，杜顺来了一趟，放下足够半年的生活费。胡小雨问："他呢？"杜顺说："赵总有正经事要做。"胡小雨语含幽怨："你跟他说，他占了我的身子，就得娶我，不然我没脸见人了。他不能把我扔在这儿，不理我，你让他来见我。"

"你是谁呀？支使起我来了。"杜顺说。

"我是你未来的嫂子。"胡小雨说。

又过十天，胡小雨熬不住了。她找来一本时装杂志，按照上面贵妇的穿着打扮，到外面买衣服，做头发，化了妆。她要去公司找她的"老公"赵大鹏，因此，必须有老板娘的样子。

她喜洋洋、兴冲冲地来到大鹏公司。

门卫上下打量这个自称是赵董事长老婆的女人，说："董事长去市立医院了，听说病了。"

"病了，什么病？"

"这你得问医生。"

玻璃转门里，走出十几名员工，有男有女，个个抱着盛杂物的纸箱子，情绪消沉。门卫"唉"了一声，叹道："大鹏公司完了。"

"完了？"胡小雨问。

"快要破产了，这些都是拿了补偿金、被遣散的公司员工，多好的公司，说垮就垮了，听说是让一个姓胡的小妖精祸害的。您贵姓？"

胡小雨说："我不姓胡。"

市立医院。走廊上，她与赵大鹏、杜顺相遇。杜顺手提一大袋子中药，他高兴地说："赵总，伺候你的人来了。"

胡小雨不在乎周围有人，上前抱住赵大鹏的右臂。赵大鹏说："别碰我。"

胡小雨不撒手，抱得更紧。

杜顺一本正经地说："赵总得了一种病，叫缠腰龙，既不容易好，传染性还特别强，会死人的。新嫂子，以后靠你照顾赵总啦，你的命苦啊。"

"你别吓唬我。"胡小雨半信。

"医生在那儿，你去问。这是内服外敷的药，接着。记住了，给赵总敷药的时候戴一次性手套，还要用消毒液洗手，若是两口子都传染上这种病，神仙难救。"杜顺递过那堆药。

胡小雨缩手不接。

杜顺将药硬塞过来："赶紧扶大鹏哥回家，从今儿起，大鹏哥住你那儿了，香格里拉小区的大别墅卖了，还债，公司里一群债主等着哪。新嫂子，大鹏哥交给你了，拜托。"

胡小雨脑子里翻江倒海，转瞬之间，赵大鹏成了穷人，病秧子，这病还传人。

杜顺同情地说："新嫂子，往后，你又要伺候病人，又要挣钱养家，辛苦你了。"

胡小雨说："凭什么伺候他的人是我？"她的话里"大鹏哥"改成了"他"。

杜顺叫着："新嫂子，你们是夫妻呀。"

"谁跟他是夫妻？"

"咦，你们一张床上睡过，有夫妻之实，你哭着喊着要嫁给大鹏哥，大鹏哥答应娶你了。"

胡小雨否认："我没跟他睡过。"

杜顺说："我亲眼所见，你们俩光屁股钻一被窝里。"

胡小雨急于撇清关系："他醉得跟死猪似的，人事不知，我给他脱的衣服，我跟他没那事，别想赖上我，让他找柳月去吧。"

"你别走！"杜顺要抓住她，"你不能扔下大鹏哥不管。"

胡小雨撒腿就跑。

两室一厅单元房里，胡小雨手忙脚乱，全部值钱衣物打包，她要搬到新结识的一个女伴家里住。她唯恐逃得不够快，上了出租车，跟司机师傅说"快走"，她回头朝后看，见杜顺没有追来，这才松口气。坐在后排座上，她伤心落泪，自叹命苦，做老板娘、阔太太的梦碎了。

她一去不回头。

杜顺去医院查了，那张"处女膜新鲜破裂"的诊断证明是假的。

香格里拉小区，赵大鹏家的客人络绎不绝，他们是想买这栋别墅的看房客。杜顺带着他们各个房间转，赵大鹏只顾喝酒。

到了晚上，只剩赵大鹏一个人，他不开灯。

月光清冷。

他喝酒，烈性白酒，大口喝。从医院取回的药扔在一边，病治不治没意义。这样过了三天，壮得熊似的汉子瘦得脱了形。

他只想一个人。

醉梦中，柳月向他走来。

梦

赵大鹏的梦：

一双手将他扶进冒着热气的浴缸，浓重的药味扑鼻而来；

一双手在他的腰上敷药，凉凉的；

一双手喂他牛奶、蛋花、八宝粥，温温的；

一双手刮去他乱草似的胡须；

一双手给他盖上被子；

梦境消失，他睡着了。

早晨的阳光从窗帘缝隙中钻进来。赵大鹏醒了，昨夜的梦境支离破碎。他的手碰到腰上，掀起被角一看，腰间缠着一圈雪白的纱布，他穿着新睡衣。谁扶他睡到床上的，他叫："杜顺。"

他下床，脚踩到拖鞋上。

他走出卧室，下楼梯，站在客厅里。金色的阳光中，处处一尘不染，所有的物品各归原位，窗外的草坪、冬青墙修剪得整整齐齐，一夜之间，一切恢复到过去的样子，整栋别墅就像被人施了魔法。

他像一根呆立的木头。

刺啦一声，什么东西放进油锅，一股香味儿飘来。

赵大鹏站在厨房门口，看到柳月的侧影。她煎鸡蛋，切火腿片、西红柿片、黄瓜片，烤面包，热牛奶。

丰盛的早餐端上餐桌。赵大鹏拿起热乎乎的三明治，咬下一大口。

柳月不在厨房了。

半小时后，他接到杜顺打来的一个又一个电话。杜顺激动地喊：

"嫂子来公司了！"

"嫂子叫来各部门经理，挨个训话。"

"嫂子跟那群债主谈判哪。"

……

不出两个星期，辞退、出走的员工全部回到原先岗位，工地上的问题顺利解决，债主们签了延期还款、给予合理经济补偿的协议，公司重回正轨。

香格里拉小区大门口，物业孙经理拦住来看房的人，说赵家的别墅不卖了。

每天，柳月按时给赵大鹏泡药浴，敷药，做一日三餐。赵大鹏的病神奇地好了，又成为一条雄赳赳的汉子，与过去不同的是，他养出一点肥膘。

两人不睡一间屋，没讲一句话。

赵大鹏加强身体锻炼，他拿大顶，不靠墙，以前一个小时很轻松，如今不到三十分钟，双臂一软，魁梧的身躯轰然倒地。柳月从厨房跑出来，见他的熊样子，嘴角上翘，轻轻一笑。

久违的笑容，赵大鹏心里如同久旱遇甘霖。

第二天，赵大鹏到公司上班。多日不来，董事长室一切如旧。

杜顺进来，把几张纸拍到写字台上，说："嫂子又走了，给你留了一封信。"

信很长，没抬头，没落款，内容全是安排公司的大小事项，缜密，细致，无一遗漏。信是柳月亲笔，文如其人，字如其人。

杜顺问："你跟嫂子说了吗，你没跟胡小雨乱搞，是她往你身上扣屎盆子？"

赵大鹏一脸可怜相："没说，你嫂子不理我。"

门卫打来电话："有个女人找董事长。"杜顺问："姓什么，叫什么？"门卫答："她不说。"

杜顺打开窗子，探头下望，说："姓胡的小妖精，找你来啦。"

赵大鹏说："打发走，越远越好，你想办法。"

"越远越好？"杜顺一拍胸脯，"看我的。"

杜顺下楼，来到门外："哟，胡小姐，赵总在开会，他让我转告你，他明天去南方海边开会，带上你，去不去？"

胡小雨说："去！"

杜顺说："你回去收拾一下，海边风大，多带两件衣服。明天几点的航班，等我电话。"

"你不是耍我吧。"

"不信，拉倒。"

"我信，我信。"胡小雨欢天喜地，回到借住的女伴家，一间狭小的出租屋。这段时间，她在女伴的诱导下，去一家名为"清风"的高级私人会所做了"服务员",来玩的客人中不少是本市工商界的老板,胡小雨听他们闲聊起大鹏建筑工程公司奇迹般的复兴,她后悔了。

她一心等杜顺的电话。

董事长室,赵大鹏来回乱走,他说:"去,给我弄瓶白酒。"

杜顺说:"我不去,我怕柳月嫂子骂我。"

赵大鹏大口喝水,白水。

杜顺不笨,他看看信,说:"大鹏哥,你应该高兴呀。"

赵大鹏说:"高兴?我现在只想哭。"

杜顺说:"你看,这封信上,柳月嫂子没提跟你离婚的事。"

赵大鹏抓过信,细看,啪地一拍脑门,纵声大笑,笑声传遍整个公司。笑过一阵,他又苦着脸说:"我去哪儿找她呢?"

杜顺说:"有个人肯定知道。"

赵大鹏怒气勃发:"不许提那人的名字。"

门卫又打来电话:"有人找董事长,他说他叫李伟,让不让进?"

杜顺自作主张:"快快有请。"

李伟走进董事长室,杜顺冲他笑笑。

空气中充满火药味儿。

赵大鹏不起身迎接,他坐在大皮圈椅上,转脸看向窗外,脖子上暴起蚯蚓似的青筋。

李伟将一张纸条放在写字台上,转身,不辞而去。

纸条上,写着一个地址。

不用说,柳月准在那儿。赵大鹏信心不足:"她不回来怎么办?"

杜顺附耳出了一个馊主意。

按照纸条上的地址,赵大鹏找到一家农村敬老院。他暗骂自己糊涂,大鹏公司给敬老院捐过款,柳月是这儿的名誉院长。他拨开垂柳枝条，葡萄架下，柳月正给一位轮椅上的老人喂饭。

赵大鹏过去，叫声："月儿。"

柳月喂饭的动作不停。

一位没牙的老太太用拐棍敲敲赵大鹏："臭小子，别挡道。"赵大鹏让开，他说："月儿，我那天跟你吵完架，心烦，喝醉了，我对天发誓，我没干错事。"没牙老太太听力好："臭小子，不认错，奶奶揍你。"

赵大鹏说："我错了，全是我的错，月儿，跟我回家吧，你真让我当着这么多人，跪下，求你?"

柳月喂完饭，一名护理员推走轮椅上的老人，柳月要走开。

赵大鹏鼓足勇气，一个大步，跨上前，舒开双臂，抱起柳月，放到肩上。柳月挥动两只小拳头捶他的后背，使劲挣扎。赵大鹏毫不费力地扛着她，一步一米，向敬老院外走。

没牙老太太喊："臭小子，抢新娘呀。"

各屋涌出许多老太太、老头儿，围上来，手里抄着扫帚、衣架子等各种家伙，救人!

赵大鹏飞速奔逃。

硬抢，这就是杜顺的主意，并不馊。

就在赵大鹏"抢人"的时候，机场大厅里，杜顺递给胡小雨一张机票，说："赵总有点急事，坐昨晚的航班先走了，他在那边等你，你们住的酒店叫什么名，我忘了，等你下了飞机，我用短信发给你。"

胡小雨喜滋滋地接过机票。

一架飞机飞向万里之外的南方某城市。

一封没发出的情书

故事讲完了。

从赵大鹏的语调、神情中，可以感受到他对妻子柳月全心全意、炽热如同岩浆又夹杂着自私的爱。

夫妻之爱，唯一不能与他人分享的爱。

小袁问："你们夫妻因为什么吵的架？"

赵大鹏与柳月显然都不想回答这个问题。

小袁的手机响，珠宝拍卖公司邹经理打来的。这些天，邹经理给她打过无数次电话，诚邀她参加秋季拍卖会，保证耳坠能拍出天价。

小袁掏出照片，请柳月辨认："你见过这只耳坠吗？"

"没见过。"柳月明确地说，她的耳垂上没有打耳洞。

赵大鹏忍不住，往照片上瞟了一眼。

冷场。

赵大鹏起身说："我们跟人约好了，去签份合同。"这等于是下逐客令。

别墅外，赵大鹏、柳月开上车，在前，出了小区大门。

警车随后，副驾驶座位上，小袁有点走神，她在想赵大鹏与柳月因为什么吵架这个问题。

警车开了一会儿，她说："我下车。"

毕队长问："你去哪儿？"

她不说。

"你是不是要找李伟的父亲？"毕队长指指前面，六六大顺小旅馆到了。毕队长跟她想的一样，就像赵大鹏与柳月那么默契，可人家是夫妻。

毕队长说："你去问，我在车里等。"

四张床的客房里，李伟的父亲说："大鹏跟月儿因为一封信吵的架。"

小袁问："什么信？"

"一封没有发出的信。"

"谁给谁的信？"

"月儿写给小伟的信，应该说是一封……情书。"李伟的父亲说，大学期间，柳月给李伟写了一封求爱的情书，但是，柳月没有发出去，夹在日记本里，珍藏至今，成为青年时代的一段回忆。无意中，赵大鹏发现情书，顿时爆发妒火，与柳月大吵一场。赵大鹏还要找李伟决斗！

李伟的父亲怅然道："那封情书发出去就好了，小伟心粗，不懂女儿心。"

一封未曾发出的情书，过去多年的事，会引起如此大的一场风波？

李伟的父亲说："我再给你说件事，小伟告诉我的。"

数年前。一个美好的清晨，天蓝云白，阳光普照。

山路崎岖，十几个男女向上攀登。李伟走在前面，霍干事、严肃紧随其后。霍干事说："你有多长时间没跟我们一起爬山了？我跟老严也是结婚成家的人，没见过你这么黏老婆的。"

戴一顶黄狗皮帽子的严肃说："小李老婆的肚皮上有胶水。"

李伟不理这两个家伙。

今天，爬山的队伍里多了一个新人赵大鹏。柳月带他来的，介绍说，两人合伙开了一家建筑工程公司，柳月向她的父母借的开办资金，写了借条的。大家不是傻子，赵大鹏看柳月的眼神火辣辣的，加上细微的肢体动作，足以证明两人绝不单单是生意上的合伙人关系。赵大鹏身材雄壮，力大无比，但他身子重，又是头一回爬山，没经验，速度慢，落在最后面，柳月不时停下来等他。

山顶，一片草地上，摊开方格桌布，放着吃食，十几个人围坐野餐。

严肃与霍干事鬼头鬼脑地低声说话。

霍干事摇头阻止，一把没拉住，严肃借口方便一下，钻入小杂树林。

柳月坐在中间，赵大鹏与李伟一左一右。赵大鹏笨拙地往面包里夹切片火腿，送到柳月鼻子底下。十几个人无论男女，个个胃口大开，风卷残云一般，将方格桌布上的吃食一扫而光。

李伟发觉少了一人，他问："老严去哪儿了？"

霍干事支支吾吾。

忽然，身后乱草丛中哗啦啦响，窜出一只黄色的东西，落在柳月头上，毛茸茸的，像是山林中经常出没的野狐。

柳月一声惊呼，钻入李伟怀中。

定睛一看，原来是一顶黄狗皮帽子，严肃从草丛中现身，笑得促狭。

同伴们笑声四起。

笑声戛然而止。他们看到赵大鹏脸色骤变，他瞪着李伟怀中的柳月，如同一头愤怒的公熊。严肃拾回狗皮帽，坐到霍干事身边，耳语："我说得准不准，一试便知。"

下山之前，十几个人一字排开，对着天空大声喊叫。

赵大鹏吼声低沉……

讲到这儿，李伟的父亲喝口水，长吁一口气："从那次爬山起，大鹏心里埋下嫉妒的种子，他对月儿爱得越深，对小伟的敌意就越强烈，那封未发出的情书更加重了他的猜忌。小伟和月儿过去的那段感情，一直是大鹏解不开的心结。月儿是个好孩子，但愿她的真诚能够驱散大鹏心头的阴影。"

李伟与柳月的来往是否越过赵大鹏的底线？

耳坠可以回答这个疑问吗？耳坠不会说话。

王朝酒店停车场上，车里，赵大鹏解开安全带，说："月儿，那个耳坠挺适合你，你戴上好看。"

柳月问："哪个耳坠？"

"小袁警官给你看的照片上的那个耳坠。"

"你是不是想问，那个耳坠是我送给李伟的定情信物吧？"

"我没这么说。"

"你这么想。"

赵大鹏想的是，不管怎样，李伟已经死了。可是，尽管李伟死了，仍然在赵大鹏与柳月之间留下一大块阴影，顽固地挥之不去。

柳月嗔责："快着点儿，要迟到了。"

两人下车，夫妻相依，走向王朝酒店的金色旋转门。走廊里，辛冰冰所住套间的门开了，吴良律师在门内："请进。"

外间小客厅，贾十全正在签一张现金支票。对面，辛元眼睛里恨不得伸出两只手，将支票一把抓过来，一片废墟卖出天价，他怕贾十全反悔。辛冰冰在卧室，大概又在对镜试妆。

贾十全举着支票晃动："我买别墅的钱给齐了。"

辛元隐晦地说："往后冰冰拜托您照顾了，我是她哥。"

支票交到辛元手里，他即刻去银行兑现。

贾十全打招呼："赵老板，你进门的时间分秒不差。"赵大鹏说："大鹏公司承揽的工程历来讲究按期交工。"贾十全说："素有耳闻。"

吴良律师呈上一份重建香格里拉小区07号别墅的合同。

贾十全说："我要在那片废墟上盖起一栋更气派的新别墅，作为礼物，送给冰冰。"

赵大鹏说："明年今天，你来验收，拿钥匙。"

"一言为定！"贾十金挨个转动手指头上的戒指，滑头地说："我有个问题请教赵老板。"

赵大鹏差点冒出一句"有屁放"。

贾十全说："按你的报价，不赚钱，还可能赔钱，你图什么？我听说，前几天，你就想挖开那间烧得黑乎乎的地下室。"

赵大鹏说："因为它闹鬼。"

贾十全诈道："有人说，那间地下室里埋着宝贝。"

柳月插话："大鹏，一会儿在施工现场摆把椅子，请贾先生坐在旁边看。"

贾十全说："我就不去了，我还要陪冰冰，吴大律师。"

吴良律师说："我去。"

签完合同，赵大鹏、柳月走出酒店，吴良律师跟在后面。站在高高的台阶上，赵大鹏打电话："都准备好了？"废墟旁，杜顺坐在轮式挖掘机上，问："现在就开挖？"赵大鹏说："等我回去，我亲自干！"

黑色废墟，大火烧剩的残墙摇摇欲坠。

赵大鹏操作轮式挖掘机，马达轰鸣，铲斗高举，辛冰冰无法像上次那样阻止他了。轮式挖掘机犹如咆哮的猛兽，愤怒地向前冲去。

他就要挖开那间地下室！

第十章

你在哪儿

轮式挖掘机挥舞着铲斗，在废墟中横冲直撞。

赵大鹏扳动操作杆，一铲斗砸下去，被大火烧酥的钢筋水泥骨架四分五裂，尘土飞扬。他不急于将碎块、渣土铲上等候在旁的清运卡车，他用铲斗冲开一条路，挑起地下室上面的水泥封盖。

轮式挖掘机机身向前倾斜，铲斗的利齿咬向地下室的水泥地面，撬起第一块。铲斗砸下，这块水泥地面碎裂，露出里面的钢筋，除了砂石，别无他物。

轮式挖掘机不停地重复相同的动作。

水泥地面一块块撬开，砸碎。

吴良律师用手捂住口鼻，凑得太近。赵大鹏吼道："不要命啦！"铲斗临头，吴良律师吓得向后躲，摔了一个屁股蹲儿。

远处，车头带长翅膀小金人的黑色豪车里，辛冰冰戴大墨镜，纱巾蒙面，目不转睛地朝废墟这边看。贾十全在她身边，一只指甲黑黑的手搭在她雪白的膝上。辛冰冰浑然不觉。

辛冰冰执意要来。

贾十全也想知道地下室里埋着什么宝贝。

铁栅栏外，哑巴朝废墟这边看。每次有事发生，他都会适时出现，可能因为他"居住"的废弃电缆井就在几米之外。

天空布满阴云，光线骤暗。

地下室只剩最后一块两平方米见方的水泥地面没有挖开，这块水泥表面微微凸起，不平，像是经过修整。赵大鹏停下轮式挖掘机，不继续挖了？

他钻出操作室，跳到地面，从柳月手里接过一把大号铁锤。

柳月说："轻着点儿。"

难道这块水泥里藏有易碎的贵重东西？赵大鹏调匀呼吸，抡起铁锤，第一锤在水泥上砸出一个白印，用力太小了。他再次抡锤，这次水泥裂开一道细缝。

黑色豪车里，辛冰冰心情紧张，不自觉地抓住贾十全的手，贾十全欲死欲仙。

哑巴的脸夹在两根铁条之间。

围观的小区居民涌上来。

赵大鹏又一次抡起铁锤，就要砸下去时，顿住，铁锤停留在空中。

他心潮澎湃，不能自已。

十多年前，赵大鹏在一个施工队里做小工，专干粗活、力气活。他天资聪明，无论干什么，一点就通，唯独不爱学习。上学时，他是学校里出名的劣等生，考试次次零分。每回考试结束，他家里就会多出一两根断成两截的棍子，爸爸打他打折的。他最大的爱好是打架，从未遇到过对手，他打的都是街上的混混。初中毕业，爸妈说了句"随他去吧"，他当天就进了爸爸所在的建筑工程公司。

一干数年，他对建筑行业的各个工种无不精通，样样技术胜过高级工。他浑浑噩噩，快快乐乐，长成一条拥有熊的气力与体魄的雄伟大汉。他的人生就这样度过？

他遇到了贵人。

施工队接到一件小活儿，辛冰冰家的老房子翻新，施工队长没向公司汇报，私自接了，挣的钱可以揣进个人腰包。铺新瓦那天，瓦工嫌分的钱少，撂挑子不干了。施工队长急得转磨，求到赵大鹏，请他帮帮忙，将剩下的瓦铺上。赵大鹏二话不说，操起瓦刀，上了房顶。不到半天，完工，瓦铺得漂亮，施工队长挑起大拇指，连连称赞、感谢。赵大鹏踩梯子下房，他身子重，加上木梯糟朽，横档折断，他仰面摔下来，小腿骨折，白森森的断骨碴子从裤子里扎出来，血汪了一地。

施工队长见势不妙，怕担责任，跑了。

辛冰冰一家四口临时借住在旁边一间小屋里，缩头不出，辛母声称按照合同概不负责。

赵大鹏坐在地上，没人管。

在辛家做客的一个年轻男人看不过去，叫来救护车，他送赵大鹏去医院，还垫付了医疗费。

他叫于英。

第二天，于英提着一网兜水果，来探望打着石膏绷带、躺在病床上的赵大鹏。两人挺投缘，畅聊了一个上午。于英说："大鹏先生，你天资很高，不好好学习，一辈子就这么下去太可惜了。"他向赵大鹏宣讲了好几位历史上出身贫寒、自学成材、大有作为的名人。赵大鹏听得懵懵懂懂，没往心里去，他天生看见书本就头痛。于英热心地说："我明天给你送书来，我再把我表妹叫来，辅导你学习，她是大学生。"

赵大鹏不会跟女人打交道，他说："还是让你表弟来吧。"

"我没表弟。"于英说。

于英说话算数，送书的同时，领来了他的表妹，柳月。

从小到大，赵大鹏挨了无数皮带棍棒，听了无数谆谆教诲，始终没有唤起他半分的学习热情，被视作朽木不可雕也。而今，在柳月的辅导下，他发自内心地爱上了学习。

他如同一块璞玉，在柳月手中雕琢成器。

赵大鹏智商极高，一年时间，他学完从小学到大学的全部课程，报名参加建筑专业的高等教育自学考试。考前，他向公司请了一个月事假，闭门学习，不与外界联系。他门门功课考试成绩优秀，邮递员送来烫金字的大学本科学历证书时，他的父母以为是从地摊买来的假货。

赵大鹏是个热血汉子，于英对他有大恩，他要知恩图报。内心深处，他很想跟着柳月，也叫于英一声"表哥"。

他怀揣学历证书，去找一个多月不见的于英和柳月，向二人报喜。

"表哥失踪了。"柳月说，她的眼睛红肿。

"快去找呀!"赵大鹏急道。

柳月无奈："表哥走之前给我打了电话，对我说，不要报警，不要找他，不要问他去哪儿。"

柳月简述事情经过：

就在赵大鹏闭门学习迎接考试期间，于英做生意失败，辛冰冰闪电般嫁给政府官员李伟，事业与爱情失败的双重打击下，他走了。

从此，于英杳无音信。他会去哪儿?

赵大鹏开始调查。于英最后一次出现，是在香格里拉小区周边徘徊。就在同一天，辛母对外宣称地下室渗水，请人重做了水泥地面，以后再没人见过于英。赵大鹏产生一个令人毛骨悚然的想法，辛家为了避免于英要回赠予的房产，杀人藏尸于地下室的水泥地面之下。

赵大鹏没有找到重做地下室水泥地面的工人，这更加大了他的怀疑。

赵大鹏与柳月结婚后，入住香格里拉小区的别墅，目的之一就是便于查找真相。这些年，赵大鹏与李伟保持良好关系，上门做了几次客，每次都要借故到地下室转一圈，并表示愿意免费重做地下室的防水，辛冰冰拒绝。

赵大鹏几次梦见，从地下室水泥地面里，于英挣脱出半截身子，向他伸出一只手。

赵大鹏是个遇到南墙硬要撞过去的人。

今天，现在，赵大鹏与柳月终于等到机会，就要砸开地下室最后一块水泥地面。

封禁多年的谜底即将揭晓。

铁锤落下，咚的一声闷响，这块水泥地面应声裂开。

赵大鹏扔下铁锤，双手伸进裂缝，拼尽全身蛮力，向两边一分，水泥地面裂成两半。

赵大鹏蹲下身，搜索。

只有碎石、细砂，没有人体骨骼。

秋风摇动秋叶，唰啦啦地响。赵大鹏仰望苍穹，心底发问："你在哪儿？"

围观人群回家吃饭。

哑巴拖着小车，朝废品收购站走。

车头带长翅膀小金人的黑色豪车不见了。

杜顺操纵轮式挖掘机，将渣土清运到卡车上，一车车拉走。

废墟变成一个大坑。

赵大鹏蹲在坑边，双手抱头，柳月陪着他。

乌云散尽，寒星几点。

物业孙经理将现场情况一丝不差地汇报到刑警队，这是毕队长安排给他的任务。

小袁指着白色塑料板上的十几张照片，说："香格里拉小区里有几家住户不是偶然成为邻居的。"

毕队长说:"还有一位住户被我们忽视了。"

"我知道你说的是谁。"

拾荒者

一株合抱粗的大树枝繁叶茂,挡住路灯的灯光。

井盖打开,哑巴探出头,头转了一圈。

他爬到地面,关好井盖。他觉得背后有点刺痒,挠了挠。他朝马路对面的小树林子看了一眼,落在他后背的目光从那里射来的。

小树林里,小袁说:"这家伙够警觉的。"

毕队长用红外望远镜观察。

哑巴顺着马路向前走,不紧不慢,换了便装、戴副眼镜的小袁跟在后面。

小袁查过了,哑巴无名无姓,不知是哪个省份的人,从外貌上判断,年龄在四十至六十岁之间。他数次被公安机关收容审查,无论怎样询问,他一个字不说;让他写,他不动笔。每次他在收容所里住上几天,找个机会,半夜出走,又回到他的家,这口废弃的电缆井。

哑巴以捡拾空塑料瓶为生,没有任何劣迹。

前面,一条商业街到了,夜市热闹,人流如潮。

哑巴没去娱乐城,没去超市,也没去饭馆,他走进街角的一家书店。

他不识字,去书店干吗?

小袁跟了进去。书店里一位年纪较大的女营业员对哑巴说:"您来啦。"哑巴微鞠一下身体,看样子他是这儿的常客。一排排书架上摆满各种书籍，哑巴走向其中一个书架，从最底下一格抽出一本书，翻到夹着书签的一页，埋头读起来。

小袁从他身后过，一瞥，他看的是一本诗集。

小袁站在书架另一边，透过书的间隙，可以清晰地看到哑巴的脸。小袁装作刷看手机，连拍多张哑巴的侧面照。哑巴察觉了，他理理头发，整整领口，面朝小袁，友好地一笑，意思是给我拍张好一点的正面照。哑巴认出了她，小袁索性大方地举起手机，拍下一张哑巴的笑脸。

手机内置闪光灯一闪。

一名年轻的女营业员过来，训斥哑巴："这本书你买不买，光看不买，我们书店喝西北风呀。"

哑巴神色难堪。

年龄较大的女营业员劝解："你让他看吧，书没弄脏。"哑巴衣着虽旧，洗得干净，他身上没有异味儿。年轻的女营业员牢骚满腹："一天卖不出去几本书，老板拖欠咱们两个月的工资了。卖书，不如去熟肉店卖猪头肉，一天能卖十只整猪头。"

哑巴在衣袋里摸索了一会儿，掏出有零有整的几张小额纸币，数了数。收银台前，他交钱，买下这本诗集。

年轻的女营业员对他说："对不起，给孩子买奶粉没钱，我心情不好，书你随便看吧。"

哑巴理解地笑一下，他把诗集放入怀中，用手按了按。他从书架上找到另一本书，又看起来。

哑巴专心看书，头也不抬，未与出入书店的其他顾客接触。

十点半，书店停止营业，他出门往回走。

小袁买了一本同样的诗集。她给毕队长的手机上发了一条短信：目标返回。

此时，毕队长身处废弃的电缆井里，他身材高大，在狭小的井筒中活动很不方便。强光手电下，他观察总体环境，依次拍照。井盖里面用不干胶条粘着塑料布，以防雨水侵入；井筒径约八十厘米，两米深，一条横向架设电缆的长长通道，两边看不到头；还算干燥的空气中，没有长期住人的不洁味道，卫生状况相当不错；一块长木板上，垫着近半尺厚的不明物体，上面铺着蓝白条的床单。

毕队长掀起床单，略感意外，所谓"不明物体"全是书，小说、诗歌、文史、哲学、科技、医药等等，各式各样的书籍，足有千余本之多，不亚于小型图书馆。

枕巾下也是书。

哑巴每天在书堆里睡觉。

其中几本书引起毕队长的高度注意，它们是《刑侦学》《犯罪心理研究》与《现代心测技术》等。毕队长翻了翻，书中一些重点段落下留有指甲的划痕。

这些书保存完好，不像是捡来的废品。一个哑巴，节衣缩食，花费大部分捡拾空塑料瓶换来的钱买书看，岂非咄咄怪事！

枕边，一只应急灯，毕队长拧亮它。

淡蓝色的光线照亮一小块地方。这段地下通道的水泥壁上，整齐地挂着一排式样、大小统一的蓝色布袋。袋内分别装着不同季节的旧衣旧鞋，饭盒筷勺，洗漱用品。一只杂物袋里放着文房四宝、九连环、魔方，还有一个白纸包。

纸包打开，里面是一只用途不明的小黑盒子，毕队长再次拍照。

他接到小袁发来的短信。

他有条不紊地把所有被翻动过的物品按原样放好，关掉应急灯，黑暗吞没一切。

哑巴回到他的"家"。

应急灯下，他躺到书堆起的床上，从怀里取出新买的诗集，打开。

小树林里，小袁汇报跟踪所见的情况。她说："我有个大胆的想法。"毕队长等着她说下去。小袁说："七年前，于英失踪，随后哑巴出现。我认为，哑巴就是于英，哑巴与于英是同一个人。"

这个想法确实够大胆的。

为了不暴露，警车停在距此较远的地方。两位警官边走边谈。

毕队长问："哑巴与于英是同一个人？哑巴在香格里拉小区旁边住了多年，与赵大鹏、柳月经常碰面，这三个人过去的关系相当熟悉，彼此会认不出来？"

小袁说："如果这三个人故意装作互不相识呢？"

毕队长问："赵大鹏、柳月明知于英就在身边，活得好好的，为什么还要大张旗鼓，挖开地下室，寻找于英的骸骨呢？"

小袁说："为了造成于英已死的假象。"

毕队长问："赵大鹏、柳月、于英这么做，出于什么目的？"

小袁说："复仇。"

"向谁复仇？"

"李伟。"

"仇从何来？"

"李伟抢走于英的未婚妻，住进原本属于于英的房子，于英能不怀恨在心？赵大鹏一是为了报恩，所以全力协助于英完成他的复仇心愿，二是因为柳月暗恋过李伟而耿耿于怀。至于柳月，也许因为于英是她的表哥，也许她对李伟因爱生恨，那个女人水太深，我看不透。"

在小袁脑子里，映出赵、柳、于三张半阴半阳的脸。

毕队长说："嗯，你的想法有一两分道理。"

小袁不满意了："才有一两分的道理？我建议，将于英、赵大鹏、柳月列为本案的共同嫌疑人。"

毕队长摸着又忘记刮的胡茬子，说："你的大胆想法嘛，很好。"

小袁尽量不让脸上露出笑容。

毕队长说："不过，有几点小小的不足。"

小袁说："请领导指示。"

毕队长说："第一点，李伟与辛冰冰结婚，他并不知道有于英这么个人，变心的是辛冰冰，李伟无辜，不应当成为报复的目标，冤有头债有主嘛。"

小袁说："这点好解释，于英深爱辛冰冰，所以迁怒于人，对李伟下手；再说，李伟死了，他才有机会夺回所爱的人。"

毕队长说："第二点，谋杀是重罪，赵大鹏仅仅为了报恩，个人感情上有个心结，就敢于铤而走险，协助于英做下这种大案？"

小袁语气弱了一些："那头熊是个讲义气的粗人，做事不计后果。"

毕队长说："第三点，一封写给李伟的情书，柳月珍藏多年，说明她旧情难忘，她会帮助于英谋杀她曾经爱恋过的人？"

小袁小声说："表哥求表妹帮忙呢？"

毕队长说："第四点，于英隐忍多年，为什么九月八号那天突然忍不下去了，着手实施谋杀李伟的犯罪行为，诱因是什么？"

小袁说："我没想好。"

毕队长说："第五点……"

小袁抗议："这么多点呀！"

毕队长含笑道："最后一点，哑巴与于英是同一个人，证据呢？人像识别，指纹鉴定，DNA检测，都没有。"

小袁无语。

小锁匠

警车飞驰，小袁不理人。

她将手机中的哑巴正面照传给徐法医。徐法医说："这人有病，严重的甲状腺功能亢进，主要表现特征为眼球外突，呈恐怖状，皮肤粗糙晦暗，面部瘦削变形。"

小袁问："面部变形？严重到什么程度？过去的亲人、朋友认不出他吗？"

"有这种可能。"徐法医回答。

"拜托你做一份面部复原图。"

"行，请我吃一盒冰激凌，草莓的。"

毕队长明白小袁的用意。

警车开往郊外。小袁问："不回队里？"毕队长说："去看守所。"

高墙，电网。审讯室，两名警察押进贾宝贝，他的一只手铐在犯罪嫌疑人专用座椅上。

那晚，在"疯狂老鼠"，贾宝贝没能逃脱警方的追捕。毕队长一声"站住"，贾宝贝不跑了，他蹲在地上，号啕大哭，束手就擒。

归案后，他如实交代了全部罪行。

贾宝贝从记事时起，耳朵天天灌入父母无休无止的争吵、厮打声。贾宝贝亲眼目睹父亲荒淫无度的糜烂生活，以及母亲服毒而死的惨状。贾宝贝恨透了他的父亲，更恨那些围在他父亲身边的漂亮女人，他的心理发生畸变。

他离开皇宫般的家，住进一间鸽子笼似的阁楼。他学会修锁的手艺，人称小锁匠。

他与父亲断绝关系，不要贾十全的一分钱，独立谋生，混迹于社会底层。

他在网上结识了一位农家姑娘郝桂花，人长得一般，耐看，质朴无华，像一棵水灵灵的大白菜。贾宝贝为之情动，他一时脑子发昏，谎称自己是个记者，笔名南风，在报社工作。两人网聊数月，成为恋人，到了谈婚论嫁的地步。

郝桂花带上户口本、身份证，坐火车来本市找他，这意思还用说吗？

贾宝贝租了新房，用全部积蓄购置了新家具、新被褥、新窗帘、新的全套生活用品。他比火车预定到达时间提前一个小时，去车站迎接心上人。

两人手拉手回到新居，脸上满是甜蜜的笑。

一进门，郝桂花脸上的笑飞走了。

她问："这是咱们的新房？"贾宝贝说："我工作的报社就在附近，为了上班方便，临时租的。我有房，一百多平方米，离这儿远，等咱们登记结婚了，搬过去住。"郝桂花的态度坚定不移："我妈说了，先看房，再跟你登记。"

两人并肩坐在床上。贾宝贝伸出手，搂住郝桂花的腰，头靠过去。郝桂花用手挡住他的嘴："我妈说了，不登记，不能让你亲。"

贾宝贝央求："就亲一下，轻轻的。"

郝桂花挪开身子。

贾宝贝不高兴了："亲一下都不行，网聊的时候你说你爱我。"

郝桂花说："网聊的时候你还说你有房有钱呢，这间屋子又小又破，不如我家乡下的房子，你不是个骗子吧？"

贾宝贝说："我要是没房没钱呢？"

"我就坐火车回家。"郝桂花不让他的手乱摸,背书似的说道:"我妈说了,必须满足下列条件,我才能跟你登记结婚。你要有正经工作,不能是个打零工的;你要有房,租的不行;以后,你的工资都要交给我,我管家;你每月要给我娘家寄一次钱,给我爹娘养老、送终;你要给我一笔体己钱,这么多(她竖起两只手、十根手指头);你还要给我买一套金首饰,金耳环十克,金戒指二十克,金链子一百克,金手镯……"

贾宝贝越听越反感,心中怒火一点点升高。郝桂花的脸与围在父亲贾十全身边那些女人的脸重合在一起,那些女人只爱钱,那些女人逼死他的母亲,那些女人在他的眼前晃动,他双手如钩,伸过去,用力掐……

贾宝贝清醒过来时,他的双手在郝桂花的脖子上。

郝桂花没了气息。她的脸肌肉僵直,固化成愕然表情,她甚至没有想到挣扎与反抗。

贾宝贝大脑空白,在尸体旁坐了两个小时。

半夜,他按照从电视剧中看来的情节,收拾屋子,拿走郝桂花的身份证件,逃之夭夭。他东躲西藏,四处逃窜,直到落网。

他问:"我会被判死刑吧?"

毕队长说:"判刑的事归法院管。这是什么东西?"他出示在哑巴住处发现的小黑盒子的照片。

贾宝贝仅看一眼:"SQ-1开锁器。"

"开哪种锁?"

"冠军牌智能门锁。"

"香格里拉小区安装的什么门锁?"

"今年夏天,统一换装的冠军牌智能门锁,物业孙经理拿了不少回扣。"

"谁安装的?"

"我。"

"你对谁说起过这种开锁器的特殊用途?"

"这是行业秘密,不许对外人说。"

贾宝贝十分配合,有问必答。毕队长问:"这种小黑盒子,你们叫它开锁器,哪儿有卖的?"贾宝贝回答:"SQ-1开锁器属于违法产品,正规商家严禁出售,我听说,百姓杂货市场有个姓崔的摊主,他私底下卖这种东西。我认识他,可以带你们去抓他。"

毕队长说:"需要你的时候,会找你的。"

贾宝贝问:"我这算立功吗?"

毕队长说:"如果对破案有帮助,我一定记入你的案卷。"

"我不想死。"贾宝贝说,声音小到几乎听不见。

归案后,警方对贾宝贝进行医学鉴定,认定他在作案过程中,处于因半年前目睹母亲惨死、受到强刺激而引发的精神紊乱状态。这个年轻人品质不坏,能够如实供述所犯罪行,并且认罪、悔罪,他还有一线生机。

押走贾宝贝之前,小袁点开手机,指着上面哑巴的照片,问:"你认识这个人吗?"

"哑巴,见过面,没说过话。"贾宝贝回答。

哗啦哗啦的镣铐声消失在走廊尽头。

看守所外,土豪贾十全守候在警车前,毕队长命他来的。

他叫着"恩公",跑过来,对毕队长说:"我愿意出钱,赔偿郝桂花父母的损失,多少钱都行,只求救我儿子一条命,我就一个儿子。"他哭了,哇哇地哭,流出真实的眼泪。

小袁说:"这是你种下的恶果。"

浮 尸

　　警车离开看守所，刚进入市区，毕队长接到报告：香格里拉小区附近的河里发现一具溺亡的男尸。毕队长赶去现场，他让小袁回家休息。小袁嘴上答应，一人回到刑警队办公室。

　　夜深人静。

　　坐在笔记本电脑前，小袁插入U盘，屏幕显示赵大鹏、柳月家门楣上监控探头拍下的录像。画面局限于赵家门前的草坪、冬青墙与一段小区柏油路；左侧上方，紧邻的王家别墅露出一角。

　　画面分辨率不高。

　　九月八号天然气爆燃发生前后的画面片断：

　　18:57柏油路上，李伟由西向东走过；朱红跟在旁边，说着什么；李伟走出画面，朱红站在原地，冲着他的后背喊了一句。

　　19:41赵大鹏在草坪上练拳；胡小雨嗑着瓜子过来，赵大鹏转身回屋。

　　20:37画面左上角，王家别墅大门的位置亮了一下，隐约可见胡小雨走出来，手里像是提着酒，顺着柏油路朝李伟家方向走，天黑了，她的身形轮廓不清。

　　00:15胡小雨返回，王家别墅一团黑暗。

　　00:21胡小雨向赵家的冬青墙浇了满满一壶水，冒起白色水气。

　　02:00画面抖动，光线骤亮，天然气爆燃发生。

　　02:06赵大鹏、柳月冲出家门，跑向火场。

　　这段数小时的录像小袁看了多遍。画面中，王梓没有现身，应该在家里打坐悟道；赵、柳、胡三人行动自然，正常。

小袁的注意力一直集中在王、赵两家人身上。她再看录像，有了新的发现：一、一辆白色奥迪十几次高速开过，像是开车兜风；二、一个人两次出现在画面中，路灯较暗，看不清面孔，但其走路特征明显，上身不动，步子小而快，所以容易辨认，他是梅林。

天然气爆燃前，0:51与1:25梅林在柏油路上往返走过，由东向西走时，他频频回头，不知在看什么。

梅林随身没带工具箱。

小袁在小本子上记下这个新情况。她揉揉酸胀的眼睛，累了，趴在办公桌上，歇一下，心想只歇十分钟。

她醒来时，天已大亮，身上披了一件男式警服上衣，准是毕队长夜里回来过。她在卫生间里刷牙，用冷水洗脸，去食堂吃了早点。她精神抖擞地骑上电动自行车，出了刑警队大门。

百姓杂货市场，小袁先去管理员室。

她在摊户登记表中查到三个姓崔的，其中一个叫崔双喜，专营各种小电器，与贾宝贝所述相符。崔双喜，男性，五十一岁，本市人。据管理员介绍，这个人一喜占小便宜，二喜喝口小酒，酒量不大，摆摊多年，不是守法经营户。

九点。市场开门，崔双喜的摊位蒙着一大块墨绿色苫布，他没来。

小袁在各个摊位之间闲转，问问价钱，眼睛瞄着一个方向，她在等崔双喜。虽然在哑巴的住处查到一只SQ-1开锁器，但他可以辩解那是捡来的废品，如果证实是他从崔双喜的摊上购买的，他将无法自圆其说。崔双喜的证词非常重要。

市场顾客渐多。十点已过，崔双喜还没来。他的摊位旁边是卖服装的，小袁从衣架上摘下一条花裙子，在身上比了比，她问女摊主："没见老崔呀？"女摊主说："他可能又喝多了，在家睡觉呢，常事。这条裙子太适合您了，您穿上跟仙女下凡似的，八折，要不要？"小袁放回花裙子，心说，我妈穿着合适，像王母娘娘下凡。

毕队长打来电话："你在百姓杂货市场？"

小袁问："你怎么知道？"

毕队长说："原地不动，我马上过去，搜查崔双喜的摊位。"

小袁问："崔双喜有重大嫌疑？"

"他死了。"

"死了？！"

昨夜，一对情侣报案，香格里拉小区附近的河面上漂浮一具男尸。打捞上岸后，死者身上没有发现身份证件。经过尸检，徐法医说："尸表无外伤，胃、肺均有大量积水、积液，死因为溺亡，排除他杀。"

今天清晨，一位大妈到派出所请求帮助，寻人，她的丈夫整夜未归。法医室里，她一眼认出躺在解剖台上的就是她的丈夫崔双喜。

崔双喜在百姓杂货市场摆摊卖小电器，大妈反映的这一情况引起毕队长的重视。毕队长展开调查，崔双喜家住一栋老式居民楼，距香格里拉小区不远，昨夜九点多，他与一位朋友在楼前的烧烤摊吃烤串，喝的白酒、啤酒，吃完喝完，那个朋友走了。崔双喜不上楼回家，为何独自一人去了河边？

卖烤串的摊主说不清崔双喜的朋友长什么样，每次都是崔双喜过来拿烤好的串，他的那个朋友坐在十几米外，路灯照不到的地方。

摊主说，崔双喜喝美了，乐呵呵的，不像要自杀的样子。

摊主还说，十点多一点，崔双喜与他的那个朋友分头走的，一个朝东，一个朝西。

事发现场，崔双喜溺亡之处水不深，只到成年人的胸部，河底一层淤泥。徐法医说："死者生前处于醉酒状态，应该是滑倒之后，挣扎不起。"

正要顺着崔双喜这条线索深挖下去，找出购买SQ-1开锁器的嫌疑人，崔双喜却提前一步，不明不白地淹死在河里。

小袁不怕得罪人，她给徐法医打电话，问："尸检结果准确吗？"

徐法医答："你怀疑我的专业水平？"

拉起的警戒线外，百姓杂货市场的摊主与顾客们挤得风雨不透，个个伸长脖子朝里看。线内，毕队长亲自动手，对崔双喜的摊位进行彻底搜查。一堆破布下面，盖住两只SQ-1开锁器，用报纸包着。

没有其他可疑物品。

管理员送来市场内几个监控探头的录像资料，其中一个探头位于崔双喜摊位的斜上方。

毕队长对一名刑警说："查一下烤串摊周边所有的监控探头，调集十点到十点半之间的全部录像，我要看看崔双喜的那位朋友究竟是谁。"

刑警的"是"字刚要出口。

一阵又重又乱的脚步声中，杜顺在前，赵大鹏在后，急步冲入市场。杜顺站在一个卖各式钟表的摊位前，大声问：

"这个摊儿是谁的？"

佛　曰

"这是谁的摊儿？"杜顺喊了好几遍。

卖服装的女摊主捅捅身边的男人，说："老于，你怕什么，这么多警察在这儿，你答应一声。"那个男人高举起一只手："我的，摊儿是我的。"女摊主推他站到人群前面。

杜顺说："过来。"

那个男人畏葸地往前走。

杜顺问："大鹏哥，你看像不像？他说他姓于。"前几天，杜顺到百姓杂货市场给老婆洪宝买衣服，偶遇摆钟表摊的于姓男人，见他与赵大鹏家墙上照片中的于英有几分相像，也姓于，两人聊了几句。今天上午，工地上休息时，杜顺说起这事，赵大鹏骂他不早说，立即赶来。

于姓男人四十多岁，赵大鹏问他："贵姓？"那个男人用西北口音回答："于，干钩于。"他一说话，露出满口焦黄的牙齿，参差不齐。

赵天鹏摇摇头，他对杜顺说："买只挂钟。"说完就走。杜顺交钱，对于姓男人说："不用找钱了。"他抱起挂钟，去追赵大鹏。

杜顺追出市场大门，赵大鹏已经开车走了。

香格里拉小区南面的小树林里，赵大鹏背靠一棵树，席地而坐，身边摆着两瓶六十七度老白干，一纸包五香花生米。他对着瓶口，一口喝下大半瓶。他心情郁闷，躲到这儿喝酒。在家里，柳月不让他这么喝，伤身体。

今天，他不醉不休。他有种预感，今生与于英相见无望。

他摇摇空瓶子，扔到一边，他用牙咬开第二瓶的瓶盖，花生米一粒没吃。

他仰头望天，天上的云，秋云，变化成各种形状。

于英是他生命中的贵人。如果没有于英相助，他至今不过是工地上一个普通建筑工人，更不可能娶到柳月这么好的老婆。常言道，滴水之恩，涌泉相报，他却连一滴水也没机会回报。所有人都以为他与李伟关系还算不错，其实，他憎恨李伟！他是个认死理的人，他认定，李伟明知辛冰冰是于英的未婚妻，仗着政府里一个小科长的身份，生生抢走了于英的爱人。

唯独柳月看进他的内心，多次劝导，警告他不要做傻事。他嘴上说知道了，心里听不进去，认为柳月不忘旧情，有意偏袒，帮李伟说话。柳月后来不再提这些事，说多了反而起负作用。

柳月说对了，他有时的确小心眼。

他自认为是个胸怀宽阔、恩怨分明的七尺男儿，大丈夫。

红日西沉，晚霞如火。

酒喝光了。赵大鹏打起呼噜，时断时续。他似睡似醒，蒙眬中，于英向他俯下身，一只手伸进他的腋下，搀他起来。他迷迷糊糊地问："表哥，这些年你去哪儿了？"

于英像是哑巴。

赵大鹏的两条腿站不住，脚底下打绊，于英背起他，他说："放我下来，我太沉，你背不动，我能走。"

香格里拉小区大门口。门卫拦住哑巴，哑巴放下背上的赵大鹏。

两名门卫架起死沉的赵大鹏，他回头叫："表哥。"大门外哪儿还有人呢？

床上，赵大鹏还在叫"表哥"，柳月脱掉他的鞋袜与外衣，用温水为他擦脸。他拉住柳月的手，说："我看见表哥了。"

他断断续续说出一些没人听得懂的话，睡着了。

清晨。门卫室的小桌上放着一封信，信皮上写着"赵大鹏、柳月亲启"几个墨字。这封信不知是谁、什么时候送来的，当班门卫承认他在半夜里打了一小会儿瞌睡。

信交到柳月手里。她拆开封口，看了一遍信的内容，立即叫醒赵大鹏，两人一起捧读这封信。

一张老式宣纸上，由右至左竖写着几行毛笔字：佛曰，凡所有相，皆是虚妄。我尘缘已了，勿再纠缠。左下角的落款为戒嗔，没有日期。柳月说："这封信的意思是，世间一切都是虚空、妄念，应当放弃心中的愤怒怨恨，写信的人与我们今生缘分已尽，不要执着于再去找他。"

赵大鹏问："信是谁写的？"

柳月答："像是表哥。"

夫妻俩又一次看信。

这封信拿在毕队长手中，柳月专程送来的。刑警队办公室里，她对毕队长说："我表哥从小练习过毛笔字，信上字体与他写的有点像，比过去写得好了。"

对于信的内容，毕队长与柳月理解一致。凡所有相，皆是虚妄，语出《金刚经》，是佛法的核心；戒嗔，即不要心怀憎恚；尘缘已了，隐然有出家之意。柳月的表哥，也就是失踪多年的于英悄然落发为僧，脱离红尘了？毕队长问："你的表哥是种什么样的性格？"

柳月说："他的性格敏感，缺乏自信，不是那种开朗的人。"

这种人的字体一般细而小，向左倾斜，笔力轻浮；而信上的字体呈长方形，大，向上倾斜，笔力沉而重，应当是位性格自信、坚定、有毅力的人所书。这封信出自于英之手？毕队长心里打了个问号。他问："这是一封私信，你为什么要拿给警察看？"

柳月平淡地说："一个出家人，与李伟之死无关吧。"

她推测到于英是警方怀疑的目标之一，并坦然道出送来这封信的目的，这个女人不寻常，小袁想。

小袁已将赵、柳、于列为本案嫌疑人。

小袁问："于英对你们夫妻现在的情况了解得非常清楚，他会不会离你们很近，或是就在你们身边？"

　　柳月脸上的颜色变了。

　　小袁认为这句话击中了对方的痛处。

　　柳月弯下腰，手捂住胃部，额头浮现一层虚汗。

　　毕队长看出不对，他问："要不要去医院？"他命令小袁："给赵大鹏打电话。"

　　柳月阻止："不去医院，不要告诉大鹏。"

第十一章

大 奖

诊室内，柳月躺在诊床上，冷琴医生听诊她的心音。

门外，毕队长与小袁站在走廊上。二十分钟前柳月实在坚持不住了，同意来医院，要求先到冷琴医生的诊室。他们已经通知赵大鹏，他正在赶来的路上。

小袁说："我检讨。"

毕队长问："你哪儿错了？"

小袁说："我刚才的问话方式不对，刺激了柳月。"

毕队长说："跟你没关系，这位柳女士的定力远胜过一般人，她不是病了。"

"没病，装的？"小袁问。

毕队长没回答，心里说："这个傻乎乎的小丫头。"

这时，楼梯上响起砸夯机似的"咚咚"声，震得地面与墙壁微微发颤。走廊拐角处，出现赵大鹏硕大的身躯，他嫌电梯慢，跑上来的。他猛冲上前，有意朝毕队长的肩膀横撞过去，一声闷响，两人各退半步，旗鼓相当。赵大鹏面露诧色，比拼蛮力，他没遇到过对手。他蓄势要再撞一次，这回用十二分力。

诊室门开，冷琴医生探出头："病人家属，进来。"

里面柳月轻唤："大鹏。"

转眼之间，赵大鹏变成乖顺的小绵羊。诊室的门在他身后轻轻关上。

"他这是袭警。"小袁愤愤不平。

"他以为柳月在刑警队受了委屈，可以理解。"毕队长宽宏大量。

既然赵大鹏已到，两位警官准备走了。

陡然，两位警官听到赵大鹏野性的大笑。出什么事了？

诊室里，赵大鹏抱着柳月，陀螺似的原地转圈，狂喜，叫道："我要当爸爸了。"

柳月说："放我下来。"

赵大鹏不放，他身高力壮，双臂托起柳月，轻若无物，他结结实实地亲了柳月一口。

冷琴医生用笔敲打桌面："我的话没说完哪。"

赵大鹏坐到椅子上，怀抱柳月不撒手。

冷琴医生："你太太心脏有点问题，目前不宜怀孕，作为医生，也作为朋友，我建议，终止妊娠。"赵大鹏听得一脸蒙相。冷琴医生又说："前几天，柳月出去买菜，心脏供血不足，头晕，摔了一跤，这事她跟你说了吗？没说，她不说，你不会问，粗心的男人。"

赵大鹏想起来了，那天，柳月的膝盖摔破了。

冷琴医生问他："你是丈夫，什么意见？"

柳月沉静地说："我要这个孩子。"

冷琴医生说："你不要命了？"

赵大鹏想说话。

柳月用手捂住他的嘴，微笑着说："我要生两个孩子，男孩叫小鹏，女孩叫小月。将来我既要当奶奶，还要当姥姥。"

"我只要你。"赵大鹏抱紧柳月，尽管他家祖上世代单传，想孩子想疯了。

柳月哄他："老婆、孩子都要，医生的话不能全信，尤其是冷医生的话，最多信一小半。"

啪，冷琴医生把笔拍到桌面上。

两位警官等电梯下楼。电梯门开，梅林一家三口走出轿厢，苗苗手里握着一个扎红丝带的纸筒。梅林一见两位警官，下意识地低下头，侧过脸。他走出十几米，回头，与小袁目光相碰。

一家三口进了冷琴医生的诊室。

苗苗叫"冷妈妈好"。一旁的柳月摸摸她的脸蛋，与赵大鹏低语了一个字。

冷琴医生问："你们来看病？"

梅林说："我们来给您送张请柬，明天中午十一点半，玉环大酒楼，请您光临。"

"请我吃饭？理由？"

"苗苗参加全市少儿绘画比赛，得了金奖。"

梅林满面红光，陈莉与他一样。梅林说："苗苗，把你的获奖作品拿给冷妈妈看。"

苗苗解开纸筒上的红丝带，展开。

一只毛茸茸的小猴子跃然纸上。

这张水粉画出自一名六岁小学生的画笔，稚嫩，生动，充满灵气，体现出一颗水晶般洁净透明的童心，成年人画不出来。

梅林讲解："这是苗苗照着毛绒玩具画的，看到的人都说好。"柳月问："你们给苗苗买的玩具？"梅林说："十几天前，别人送的，所有见到苗苗的人都喜欢她，经常有人送给她各种玩具。"

柳月蹲下问："苗苗，小猴子是谁送给你的？"

苗苗说："一个叔叔。"

柳月再问："那个叔叔叫什么名字？"

苗苗两只小手拢在柳月的耳朵上："他不让我说。"

冷琴医生退回请柬："梅先生，陈女士，抱歉，我没时间，去不了。"她朝苗苗招招手：

"苗苗再见。"

无人说破

小袁走进一间办公室，门上挂着市立医院保卫处的牌子。

她向毕队长汇报了录像中的新发现。毕队长同意她从苗苗的身世着手调查，同时要求对调查结果严加保密。

在一名保卫干事的协助下，小袁从医疗档案查起。

六年前，尚未实行计算机管理，小袁搬来一摞摞尘封已久的纸质存档，逐页查找，搞得灰头土脸，像个泥猴。

找到了。

医院留存的《出生医学证明》副页载明：苗苗出生时间为六年前的八月十七日18点21分，41孕周，体重3410克，身长49厘米，是个健康的女婴；父母姓名梅林、陈莉。

《出生医学证明》填写规范，没有瑕疵。

小袁继续查找，她还找什么？

这次费时更长，她终于找到一份为死婴开具的《死亡医学证明》，医院留存的副页上载明：死婴男性，娩出即为死胎，娩出时间为六年前的八月十七日18点22分，父母姓名李伟、辛冰冰。

婴儿死亡原因为先天畸形，死婴父母没有申请进行医疗事故鉴定，接生医护不承担医疗责任。

两个婴儿分娩时间相差一分钟。

两个婴儿的接生医师同为冷琴，助产护士长同为董淑珍（已故）。

根据六年前八月十七日的出勤记录，保卫干事找到还在市立医院工作的妇产科医生、护士与保洁员四人，小袁挨个做了询问笔录，还原出那天的情景：

八月十七日，盛夏，窗外蝉鸣不已。

下午五时许，分别住在单人病房的辛冰冰与大病房的陈莉不约而同地出现临产征兆，两位产妇被同时推进产房。那天，妇产科值班医生只有冷琴与一位年轻的男实习医生，带班的护士长是董淑珍，她与冷琴医生私交甚好。

辛冰冰与陈莉异口同声，都拒绝男实习医生为她们接生，女人的理由不说也罢。

冷琴医生让男实习医生去休息，她同时接生两台产妇。

产房外，站满两位产妇的亲人，李伟的父母站在最靠近门的地方。李伟因公出差，这会儿正在返回的飞机上，快要降落了。梅林的身边，陈莉的娘家人来了十几位，相互之间姑姨叔舅的叫得热闹。

住院部的小花园里，辛元翘着二郎腿，坐在绿色长椅上，他点燃一支烟，深吸一口。女保洁员用扫帚敲敲椅背，辛元把烟掐灭。

他看看腕上手表，时针指向六点。

产房外，李伟从人缝中挤到父母身后，他用袖口擦去额上的汗。

所有人等待着新生婴儿的第一声啼哭。

产房隔音良好。

时间过得很慢。

大约六点四十分，产房门打开，里面走出戴大口罩的董护士长。她的目光落在梅林脸上，说："陈莉生了，女孩，母女平安，你进来吧。"梅林跟进去。从表情看，陈莉的娘家人似乎不大满意，因为生的不是"带把儿"的男孩。几分钟后，梅林怀抱襁褓中的婴儿，跟着一张活动病床，床上躺着陈莉，从产房里出来，夫妻二人满脸绽出幸福的笑容。

陈家人围上去，一看到婴儿的小脸，个个惊叹，心生赞美：小天使！梅林、陈莉几世修成的福气，居然能生出这么漂亮的女儿！

陈家人喜气洋洋，簇拥着梅、陈夫妇回病房了。

李伟与父母惴惴不安，守在产房门外。走廊拐角，辛元探出小半个脑袋，朝这边看了一下。又等了十几分钟，产房的门再次打开，出来的是冷琴医生。她没摘口罩，看不出脸上的表情，说："跟我来。"

李伟问："生了吗？"

冷琴医生走在前面，对李伟的问话充耳不闻。

产房里，空气中消毒水味儿掺杂着说不清的怪味儿。一名女保洁员从董护士长手中接过术后杂物。女保洁员要将不锈钢台子上一只黑色塑料袋一并收走，董护士长制止住她。

辛冰冰躺在活动病床上，面色煞白。

冷琴医生还是不摘口罩，她对辛冰冰说："你自己跟他们讲吧。"

辛冰冰虚弱无力地说："孩子没了。"

"没了？"李伟问。

辛冰冰说："死了，生下来就是死的。"

"怎么会呢，你每月检查一次，次次都是正常，正常！"李伟无法相信。

辛冰冰强烈不满："你只关心你的孩子，一点不关心我！你们男人，只想着在女人身上找乐子，让女人生孩子，根本不关心女人的痛苦。"

李伟问："孩子呢？"

"扔了！"辛冰冰转过脸。

李伟的母亲说："我们想看看孩子，只看一眼。"

冷琴医生说："我劝你们最好不要看。"

李伟的母亲说："求您了。"

冷琴医生难得地心软了·次，做出一个错误的决定。在她的示意下，董护士长打开不锈钢台上那只黑塑料袋，露出一具小小的婴儿尸体，还沾着没擦净的血污。

女保洁员不忍细看。

李伟的母亲满头灰发无风自飘，嘴唇青紫，牙关紧咬，直挺挺地向后倒下去。

李伟喊了一声："妈！"

李伟的母亲骤发大面积心梗，虽经竭力抢救，终归无力回天。在她被送进太平间之前，无论怎样轻抚她的眼皮，她的眼睛始终不肯闭上。

一小时之内，李伟接连丧子、丧母。

数天后，李伟的父亲带着一大一小两只骨灰盒，回到家乡安葬。

绿水青山之间，多了两块白色墓碑。

六年过去了，无人再提这件旧事。

小袁将调查结果写成报告，她在文字中注入浓重的感情色彩，为此，她受到毕队长的批评。毕队长阅后说，刑警是有血有肉的人，但是，在侦办一件案子时，应当不受感情左右，尽量保持客观、冷静。

小袁在用药记录中捕捉到一个疑点：

辛冰冰与陈莉同一时间注射了催产素，剂量不同。

不负责任的男人

冷琴医生照常上下班。医院里，表面上没有变化，第六感官使她感觉到周围有种异乎寻常的气氛。

走廊上碰见时，那位当年的男实习医生绕开她走。

五点，下班了。冷琴医生对她的先生程教授说：今晚与几位朋友约好在外面吃饭。程教授嘱咐她：不要点凉菜，不卫生。冷琴医生坐上出租车，没让程教授开车送她。

一栋高层居民楼前，冷琴医生下了出租车。

她乘电梯上楼。

她敲一扇房门。里面，一个男人的声音："宝贝儿，你怎么才来？"门开一半，露出一张中年男人的脸，他是辛元。

"你，你没敲错门吧？"辛元问。离婚后，他与冷琴医生很少见面。他长年租房，隔一段时间换个地方，像水面上漂泊不定的浮萍。冷琴医生从哪儿打听到他现在的住处，而且找上门来，一定有事。他心里打鼓，说："进来坐坐？"

小客厅，乱到无法形容。

冷琴医生回想起六年前，她与辛元过的就是这种日子。那时，两人已经秘密同居，不为外人所知，冷琴医生是位珍惜名誉的女人。

辛元手搭在她的肩上，一搂，嘴唇碰到她的鬓发，说："找我有事？不会是想我了吧？"

冷琴医生拨开他的手，坐到小沙发上，一只与沙发同色的女式高跟鞋硌了她的屁股，她一皱眉，把那只鞋挪开。她开门见山，说："警察正在调查我。"

辛元问："查你，你倒卖胎盘啦，还是拐卖婴儿啦？"

冷琴医生说："查六年前的那件事。"

辛元站在沙发前，两手撑在沙发扶手上，与冷琴医生脸对脸，离得很近。他说："你还是那么美，冰山美人，我后悔了，当初不该答应跟你离婚。你跟姓程的老夫子过得好吗？"

冷琴医生说："警察可能明天就会找我谈话，我……"

辛元用一个长吻封住她的嘴。

冷琴医生呼吸停止，几近窒息，一种熟悉的感觉热浪般袭遍全身。就在内心堤防将被冲垮前，她的手在身边摸索，拿起那只高跟鞋，用尖细的鞋跟抵住辛元的咽喉。

辛元笑着，露出洁白的牙齿，说："你要谋害前夫？"

六年前，两人同居期间，辛冰冰住进市立医院妇产科病房，临产在即。这天，冷琴医生下班，回到她与辛元租住的爱巢。辛元没有像往常那样在门口迎接她，亲吻她，而是愁眉不展，唉声不断。

冷琴医生问他，病了？遇到难事了？还是又没钱了？他摇了三次头，回答了三个"唉"。

夜里，床上，辛元兴致全无。冷琴医生担心了，要给他做个全身检查，纯医学的，他这才说："你们妇产科住院的孕妇里有个叫陈莉的？"

冷琴医生偎在爱人怀里："有，你们认识？"

"她是我的前妻，怪我没跟你说。"

"我不管你有多少个前妻，只要我是你的最后一个。"

辛元动情地抱紧她。

辛元说："冰冰不想要孩子，陈莉为了要孩子不惜拼命，两人换过来就好了。"

"换不了。"

"可以换孩子。"

冷琴医生说:"也换不了,亲亲我。"

灯关着,暗中,辛元的眼睛闪着光,他说:"妇产科你的医术最高明,你可以掌握好催产素的剂量,让辛冰冰跟陈莉差不多在同一个时间生,她们两个再都要求由你接生,生下来的孩子换一下手环,事情就办成了。"

"这是谁的主意?"

"董淑珍,董护士长。"

辛元没有说,董淑珍与陈莉是远房亲戚。他说:"皆大欢喜的好事呀。"

"这么做,你们考虑过李伟和他父母的感受吗?"

"冰冰还年轻,再生一个就是了。"

这夜,冷琴医生与辛元各睡在床的一边,中间有条无形的线。

连续三天,辛元软磨硬泡,好话说尽,冷琴医生没答应。直到第三天晚上,辛元将他的衣物装进拉杆箱,摆出搬走的架势时,冷琴医生抱住他。

她做了一件悔恨终生的事。她常在梦中见到李伟母亲那双不肯合上的眼睛。

由于辛元婚内不忠,两人的婚姻维持了不到十个月。去年,在院长的撮合下,她嫁给程教授。程教授比她大二十岁,有学问,医术高,待她极好,这位老先生却不解风情,做起事来像教科书一样刻板无趣,包括床上的事。她心底深处最隐秘的地方,常常回想起与辛元一起时激情四射的生活。她有意不见辛元,她不愿做对不起程教授的事。

现在,当她面对辛元时,心底掀起一阵阵难以抑制的骚动。她怕难以自制,朝房门走去,她要尽快离开。辛元送她,手搂着她的腰，她站住，扔掉手中的那只高跟鞋。

她猛地转身，扑到辛元身上。

片刻狂欢。

她穿好衣服，问："警察找到我，我实话实说？"

辛元躺在床上，双手枕在脑后，嘴里叼着一支烟，烟灰掉在赤裸的胸口，烫了他一下。他满不在乎："反正跟我没关系，我一概不知。"

辛元将他的责任推得干干净净，这是个自私、没有担当的男人。冷琴医生想，今天不该来。她朝卧室外走，辛元问："哪天再见？"

冷琴医生说："不会再见了。"

冷琴医生拉开房门，门外一位长发姑娘正从手袋里掏门钥匙，她问："你是谁？怎么在我家里？"

卧室里，辛元喊："珍珍，她是我朋友。"

冷琴医生出，长发姑娘进，房门关上。里面，辛元的声音："宝贝儿，想死我了。"珍珍的声音："你光着身子，你跟那个老女人干什么了？"

楼前，冷琴医生走下台阶。

如果警察找她谈话，她是否说出实情？

老爷爷哭了

街心公园。一丛桂树枝干粗壮，椭圆形叶片绿意不减，开满红黄色小花，浓香远溢，清可绝尘。

苗苗支起小画板，站在桂树前写生。

金红色的落日余晖，丹桂，天使般的小女孩，组成一幅美妙的水粉画。梅林守在旁边，对围观的人说："她是我女儿。"语气中满是做父亲的骄傲。

人群外，一个小老头凝视苗苗的侧脸，目光中充满慈爱，他是李伟的父亲。

梅林对女儿说："一个小时了。"

苗苗收起画板，背上双肩书包，她对满树桂花说："明天再见。"梅林说："爸替你拿书包，沉。"苗苗说："爸爸上了一天班，累。"

陈莉来接父女，一家三口，走在公园的青石板路上。

李伟的父亲远远跟在后面。

梅林回了一下头，跟陈莉说了几句话，陈莉拉着苗苗的小手加快脚步。走了一阵，她回头巡视，没人跟在后面。

陈莉问丈夫："你没看错？"

半路上，梅林去菜市场买菜，这会儿的菜便宜。卖水产品的摊位前，他精心挑了六只个头最大、最新鲜的虾，苗苗四只，陈莉两只，他不吃。他让摊主控去水分，再过秤。他买了西红柿、黄瓜、菜花，满载而归。

楼前，他家的蓝色小轿车停在车位上。前机器盖上有个泥点，不显眼，他掏出一张手纸，在泥点上哈口气，擦干净。

上楼，掏钥匙，进家门，他直接去厨房。

苗苗的小屋里，陈莉坐在小书桌旁，看着女儿做作业。一年级小学生，作业不多，也不需要辅导，陈莉喜欢守在女儿身边。

厨房里，梅林用电饭锅焖上米饭。他戴上围裙，洗菜，切菜，手法熟练。他从不幻想拥有如云美女、顶级豪车、带泳池别墅、出入高级酒楼的那种生活，也没做过叱咤天下的英雄梦，他最大乐趣就是给老婆和女儿做饭。

油热了，葱花入锅，香气四溢。

这日子过得多红火!

七年前,他在一家天然气公司上班,工作勤奋,由于人太老实,三十大几,还是一条不掺假的光棍儿。老母亲成天唠叨,他的心里也急,急得嘴唇爆皮。这天,他的大姨来了,让他给一户人家改装天然气管道,挣点外快。大姨一副神秘兮兮的样子。

他骑着电动自行车,按照写在纸条上的地址找到那家。

开门的是个年轻女人,长得好看。

他脸红,心跳,偷看一眼年轻女人的苗条身材。

年轻女人与父母合住一套一室一厅的小房子,想把天然气管道接到阳台,阳台做厨房,原来的厨房改成住人的小单间。

梅林边干活,边与年轻女人说点闲话。年轻女人叫陈莉,是一家企业的会计。干完活儿,陈莉给他工钱,他坚决不要。陈莉留他吃饭,他主动下厨,大显厨艺。饭桌上,陈莉了解到他不抽烟,不喝酒,不打麻将,没有任何不良嗜好,而且从小到大没进过医院。两人聊得来,都清楚鸡蛋、猪肉、黄瓜、西红柿多少钱一斤,在早市买新鲜又便宜。两人都是过日子的主儿。

饭后,他抢着洗碗筷,用很少的洗涤液,洗得还干净。

回家路上,他回味与陈莉一起做饭的情景和饭菜的滋味儿,一转念,自己是个蓝领工人,相貌、经济条件一般,与陈莉不般配,他做人实际,不再想入非非。

过了一个星期,大姨又来了,进门就说:"去,给我买串糖葫芦。"他说:"外面的又贵又不干净,我妈刚买的山里红,我给您蘸两串。"大姨啪的一巴掌打在他的屁股蛋上,打得生痛。大姨乐呵呵地说:"成了。"

成什么了?

"人家陈莉同意了,同意跟你交朋友。"原来,那天大姨借改装管道为由,有意撮合两人见次面。大姨说,陈莉见了几十个男的，对他最满意。

他激动得心脏暂时性停跳。

结婚登记之前，大姨告诉他，陈莉离过婚，没孩子。他听了，反而挺高兴，大姨以为他吃错药了。他心里想的是，以前他总觉得配不上陈莉，在陈莉面前有些自卑，这下好了，陈莉是二婚，两人就平衡了。

新婚当日，两人搬入两室一厅的新居，他一咬牙用多年积蓄交的按揭首付。

一年后，陈莉生下女儿苗苗。苗苗是夫妻俩的命根子！

他又一跺脚，贷款买了辆蓝色小轿车。

他践行婚前誓言，让老婆孩子过上好日子。他不是说空话的男人，为了多挣钱，他在原单位申请常年上夜班，在外面找了份白天兼职，再加上四处揽私活挣份辛苦钱，每日累得精疲力尽，严重缺觉。有一回挤地铁时，他背靠车门睡着了，车门一开，他朝后摔出去，扭伤了腰。陈莉给他贴止痛膏时，劝他不要这么拼命，他笑言"没事"。老婆、女儿生活得富足快乐，使他觉得所有付出都是值得的。

他非常珍惜现在的幸福生活，绝不允许受到哪怕一点点侵害。

烹虾，西红柿炒鸡蛋，素炒黄瓜片，凉拌菜花，一盘一盘端上桌，红黄绿白，色香味形俱佳。梅林用围裙擦手，喊："我的女儿，我的老婆，吃饭啦。"

一家三口围坐在小餐桌旁，苗苗给爸爸妈妈盛米饭，这是她的专利。

陈莉给女儿剥虾，梅林给女儿夹菜。陈莉又剥好一只虾，放到梅林的碗里。梅林说："我不爱吃……"他想把虾夹回给老婆。

陈莉用筷子轻轻打他的手，说："你吃。"

一家三口，其乐融融，梅家窗户洒出的灯光显得比别家的更亮，更暖，更富有人情。

楼下，李伟的父亲手里提着大包小包，他仰起头，眼睛里映出梅家窗口的灯光。

晚饭后，苗苗擦好餐桌，回她的小屋，读带拼音的童话集。厨房里，夫妻俩刷洗碗筷。每天，两口子在这儿说家务事，为的是不让苗苗听到"钱"字。梅林说："这个月还房贷的钱凑够了，买车的钱还差一点，我想办法，不用你操心。"

陈莉说："绘画班的老师跟我讲，不收苗苗的培训费了，省下的钱正好还买车的欠款。"

梅林并不领情地说："那是因为苗苗拿了金奖，给绘画班扬了名。"

陈莉说："老师夸苗苗是神童哩。"

"我没看错。"梅林突然冒出这么一句。陈莉听懂了，梅林是说：他今天看见的那个小老头就是李伟的父亲。

陈莉忧心忡忡："他找来呢，怎么办？"

梅林说："我敬他是长辈，不会对他不客气，但我不会让他进家门。"

陈莉说："他告咱们呢？"

梅林说："空口无凭，他凭什么？"

陈莉说："我的心乱得很。"

梅林说："老婆，我就是拼上一条命不要，也绝对不会让人把苗苗从咱们身边抢走！"他往日温良的面孔出现一股煞气。

陈莉头一次见到丈夫这种神情，她问："你没做违法的事吧？李伟刚好那天夜里死了。"

梅林说："放心吧，李伟死于天然气爆燃，意外事故。"

陈莉后退一步："你是维修工。"

梅林笑得不自然，他摊开双手，说："你看我像杀人的人吗？"

"不像，不过……"在陈莉眼里，丈夫变样了。

咚咚咚，有人敲门。

两人同时打了个激灵。

陈莉问："谁呀？"无人回应，还是敲门声。梅林过去，一只眼睛贴到门镜上。门外，是面孔变形的李伟的父亲。

一个小老头，不足为虑。梅林打开门。

李伟的父亲谦和地说："您是苗苗的爸爸？"

梅林说："我是，你什么事？"

李伟的父亲将提着的大包小包放进门内地板上，谦恭地说："这是送给苗苗的，请您收下。"

陈莉过来："不年不节，平白无故的，你送哪门子礼呀？"

李伟的父亲谦顺地说："小伟给我打过一次电话，他说，苗苗、你们的女儿苗苗是个好孩子。我在报上看到苗苗得了金奖的消息，所以……"

梅林不想再听下去："礼物收了，你走吧。"

李伟的父亲谦卑地说："我想、我想看看苗苗，行吗？"

梅林说："我女儿睡了。"

李伟的父亲嘴唇抖动，他摸摸怀里一样东西，没有再恳求，说："打扰你们了。"他转身欲走。

"老爷爷。"一个清脆的童音响起。

李伟的父亲回身，苗苗出现在门口。或许是血缘关系，苗苗觉得这个老人特别亲。李伟的父亲蹲下，从怀里取出一只带着体温的毛茸茸的小猴，放到苗苗手上。

苗苗说："那个叔叔送给我的小猴子跟这一模一样。"

李伟的父亲喃喃道："他属猴。"

苗苗把小猴子抱到怀里，亲了亲。

一老一小，一个在门内，一个在门外。李伟的父亲深沉地看了苗苗一眼，他对梅林、陈莉说："你们的女儿，很好，祝你们一家幸福、团圆。"

他走了，脚步不大灵便。

陈莉想对丈夫说，应该请老人进来坐坐。一转念，她没说。

苗苗说："老爷爷哭了。"

谁是真凶

秋风阵阵，秋雨如丝。

街上，行人们纷纷打起雨伞，步履匆匆。李伟的父亲没带伞，孤单地走在雨中，没人注意到他。他回想着儿子小伟给他打的那个电话，小伟认定苗苗是他的女儿，在产房被死婴掉换了，小伟不知该怎么办，这事揭穿会影响苗苗的一生。他要跟小伟当面商量，坐火车赶来，不想小伟几小时前死于意外事故。他亲眼见到，梅林夫妇与苗苗是拆不开，也不能拆开的一家三口。

冰冷的雨打湿他的白发。

一把雨伞遮在他的头上。

李伟的父亲侧过脸，见是小袁，他没说谢。小袁从六六大顺小旅馆老板娘那儿了解到，老人每天五点准时出门，朝东走。小袁推测并经实地证实，老人是去苗苗上学的小学校，去看孙女。老人站在接孩子的家长中间，等候放学的那一刻。今天，老人看到苗苗时的神情深深打动了小袁，她一直跟在老人后面。

她没上楼。

闷闷地走了一段路，小袁问："苗苗是您的孙女吧？"

李伟的父亲："……"

小袁又问："您不想要回苗苗？"

李伟的父亲说:"苗苗的爸爸、妈妈很疼爱她,她生活得很好。我老了,百病缠身,医生说,我的时日不多了,我不能自私,只顾自己的感受,更不能拖累别人。"他笑得悲凉:"从今天起,我,一个孤老头子,在这个世上再无牵挂,只等着去见先走一步的老伴和儿子了。"

小袁抹去脸上的雨水。

对老人的同情转化为对梅林夫妇的愤怒。小袁想,李伟生前一定是从梅林的手机上看到苗苗的照片后,意外发现苗苗与辛冰冰的眼睛惊人相似,因而产生怀疑,于是追查下去,查出了苗苗身世的真相,这必定引起梅林的极度恐慌。

梅林是香格里拉小区天然气管道维修工,经常出入各家各户,具备作案的便利条件。

九月八日天然气爆燃发生前一小时,梅林出现在小区。

在小袁眼里,梅林那张安守本分的脸抹上一层诡谲之色。

回到刑警队,小袁拿起红笔,在梅林的照片上画了个三角。

白色塑料板上,金山、王梓、赵大鹏、哑巴与于英并列、梅林这六张照片均标注着红色三角形。于英的照片是从出入境管理处找来的,哑巴的面部复原图与其比对,有五分相似。根据前期调查,小袁将他们锁定为重点嫌疑人。

毕队长讲过,不同性格的罪犯犯罪手法不同。拉开燃气灶接口处软管,造成天然气意外泄漏的假象,利用点燃的蚊香引发爆燃,大火烧毁一切,现场几乎没有留下犯罪痕迹,设计出这种近于完美的犯罪手法的嫌疑人不仅聪明过人,心思缜密,而且富于想象力;同时,这个嫌疑人极端自私,为达目的不计后果,具有反社会倾向,因为爆燃与大火可能波及周边的邻居,伤害众多无辜;五个嫌疑人(哑巴与于英视为同一人)中谁具有这种心智、能力以及深藏不露的阴狠性格呢?

五个嫌疑人都有作案动机、作案时间，并都有机会进入案发现场。

五个嫌疑人中，谁是真凶？

小袁想得出神。她闻到一股酒味儿，感应到毕队长回来了，她说："工作时间喝酒，违反警纪，我要向邢局汇报。"

毕队长闻闻警服，说："冤枉呀，我一滴酒没喝，噢，酒王屋子里到处是酒，满屋酒味儿，熏的。"毕队长今天去见一位号称"酒王"的百岁老人，拜师学艺。他叹服地说："酒王名不虚传，天下间所有白酒的度数、香型、产地、品牌，还有奇闻逸事，老爷子无所不知。随便拿来一种酒，他一闻，便知是什么牌子。更为神奇的是，他滴酒不沾，品酒全靠鼻子。"

毕队长面见酒王，准是为了案子。他说："明天，你办一件事。"

小袁挺胸，立正。

毕队长说："明天上午九点，万寿墓园，举行李伟的追悼会，你去请辛冰冰参加。"

小袁问："如果她不来呢？"

"铐来！"

咣啷，一副金属手铐砸到办公桌面上。

第十二章

没有悼词的追悼会

两只射灯的光束投到一张黑白照片上。

照片中李伟面带微笑，一对黑色的眼眸与你对视，似乎下一秒钟就会向你说话。

照片四边加黑框，挂在墙上。

照片正下方，安放着一只黑色的骨灰盒。

这间万寿墓园的小告别室里摆满花圈、盆花。严主任提前一小时到场，亲手布置，以此表达他对老同事与好朋友的追忆之情。门外，渐渐聚集起二十几位穿黑衣、佩白花的人，基本与上一次被一条短信骗来参加蓝猫追思会的人相同。他们接到严主任的通知时，都要问一句：这回不是恶作剧吧。

今天九点，举行李伟的追悼会。

九点将近，辛冰冰没到，她是逝者的遗孀。

王朝酒店前台，值班经理对小袁说：辛冰冰昨夜被接走了，接她的是一辆车头带长翅膀小金人的黑色豪车。辛冰冰的手机关机。贾十全的手机接通后，自动转至语音信箱，小袁留言：辛冰冰在哪儿？

大堂一角，小袁用手机向毕队长汇报。

告别室外，毕队长指示："你查一下贾十全的手机定位，这对……男女肯定在一起。随便你用什么办法，只要不犯纪律，务必请辛冰冰来参加追悼会。"他虽然说过用手铐将辛冰冰"铐来",那是一时气话。他招手叫来严主任,说:"追悼会推迟半个小时进行,你的意见?"

"推迟?局领导只批准我们外出两个小时。"严主任说。

毕队长说:"辛冰冰还没找到。"

"我昨天晚上亲自通知的她。"

"她答应来吗?"

"她没说不来,她不应该不来。"严主任骂了句与他的身份极不相符的粗话。

夫妻数载,作为李伟的未亡人,辛冰冰应当站在遗像左下方,骨灰盒旁边,接受吊唁,并向参加追悼会的亲友们致谢。如果她不来,另一个世界中,李伟的灵魂永远得不到安宁。

严主任又一次调整花圈、盆花的位置,摆放得更紧凑一点,腾出更多空间,这样能够同时容纳所有来的人,不用分批鞠躬、默哀,可以缩短追悼会的时间。局领导只批准了两个小时,严主任不想因为超时挨批评。

梳马尾辫的姑娘靠近毕队长,说:"毕警官,你也来啦。李处长的追悼会上不让念悼词,局领导定的。"

毕队长问:"李处长有什么问题?"

"局里的同事们私下都在传,有人写举报信,揭发李处长受贿。"

"查证属实了吗?"

"听说从去年就开始查,因为这封举报信,李处长没提成副局。查了这么长时间,没查出一分钱,李处长是清官。"

"写举报信的人是谁?"

"匿名的。"梳马尾辫的姑娘请求,"你是警察,你能查出谁写的举报信吗?李处长人不在了,应当还他清白。"这位姑娘对李伟有超出上下级的感情。

"不要乱讲话。"一个严厉的声音。严主任凭空冒出来，他对梳马尾辫的姑娘说："无组织无纪律，去告别室，追悼会就要开始了。"

九点半，小袁在电话中报告：贾十全的手机位置在他的乡村庄园，辛冰冰仍未找到。

小袁开着警车，飞驰在乡村公路上。

不能等了，参加追悼会的人进入告别室。

李伟已经火化，没有遗体告别。

没有播放哀乐。

没有悼词。

全体默哀。

全体向遗像三鞠躬。

追悼会结束。整个过程不到十分钟，在无声中进行，空气凝固成沉重的铅。墙上，照片中的李伟笑容不变，俯视着这些前来向他告别的人，其中的大多数明天就会将他忘掉。他会在亲人心里多保存一段时间，他还会活在一个人午夜的噩梦之中。

从供台上取下骨灰盒时，严主任与李伟的父亲发生了一点争执。李伟的父亲紧紧抱住骨灰盒，柳月说："严主任，这么做不合适，李伟的骨灰不能葬在这儿。"严主任说："空着也是空着，付了钱的，我去看了，墓穴、石碑都是现成的。"

辛冰冰为了安葬她的爱猫Sweet heart，花费重金在万寿墓园购置了一块风水宝地，如今空在那里，严主任想用它作为李伟的墓地。

李伟的父亲说："我要带小伟回家，跟他的妈妈在一起。"

听到这句话的人无不潸然泪下。

告别室外，天空阴云低垂，压在人们的头上。

小袁打来电话："我找到辛冰冰了，她在贾十全的乡村庄园。"

毕队长问："她为什么不来参加追悼会？"

小袁声音很大，周围的人都能听到："她来不了啦，她正在参加婚礼。"

"婚礼？谁的婚礼？"

"她的婚礼。"

没有听错吧?!

手机里隐隐传来鼓乐之声，小袁说："辛冰冰今天嫁人了，新郎是贾十全，我现在就在乡村庄园门口，里面正在举行贾十全与辛冰冰的盛大婚礼！"

"婚礼几点开始的？"

"九点半。"

追悼会与婚礼同时进行。

洁白的婚纱

两扇朱漆黄铜钉大门八字敞开，一辆接一辆顶级豪车流水似的开进去。

大门两侧雁阵般排开十二名保镖，个个一身红衣红鞋。大门上方两只巨大的红气球悬在半空，垂下两条红丝绸条幅，红底金字，一条大书：贾十全先生、辛冰冰女士新婚大禧；一条写着：黄金有价爱无价，十全十美喜成双。文字粗鄙，不伦不类，不知出自哪位高人的手笔。

两米半高的院墙，挡不住院里喧天的鼓乐之声。

大门口，辛元身穿红西服，扎红领带，脚上一双红皮鞋，裤腿遮住袜子的颜色。他倚门而立，身份介于大舅子与看门人之间。

一个肥胖的保镖拦住警车，伸手："请柬。"

车内，小袁出示警官证："公务。"

肥胖保镖请示辛元。辛元颠颠地跑过来："袁警官，不是我不让你进，我妹夫贾十全说，来客一律凭请柬入内，我做不了主。我给他打个电话。"

五分钟后，新郎装束的贾十全亲自来迎接。

他在前步行引路，警车开进大门，绕过太湖石，庄园景致展现在小袁眼前。

百株垂柳环绕一个小湖，湖水很浅，一只只王八趴在岸边，露出黑灰色的头，它们是主人每顿必吃的心爱之物。湖畔，一栋中式三层小楼，仿照皇宫里的建筑式样。楼前，草坪上搭起十几顶红色大帐，帐内，几十张餐桌旁高朋满座，笑语喧哗。忽然，乱哄哄的声浪静止，鸦雀无声，客人们惊慌地看到一辆警车开过。

男女宾客们大眼瞪小眼，来抓谁的？

警车停在小楼前。

二楼，乡下土财主装修风格的小客厅里，小袁对面，坐着辛冰冰。她刚起床，披着绣花丝质睡衣，一副慵懒、散漫的样子。

贾十全退出，下楼。辛元等在一层客厅，他问："没事吧？"贾十全从木盒中取出一支粗大的岛国雪茄，闻了闻，扔回去。他仰望悬着水晶大吊灯的天花板，大概在想，上面谈些什么？

询问开始。这次询问本来安排在追悼会之后，现在改在婚礼中进行。

小袁："你哪天从国外旅游回到本市的？"

辛冰冰："记不清了。"

小袁："你好好回想一下。"

辛冰冰："那天我下午下的飞机，半夜里，我的Sweet heart被大火烧死了（这个女人没提到李伟的名字）。"

小袁："那晚你住在哪儿？"

辛冰冰："西子酒店。"

小袁："你为什么不回家，而是去住酒店？"

辛冰冰："不可以吗？"

小袁："请你回答问题。"

这个问题十分重要，那夜天然气爆燃，辛冰冰因此逃过一场死劫，她是预先知道有事要发生，故意不回到香格里拉小区07号别墅，随便找了一家酒店入住呢，还是纯粹出于偶然？小袁观察对方的眼神以及每一条面部肌肉的变化。

辛冰冰："想起来了，金山说，西子酒店新来了一位外国厨师，厨艺OK，我就去了。菜难吃死了。"

小袁："饭后呢？"

辛冰冰："我累了，金山在酒店开了一间客房，让我别走了，我就住下了，睡了。"

小袁："你一觉睡到天亮？"

辛冰冰："嗯。"

小袁："零点前后，你有没有离开过酒店？"

辛冰冰："我出去喝了一杯咖啡。"

小袁："哪家咖啡屋？"

辛冰冰："好友咖啡屋，就在酒店旁边（难怪她一出酒店，转眼不见了）。"

小袁："金山跟你在一起吗？"

辛冰冰："没有。"

小袁："你一个人半夜去喝咖啡？辛冰冰女士，我不想影响你的婚礼，前提是你必须配合警方工作。金山在哪儿？"

辛冰冰像只发怒的母猫，野的。

小袁鄙夷地看着这个外表美丽到极致的女人。在她的目光下，辛冰冰爹起的毛平顺下去，低下头。

辛冰冰："我不知道，他在他的房间睡觉吧。"

辛冰冰不像在撒谎。听口气，她对金山毫不关心，在她的眼里，金山是个车夫、仆人、钱包？

小袁："在好友咖啡屋，你除了喝咖啡，还做了什么？"

辛冰冰："见了两个人。"

小袁："见的谁？"

辛冰冰："梅林、陈莉。"

小袁："接着说。"

辛冰冰："我哥让我去的，他说梅林、陈莉想见我，我就去了。"

小袁："你们说些什么？"

辛冰冰："陈莉说了些奇奇怪怪的话，我困着哪，没听。陈莉送我一瓶香水，劣等货，我没要。我坐了不到五分钟，回酒店睡觉了。哎呀，你问我哥吧，他在场。"

贾十全带着两位职业妇女上楼，说："袁警官，冰冰该出去见客人了。"

小袁无意破坏这场婚礼。她让辛冰冰在询问笔录上签字，说："贾十全，你请辛元来一下。"

两位职业妇女将辛冰冰扶进隔壁卧室，她们是美容师、服装师。

过了好一会儿，辛元缩头缩脑地来了，他说："我什么都不知道，我都忘了，我这人记性不好。"

小袁问："你的姓名？"

辛元答："辛、辛元呀。"

小袁说："你的记性挺好。"

卧室里，一位职业妇女的惊叹声："你是我见过的最美的新娘子。"

辛冰冰出来了。她换上一件洁白的长婚纱，妆容精致，一双黑色的大眼睛闪着梦幻般的光，美到摄人魂魄，像是云端的天仙。

白色，圣洁的颜色，高贵的颜色。

怪　风

辛元屁股一落座，主动说："陈莉求我，要求跟冰冰见上一面，我这人心软，就答应帮她这个忙。"

小袁问："求你帮什么忙？"

辛元说："我妹妹那个人呀，凡人不理，我不帮着说两句好话，她不会见陈莉。"

小袁问："为什么事？"

辛元说："没大事，冰冰原来是陈莉的小姑子，多年不见，叙叙旧。袁警官，婚礼等着我去主持呢。"

小袁连续发问：

"陈莉与辛冰冰关系好吗？"

"一般，谁都看不上谁。"

"陈莉与你离婚后，她和辛冰冰保持来往？"

"这几年没见过面。"

"关系一般，少有往来，求你帮忙请辛冰冰出来喝咖啡，夜里零点叙旧？"

"这个，这个……"

辛元吞吞吐吐。小袁看他如何往下编。辛元问："我该怎么说呢？"

小袁教他："实话实说。"

辛元智商不低，他聪明地决定大部分说实话，适当掺一点假话："九月七号下午，我接到冰冰的电话，冰冰说她从国外旅游回来了，我问她回家了吗，冰冰说她正在西子酒店西餐厅用餐。我说，陈莉想跟她见面，还带了小礼物，冰冰说好啊，晚上十点，就在西子酒店旁边的好友咖啡屋，不见不散。我跟梅林、陈莉正点到的，左等右等，冰冰没来。我给冰冰打电话，打了一个多小时，她才接，她说她睡着了，气不气人！我让她快点来，又过了半小时，她来了。我们坐在咖啡屋一进门第三张桌子，靠窗，沙发座，咖啡我点的，卡布奇诺，真他……的贵。冰冰跟陈莉挺亲热，姐妹似的，陈莉送她一瓶高级香水，冰冰没好意思收。我们四个人说了会儿话，就散了。"

小袁说："你再这么兜圈子，婚礼上的剩菜都赶不上吃了。"

女警官的话里有种调侃他的意思，辛元没有傻到听不出来，他装出一副恍然大悟的样子，说："你想了解我们的谈话内容？在咖啡屋，冰冰光顾打呵欠了，我是只带着耳朵去的，主要是陈莉在说，她说苗苗是她的亲生女儿，女儿像爸爸，苗苗的小嘴，鼻子，耳朵，还有脸型长得越来越像梅林。陈莉还说，冰冰的孩子如果活下来，今年六岁，跟苗苗一样大，也该上小学了。"

小袁问："梅林说了些什么？"

"他没说话。"

"嗯？"

"我想想。"

"请你重复梅林的原话。"

辛元做苦思状："想起来了，梅林只说了一句，他说，他不希望有人干扰他们一家三口的幸福生活。"其实，梅林的原话是：谁想跟他抢苗苗，他就跟谁拼命。在苗苗这件事上，辛元心里有鬼，他怕警方因此去调查梅林，顺藤摸瓜，把他牵扯进来。

那晚的约见，梅林夫妇就是想探听一下辛冰冰的口风，辛冰冰坚持说她生下的是死婴，以后不要再拿这种事烦她！听辛冰冰这么说，梅林夫妇放了一半心。

从辛元躲闪的眼神中，小袁看出，他的话里假的不少。

辛元说："我这人从小不会说瞎话，我说的句句属实，我发誓，若有半字虚言，罚我来世驮石碑。"

小袁说："你可以走了。"

辛元如蒙大赦。

小袁随便问了一句："离开咖啡屋之后，你去哪儿了？"

辛元怔了一下："我，回家，睡觉。"

小袁没再问，她收起询问笔录，下楼。

辛元紧随，说："我妹夫贾十全请你务必赏光，参加婚礼。"

小袁说："我记得你的妹夫叫李伟，他的追悼会还没结束。"

辛元的脸红得像泼了一盆狗血。

警车开到红色大帐旁，停下，小袁落下车窗。所有来宾背对着她，个个脖子伸得像鸭子一样，朝一个方向看。

《婚礼进行曲》奏响，庄重，优美。一对新人出场。新郎贾十全一身中式大红衣裤，胸前佩戴大红绣球，黑矮肥胖，蠢笨如猪；新娘辛冰冰一身西式白色婚纱，脖颈上的钻石项链光芒四射，她肌肤胜雪，亭亭玉立；贾十全咧着大嘴笑，一只手挽住辛冰冰，这对新婚夫妻真正是佳偶天成，天意安排的美满婚姻。

辛冰冰后面，拉婚纱的小花童竟是苗苗。天底下还有这种事？

客人中，一个粗大的嗓门喊："新娘子，老贾惦记了你整整六年，日思夜想，今天终于把你搞到手啦，哈哈哈。"

笑声满场。

贾十全得意至极："各位，凡是今天来贺喜的，每人送一只小金元宝，酒放量喝，不醉不许走！"

喝彩声中，天上浓厚的阴云开始翻滚。

柳梢摇动，湖面激起细碎的浪花，王八们潜入水下。一阵轰轰轰的响声，由远及近，蓦地，一大股怪风夹着雨雾呼啸而至。

风中，红色大帐东倒西歪，保镖们冲上去，奋力抓住牵引固定的绳索。风力加大，红色大帐被风掀翻，飘起，落向湖面。

餐桌上的餐具碎落一地，红色桌布在风中狂舞。

辛冰冰的白色婚纱被风撕碎，只剩内衣。

苗苗吓哭了。一只手抱起她，几秒钟后，小袁与苗苗安全地躲进警车。

客人们尖声乱叫。

贾十全喊："不要慌，这股风来得快，去得也快，婚礼照常进行。"

他话音未落，天上降下冰雹。

冰冷的风雨中，夹带着核桃大小的冰雹，有些来客头上冒血，连声呼痛。一些人钻到餐桌下面，一些人逃向小楼，他们相互冲撞，狼奔豕突，乱作一团。

怪风刮过，留下满地狼藉。

辛冰冰双手抱肩，长发蓬乱，因寒冷与害怕瑟瑟发抖，她一个人站在婚礼现场临时搭起的台子上，身边散落着十几粒冰雹。

一粒冰雹上沾着血丝。

猪　头

婚礼半途收场。

新郎贾十全忙着在"洞房"安慰受惊的新娘辛冰冰，将客人们冷落在一边。两百多位各界嘉宾没吃没喝，没领到小金元宝，淋成落汤鸡，不少人的脑袋上还被冰雹砸出大包，有的见了血，个个衣冠不整，怨气冲天，一哄而散。

辛元饿着肚子，离开乡村庄园。

路边小饭馆，辛元夹一筷子糖醋里脊，塞进嘴里，大嚼，他喝下一大口啤酒，说："饿死我了。"女友珍珍坐在旁边，头发上别着琥珀发卡，她说："你干吗不带我去参加婚礼，一股怪风，满天冰雹，好玩！"

对面，吴良律师筷子长眼，专挑虾仁。他说："我今天有案子，出庭，贾总请我去，我没时间。"

辛元心说，请柬我发的，根本没你。

吴良律师问："辛先生，找我什么事？"

"咨询个小问题。"

"我按时间收费。"

辛元说："一会儿给你，我这人从不赖账。"他把今天小袁的问话逐句重复了一遍，然后说："那个女警察最后问我，离开咖啡屋之后，我去哪儿了。我搞不懂这句问话的意思，心里慌得很。"

吴良律师问："你几点离开的咖啡屋？"

"大概是午夜零点过了二十来分钟。"

"那天是几号？"

"九月八号，我记得清楚，那夜两点，冰冰家天然气大爆炸。"

"我猜到了。"

辛元催促："快说。"

吴良律师喝口啤酒，润润嗓子，说："你要付双份咨询费，我的话一字值千金。根据我的推测，警方一定在这场天然气爆燃事故中发现重大疑点，怀疑李伟被人蓄意谋杀，正在排查嫌疑人。问你去哪儿，就是调查你有没有作案时间。"

"你吓唬我。"辛元胆小，吴良律师的话让他心里发毛。他回忆，从咖啡屋出来，由于喝了双份卡布奇诺，他特精神，不想一人回家抱着枕头睡觉。他摸了摸口袋还有点钱，就拦了辆出租车。他一拍大腿，对珍珍说："那天夜里我去'疯狂老鼠'玩儿，在那儿认识的你！"

珍珍说："我想不起来了。"

辛元说："我一点到的'疯狂老鼠'，你旁边有把空椅子，我坐下以后，对你说的第一句话是，请问这把椅子有人坐吗？你冲我说，你不是人，是鬼？我第二句话说的是，你一个人来玩？你生气了，说，你没长眼睛？我第三句话说的是，你的长发真美；你笑着说，想泡我就泡，哪来那么多废话！你想起来了？"

珍珍说："我全忘了。"

辛元说："咱俩聊了会儿天，我说，我家有一瓶上等威士忌，问你想不想跟我一起把它喝光，你说，走啊。你跟我到我家，咱俩整夜都在……沙发上。"他斜眼瞧瞧吴良律师。

珍珍说："你骗人，你家里根本没有威士忌。"

辛元说："珍珍，你得给我做证明，你是我的证人。"

珍珍说："我怕见警察。"

吴良律师问："从咖啡屋出来，到'疯狂老鼠'，中间这段时间谁能给你证明？"

辛元说："出租车司机，他能证明，我跟他聊了一路。"

吴良律师脑子转得快，他联想到一个长着猪头的男人。

辛元一字一句地教珍珍，如果警察找到她，她应当怎样说。教了半天，珍珍总是出错，气得辛元七窍生烟。

这顿饭吃了一百分钟。与辛元、珍珍分手后，吴良律师给一个猪头男人打去电话："贾总，有个情况通知你，警方正在调查李伟非正常死亡一案，高度怀疑是他杀。"

贾十全的声音："跟我有什么关系？"

"你应该是嫌疑人之一。"

"裤裆里拉胡琴，胡扯什么？"

"因为李伟一死，你是最大受益人。"

"我受什么益了？"

"你娶了辛冰冰。李伟的骨灰还没凉，你就娶了他的老婆。"吴良律师悠然地说，他能想象出电话那头贾十全的表情。

"你有什么屁，全放出来。"贾十全怒了。

吴良律师说："这件事交给我办，包你洗脱嫌疑。"

"明天，你到我这儿拿钱。"贾十全挂断电话。

吴良律师用牙签剔牙，得意地一笑。他又一皱眉，辛元没付咨询费就跑了，这个不讲诚信的小人。

一个玩笑

小袁开着警车，送苗苗回家。路上，苗苗说，是绘画班的老师让她来做花童的，爸爸妈妈不知道。

接到小袁电话，梅林夫妇焦急万分地等在楼前。

警车一到，没停稳，梅林迎上来，拉开车门，抱出苗苗，一个大男人心疼得快要哭了。梅林夫妇千恩万谢，请小袁到家里坐坐，小袁没推辞。

这是一套不大的房子，家具好看实用，沙发垫是自制的，由于空间小，布置得十分紧凑。阳台上摆着几盆常绿植物与一串红。最显眼的是客厅正面墙上挂着苗苗的获奖水粉画小猴。

卫生间里，陈莉给女儿换下湿衣服，再洗澡。

梅林要打开一瓶果汁，说："袁警官，我家里没人喝茶，你喝这个吧。"小袁笑着说："我不敢喝果汁，长肉。"梅林很实在地把果汁放回冰箱。

小袁说："梅师傅，向你核实两个情况。"

见这位一身制服的女警察取出询问笔录专用纸，梅林规矩地坐到椅子上。

小袁首先询问了九月八日零点前后梅林夫妇与辛冰冰在好友咖啡屋见面一事，梅林的回答与辛元所述一致，只是措辞不同。

小袁问："从好友咖啡屋出来，你去哪儿了？"

梅林答："香格里拉小区。"他神态坦然，语气没有变化。

小袁问："去做什么？"

梅林答："小区白天新换的天然气管道，我不放心，去检查一下有没有漏气的地方。"

小袁问："你不用工具？"

梅林答："我的耳朵、鼻子比仪器还灵。"

小袁问："几点进的小区，几点离开的，有谁证明？"

梅林答："我没看表，门卫可以证明。我还碰见胡小雨了，那个女人，哼。"他说了事情经过：

在小区大门口，梅林与夜班门卫相互点点头。

走过赵大鹏、王梓两家别墅，路边，梅林打开一个井盖，钻下去；井筒底部，他坐在管道上，手摸着阀门，倾听，细闻；他往井上爬时，一道耀眼的白光照亮井口，随后，一辆小轿车开来，压到井口上；他叫："喂，井里有人哪，快把车挪开。"他听见开车门的声音。

梅林头露出井口，他看见一双穿高跟拖鞋的脚，他又看见胡小雨的脸。

胡小雨说："哟，梅师傅呀，我还以为井里钻出一只大耗子呢。"

梅林说："你把车停这儿，我出不来了。"

胡小雨说:"糟了,车没油了,动不了啦,你在井里睡一晚上,明早我找几个人来推车。"

梅林心里冒火,脸上还要带笑:"别开玩笑了,放我出来。"

胡小雨说:"叫我一声姐。"梅林不得不叫了。胡小雨咯咯笑着,慢条斯理地挪车⋯⋯

梅林说完了。这时,陈莉带着苗苗走进客厅,刚洗过澡的苗苗换了一条白连衣裙,眼睛、皮肤、一头瀑布般的黑色长发,分明就是小一号的辛冰冰。看到梅林夫妇疼爱苗苗的样子,以及这一家三口之间的相互情感依赖,小袁想,谁是苗苗的亲生父母重要吗?

她希望苗苗一生幸福。

跳跃式提问

在物业办公室,一名穿门卫制服的小伙子笔直地站着,让他坐,他不坐,他对小袁说:"九月八号,夜里我当班,梅师傅不到一点进的小区,一点半走的,大概是这个时间。"

这与赵大鹏家门上监控录像中梅林在小区柏油路上往返的时间相同,也与梅林在询问中的陈述相吻合。

警车在王梓家的白墙、平顶别墅前停下。

在大客厅里,小袁与一位男刑警坐在正中的大沙发上,胡小雨搬把椅子,坐在对面。她摸不清两个警察干吗来找她,心慌慌的。

小袁说:"你不要紧张。"

胡小雨问:"毕警官没来?"

小袁说:"他在局里开会。"

说来也怪，在毕队长面前，胡小雨有安全感，她怵这位姓袁的女警官。她说："我男人不在家，等他回来，你们再问我，行不行啊？"

小袁说："只问你几个小问题，用不了几分钟。"

胡小雨说："那你问吧。"

小袁问："九月八号夜里一点左右，你在哪儿？"

胡小雨答："我跟我老公在床上睡觉。"

小袁说："有人看见你在开车。"

"是吗？"

"再想想。"

"谁看见我在开车？姓梅的，准是他。"胡小雨笑了，说，"我跟他开个玩笑，闹着玩儿的，我见他钻进井里，就把车开上去，压在上面，让他出不来，急得他一个劲儿求我，叫我姐。那是我们家的停车位，我们家有两辆车，一辆白色奥迪，车库里还停着一辆，越野车，八个缸，双排气……"

小袁问："那是几点？"

胡小雨说："我想想，一点多吧，我老公准许我开着车在小区里兜兜风。我好久没开车了，我老公不让，他怕我开车出事，他疼我着哪。"

"你开的什么车？"

"白色奥迪。"

"你当时穿的什么颜色的衣服？"

"黑睡衣，我老公喜欢。"

小袁脑中自动生成一张王梓家这栋别墅与周边的平面图，车库与路边停车位都在别墅大门的东面，位于西面的赵大鹏家门上的监控无法拍到当时情景。九月八号夜里，天阴，无星无月，王梓家大门上无灯，漆黑一团之中，胡小雨又穿了一件黑衣，所以在监控录像里完全没有显示，看不到她的出入。

小袁问："梅林没生气？"

胡小雨说："他肯定心里有气，一边走，一边回头瞪我。袁警官，你别把这事告诉我老公，他该骂我了，骂我欺负人。"

梅林所述全部得到证实，他成为第一个被排除嫌疑的人。

小袁问到主要问题："你开车在小区里转了多少圈？"

胡小雨说："没数，十来圈吧。"

"转了多长时间？"

"二十分钟。"

监控录像中，一辆白色奥迪轿车多次开过。

"王先生一个人在家？"小袁问。

"他在家呀，我停好车，回到家，他还盘腿坐在太上老君像前念经呢，纹丝没动。"胡小雨答。

王梓没有外出。

小袁问："你们几点休息的？"

胡小雨说："一回家，我就搀着我老公上楼睡觉了。我老公的腿有病，没我搀着，他上不了楼。"

与小袁同来的男刑警去医院查过，王梓身体状况极差，患有多种疾病，其中包括一种罕见的绝症。王梓的风湿性关节炎严重到骨骼已经变形，每逢变天，举步维艰，疼痛难忍。他不可能在极短的时间里，避开胡小雨，奔走到一百多米外的07号别墅作案，再迅速返回。

如果在胡小雨的协助之下呢？王梓的脑子没有进水，他不会蠢到拉拢胡小雨这种女人作为共犯，一道实施杀人计划。除非他想事后灭口，而现在胡小雨还活得好好的。

胡小雨身子前探，表情像只小骚狐狸，她说："你们警察在查李伟被杀的案子吧？"

小袁问："你听谁说的?"

"物业老孙。那天夜里,我还跟李伟喝酒呢,才过了一个多小时,嘭,人就没了。我妈说,人的命就像风里的油灯,说灭就灭。"胡小雨叹了口气。

小袁问："你常去喝酒?"

"头一回。"

"除了喝酒,没别的事?"

胡小雨没回答,她问："你看我漂亮吗?"小袁应付地说:"漂亮。"胡小雨愤愤然:"我一点都不比辛冰冰差,身材比她棒多了,可是,李伟看都不看我一眼,气死我了。"

男刑警强忍住不笑,还是笑出声。

小袁问："王梓先生去哪儿了?"

胡小雨说:"我老公去看一家人,他说,他的公司卖了假货,害了一条人命,他是专程登门谢罪的,他带了好多钱,一提包。自打我嫁给我老公,他天天吃素,念经,说是为了赎罪,他特相信因果报应。"

对胡小雨的询问看似杂乱无章,小袁有意这样做的,这种跳跃式提问可以打断被询问人的思路,使其预先背好的回答陷入混乱,对付胡小雨这类头脑不太灵光的人格外有效。

胡小雨倚在门口,送两位警察上警车。

小袁手扶方向盘,心想,王梓来本市经商近二十年,赚了不少钱,并不吝啬,每年都要向社会福利院、学校、中元道观等捐出两三笔善款,金额都不是小数。从这点分析,若说王梓因为受到并非巨额的行政罚款而起意谋杀,其犯罪动机的认定确实勉强。

"袁警官。"有人喊她。

物业孙经理骑着一辆借来的电动自行车,摇摇晃晃的,差一点撞上警车。他说:"金山回来了。"

流浪狗

金山站在红斜顶别墅前。

他衣衫肮脏，扯开几道口子，一只脚上有鞋，另一只脚穿着磨出大洞的破袜子。他那张曾经俊俏的脸蛋又黑又瘦，两颊凹陷，头发一缕缕粘在脑门上，往日秀美如女子的双目失去神采。短短几天，他变成一个丑男人，活像一只脱毛的流浪狗。

别墅内，隔着落地大玻璃窗，朱红藏在窗幔后面，露出半张脸，向外看。

吴良律师慌里慌张地用一把椅子顶住雕花大门，以防金山冲进来。茶几上，摊放着一堆材料，他与朱红正在商议离婚诉讼中的几个问题。

朱红报警，呼救。

外面，小区业主越聚越多，围在几十米外，没人靠近。

金山不再站着不动，向前走了几步。

他要闯入别墅行凶？

只见他双腿一弯，再弯，软软地跪倒在地。

小袁与男刑警赶到，见状没有上前。

当着那么多人的面，金山跪着，双手扶地，像一个被丈夫赶出家门的弃妇，哭得稀里哗啦。他嘴里哼哼："让我回家，我对不起你，我错了，求求你，原谅我吧。"

他凄惨的样子引起围观人群的怜悯。

他在暴打朱红、翻栅逃走之后，几天来四处游荡，时时担心警察抓他。他的信用卡都是朱红的名字，朱红全部挂失，他身上一文不名，没钱买碗粥喝，只好靠公共厕所里的自来水充饥；没钱住小旅馆，只能睡在街心公园的长椅上过夜；没钱坐公交，只有依靠两条腿，步行；他从没受过这么大的罪。

尤为痛心的是，他找不到心爱的人儿辛冰冰。

他去王朝酒店，脸埋在竖起的衣领里，生怕被人认出来。他进去没几分钟，被戴大金链子的凶汉掐着脖子推出旋转门。

公交车站，他向一个学生模样的女孩子借手机，他按下辛冰冰的号码，对方关机。

路边，他蹲在拉面摊旁，眼巴巴地看着一碗碗热腾腾的牛肉拉面从眼前端过，香喷喷的气味儿飘进他的鼻子，他的肚子擂鼓一样响。拉面摊老板娘盛了满满一大碗面，让女儿端给他，说："不要钱，吃吧。"他不怕烫，几口连汤带面吞个精光。他听见两位吃面的客人对话：

"特大新闻，土豪贾十全要结婚了！"

"谁那么倒霉，嫁给他了？"

"本市有名的第一美人，辛冰冰。"

"一朵鲜花插在一坨……"

"嘿，吃面哪，别说那个字。"

"换个说法……"

两人说话声压低，伴随一阵坏笑。

金山听罢，急怒攻心，他高高举起空碗，啪，重重摔到地上，碗被摔得粉碎。

拉面摊老板娘的女儿说："妈，面钱不要，碗让不让他赔？"

郊区公路上，金山没钱买车票，徒步而行。他边走边问路，二十多里路走了三个小时。十一点，乡村庄园的朱漆大门就在眼前。门口，他被挡住，一言不合，几个保镖将他揍了一顿。他只剩一只鞋，一瘸一拐地逃，保镖追着打。

天上下起一阵冰雹。他在树下哭，痛哭。

这就是他几天来的悲惨经历。

他茫然四顾，走投无路。他只有回来，哀求朱红念在数年夫妻的情分上，收留他。

他长跪不起。

别墅大门开了。出来的是吴良律师，他扛着一把靠背椅，放到金山面前。吴良律师舒舒服服地坐到椅子上，跷起二郎腿，皮鞋尖在金山眼前晃动不止。围观的人很多，现场还有警察，吴良律师有恃无恐，他讥讽地说："金山先生，几天没见，你怎么矮了半截？"

金山还在说："我错了，让我回家吧。"

吴良律师说："你在这儿跪上几天几夜，就算膝盖在地上生了根也没用，我的委托人朱红让我转告你，她这辈子不想再见到你，坚决离婚，你别跟这儿丢人现眼了，走吧。"

金山痛哭流涕，其声哀哀。

吴良律师说："你哭得好惨呀，我都被感动了。唉，我的委托人朱红开恩，她说，只要你肯在离婚协议上签字，她可以在外面给你租间地下室，替你付半年房租，让你不至于露宿街头；再给你点钱，省着点儿花够你生活三个月的；多优厚的条件，我的委托人朱红心善，对你真是仁至义尽啦。"

金山反复就一句话："我错了，我要回家。"

吴良律师晃着一张纸，笑道："回家？你别做梦了，死了这份心吧，这是法院的人身保护令，你休想进入这栋别墅半步。"

他的皮鞋离金山的鼻子尖不到一毫米，散发出汗脚的味道。

金山见事情再无挽回的余地，收起眼泪，眼睛赤红如血，面部肌肉抽搐变形。

吴良律师调笑："你想咬人？咬啊。"

金山嗓子眼儿里猞猞有声，他张开嘴，一口咬住吴良律师的皮鞋尖，门齿切入。吴良律师痛得大叫，被咬得脚乱蹬乱踹，金山咬住不放。

小袁与男刑警冲上，小袁利索地摘掉金山的下巴。

吴良律师抱着脚跳："我要打狂犬疫苗，我要告你故意伤害！"

在男刑警的控制下，金山如同一只癫狂的疯狗。

小袁评价：金山当众下跪，毫无羞耻感；泪腺发达，装出一副可怜相，骨子里却是一头隐忍的狼；这个人具有阴狠、下作、两面人的心理特征。

必须尽快查清九月八号天然气爆燃前金山的行踪。

如何找到金山那晚乘坐的冒牌出租车？调看相关路段的全部监控录像，一辆辆搜寻，无异于大海捞针，而且需要大量警力与时间。小袁建议：金山平时很少身带现金，多用信用卡结账，如果查看他的刷卡记录，就可以找到收款的冒牌出租车司机。

毕队长说："小丫头，长大了。"

不过半个小时，查出来了，九月八号凌晨两点半，金山使用的一张卡刷出一笔款项，收款人名叫薛斌。

派出所民警介绍：薛斌，男，二十五岁，无前科劣迹，现在一家公司开接送员工上下班的班车，工作表现良好。

下午六点半，一辆灰色大巴停到路边的公共车位上。车上下来一个蒜头鼻子的小伙子，他拔下车钥匙，回家吃饭。

根据照片，他是薛斌。

饭后，薛斌吹着口哨，回到大巴车旁。他四顾无人，走向车后，那儿停着一辆黄白两色的出租车。他打开车门，钻进去，发动车。车刚一起步，一个挺好看的圆脸姑娘敲车窗，问："师傅，机场去吗？"

薛斌的蒜头鼻子红了，说："去，上车吧。"

圆脸姑娘上车，亮出警官证，她是小袁。

薛斌傻眼了，他被抓了现行，无从抵赖。他不是油头滑脑的人，如实交代：

九月八号夜，薛斌开着仿冒他人车牌号、从网上买来的报废出租车，经过西子酒店，有人拦车，上来一个俊美的男人。薛斌打开计价器，时间零点十七分。他按客人指示，向前开，车行十几分钟，客人要求往回开。车速不快，客人的眼睛不断扫视马路两边，像在找人。快到酒店时，客人再次让他掉头，一直开到一个别墅小区的铁栅栏外。客人下车，朝里面的一栋别墅看，那是栋两层别墅，黑漆漆的，没有灯光。客人看了好大一会儿，回到车上。出租车原路返回酒店，计价器显示时间两点二十九分。客人刷卡付了车钱，进了酒店玻璃门。

薛斌用脑袋担保，客人一直在他眼前，没有离开过十米远，因为他怕客人跑了不付钱，所以盯得紧。

通过照片辨认，俊美男人是金山。

根据薛斌所述，金山没有作案机会。

金山的嫌疑就这么轻易排除了？薛斌说，他不敢跟警察阿姨撒谎，计价器里存有原始记录，不会错，错不了。

小袁当即转移调查重点，她的眼前跳出一个人的头像照片：微笑的哑巴。

你是谁

薄暮时分。哑巴钻出废弃的电缆井。

一个女人问："你是谁?"

他回过头，问他的人是柳月。柳月仔细查看他那张覆盖着浓须的脸，再问："你是谁?"

他的表情像天上变幻莫测的白云。

他横穿马路。柳月追问：

"你到底是谁？"

派出所。金山因故意伤害行为，被暂时关在留置室。吴良律师强烈要求严惩这条咬人的疯狗。

铁门打开，小袁站在门外，说："出来。"

在一间办公室里，金山抱着头，抽抽噎噎地哭个不停。小袁给他倒杯水，缓解他的情绪。金山双手捧着杯子，由于激动，他捏瘪纸杯，水洒了一身。

小袁问，国外旅游归来，你与辛冰冰为什么不回家，而是入住酒店，各住一间客房？

金山答，几年来他苦苦追求辛冰冰，花钱无数，可是，两人之间仅限于拉拉手，抱一抱，他就像一只馋猫，干看着玻璃罩里的鱼，闻得到味儿，却吃不到嘴里。他想制造一个机会，他订的是一间客房，辛冰冰改成了两间。

金山哭诉："冰冰不爱我，从来没爱过我。"

小袁又问，九月八号零点二十一分，你离开酒店去做什么？

金山答，那夜他心里难受，翻来覆去睡不着，咬破了怀抱的枕头。他听见辛冰冰的客房门响，以为她去跟别的男人私会，就追了出来，没追到。他回到酒店，听女服务员讲，辛冰冰早回来了，他敲辛冰冰的门，里面不应。

金山哭道："我太惨了，冰冰嫁人了，朱红不要我了，我成了无家可归的野狗，我以后怎么办呀？呜呜呜。"

他的眼泪如同自来水，整个人就像被人嚼过吐在地上的甘蔗渣。

关于金山的全部疑问都解开了。小袁开着警车，回刑警队。

队部大门外，她看到一个熟悉的身影：

哑巴。

会客室的灯一盏接一盏全部亮了。小袁说："请坐。"哑巴大方地坐下。明亮的灯光下，他的面容纤毫毕露，小袁近距离观察。

哑巴神色从容，他换了一件藏青色夹克，同色长裤，裤线压得笔直，同色休闲鞋，这套衣服八成新，颜色式样搭配得很合适，也合身，大概是他最体面的一身行头。

小袁递给他一张纸，一支笔，说："对于我的提问，你可以用点头或摇头回答，也可以写在纸上，听清了？"

哑巴点头。

小袁问："需要我请一位手语翻译吗？"

哑巴摇头。

这时，毕队长走进会客室，坐在小袁旁边，说："继续。"

小袁问："你的姓名？"

哑巴没碰纸笔，清晰地回答："Yú Yīng。"

"你会说话？"小袁没有表现出意外。

"我会说中、英、日三种语言。"哑巴并无炫耀之意，他的普通话发音十分标准。

小袁问："你承认你就是于英？"

哑巴说："俞，俞伯牙的俞；鹰，鹰击长空的鹰；我的姓名是俞鹰。"

小袁问："你否认你是于英？噢，干钩于，英雄的英。"

哑巴分别在纸上写下两组姓名，交给小袁，说："俞鹰，于英，音同字不同，我是俞鹰，不是你们要找的于英。"

毕队长在旁听出点名堂，他问："你认识那个于英？"

俞鹰回答："认识。"

"熟悉？"

"大约七年前相处过半月有余。"

毕队长问："最近有联系吗?"

俞鹰手伸进夹克，从内袋里取出一部老式手机，堪称古董级别。他说："时有短信往来，偶尔通次电话。"

小袁问："于英还活着?"

俞鹰说："生与死有区别吗?"

毕队长说："你今天来，有话要对我们讲吧?"

俞鹰坦率地说："我若再不来，你们该传唤我了，我不如主动上门。"

两个男人相对着笑了。

毕队长说："从俞鹰与于英相识讲起，我爱听故事。"

俞鹰以第一人称自述：

七年前的一天，傍晚，我卖掉捡来的空瓶子，回"家"。我看见一个神色颓废的年轻男人，他手扶铁栅栏，呆呆地望着小区里的一栋两层别墅。

天黑了，年轻男人似被别墅的灯光勾去了魂魄，化作一个石像。

半夜，我推开井盖，探出头。年轻男人还在，背靠铁栅栏，身边扔着空矿泉水瓶与吃了几口的面包。别墅灯光熄了，年轻男人没睡，仰望星空。

一连数天，天天如此。

秋雨绵绵，年轻男人没带雨具，淋得浑身湿透，因为冷不停发抖。我邀请他到我的"家"里避避雨，交换条件是他的那些空瓶子归我。他同意了。

在雨打井盖的沙沙声中，我们相互自我介绍，他叫于英，我叫俞鹰，我们都叫 Yú Yīng。我们俩的相貌还有几分相似。

人与人之间的际遇就是如此奇妙。

他说，他被住在别墅里的女人抛弃了。

听完他的遭遇，我劝他，宇宙无边无际，时间无始无终，地球至今存在五十亿年，五十亿年后毁灭，地球不过是宇宙中的一粒沙，一百亿年不过是时间中的一闪，何况我们这些更加渺小的人。凡事皆有定数，万物皆为虚幻，放弃执念，心境就会归于平静。

两个Yú Yīng白天捡空瓶子卖钱果腹，夜晚挤在废弃的电缆井里无所不谈，半个月后，于英向我告辞，说他要走了。我问他去哪儿，他说，远方，远到再也想不起这里的地方。

这些年，于英的家人、朋友都在寻找他，你能找到一阵风吗？于英尘缘已了，不要再去纠缠他了。

我想过用手机定位的方法找到他，行不通。他每次发来短信、打来电话时的号码都不一样，他很可能是次次借用不同人的手机。他现在在哪儿？或许在名山大川吟风弄月，或许在桥洞下面穷困潦倒，他从不说他的近况。他之所以还与我联系，只有一个理由，这个理由不说也罢，说出来令人心酸。

说完了于英，说我吧，这是我的身份证号码，证件不在了。

我是海归博士，回国后进入一家科研机构。当年的我急于出名，不惜学术造假，结果身败名裂。在父母、妻子、同事、朋友，甚至陌生人的眼里，我看到的全是鄙视的目光。我就想找个没人认识我的地方，钻到一个洞里，无声无息，了此一生。

俞鹰说到这儿，强挤出一点笑。

小袁到隔壁办公室核实情况。

毕队长问："九月八号零点到两点，你在睡觉？"

俞鹰答："我在看书，一点多的时候到地面上透透气。"

"你看到什么？"

"抱歉。"

毕队长说："我猜，你还带来一样东西。"

"毕队长料事如神。"俞鹰掏出报纸包着的小黑盒子，说，"我是搞电子的，一看就知道这是一种通用开锁器，专门用于打开智能门锁。你们一直在监视我，应该搜查过我的'家'，见过它。"

"哪儿弄来的？"毕队长问。

"我在铁栅栏旁捡到的，我担心居心不良的人拿去危害社会，就收了起来。我很小心，没有用手碰过它，只在包装的报纸上有我的指纹。"俞鹰回答时目光下垂。

毕队长断定，俞鹰有所隐瞒，他为什么不说实话？

小袁回到会客室。从她的表情上可以看出，俞鹰所述属实。

小袁说："俞先生，你的妻子让我转告你，她来接你回家。"

俞鹰说："我已决心落发为僧。"

最后一名嫌疑人

热闹的大街上，俞鹰踽踽独行。

他掏出手机，迟疑再三，拨通电话，一个七年没听到的女声问："喂，谁呀？"俞鹰把手机更贴近耳边。女声："俞鹰，是你吗？你说话呀，是你，我能感觉到，回家吧，爸爸，妈妈，我，都在等你回家，回来吧……"俞鹰按下手机上的终止键。

俞鹰眼中泪光点点。

井盖旁，一对夫妇在等他。

赵大鹏抓住他的胳膊："走，到我家吃饭，不许说不！"

赵家餐厅，菜上齐了，赵大鹏举杯："干。"

俞鹰说："我不会喝酒。"

"男人哪有不喝酒的，男人不喝酒，白来世上走，我先干为敬。"赵大鹏喝了满满一杯。

俞鹰闻了闻杯中白酒，深吸一口气，杯底朝天。

赵大鹏大赞："真人不露相。"

酒喝得多，俞鹰话更多，他详尽讲述了这些年所有与于英有关的事。

酒意阑珊。

俞鹰谢绝留宿的邀请，夫妇俩送他出门。柳月给他准备了几件秋冬季的新衣，都是按照他的身材买的，他没有推辞，但他退回了夹在衣服里的钱。

夫妇俩目送他走出小区大门。

回到客厅，赵大鹏说："月儿，我发誓，一定找到表哥，接他回家。"

柳月轻叹："找到又能怎样，一个心死了的人。"

她拿起手机，问："电话你打？我打？"

"反正我不打。"赵大鹏说。

刑警队办公室里，小袁站在白塑料板前，审视赵大鹏的照片。

赵大鹏是最后一个嫌疑人。

这时，小袁接到柳月的电话。说了没几句，小袁急步跑出办公室，跳上警车，起步就是时速一百公里。

赵家别墅前，她从柳月手里接过一只U盘。

警车开出小区，停在路边。小袁性急，她打开随带的笔记本电脑，插入U盘，快速敲几下键盘，屏幕上显示出画面。柳月给她的是一份录像资料：九月八日零点三十分至两点，赵大鹏与地球另一面的客户召开视频会议的实况记录，赵大鹏没有离开过镜头。

双方共计六人参加会议。

两地时差十二个小时。

这份录像证明，07 号别墅天然气爆燃前赵大鹏正在开会，他不可能分身作案。

柳月是位聪慧、洞察力强、很会办事的女人。

小袁不怀疑这份录像的真实性，不仅因为其真伪极易核查，她更相信柳月的人品与行事风格。

小袁关上电脑。

名单上最后一名嫌疑人赵大鹏也被排除了。

外围的调查工作没有进展，案件侦破走进死胡同。

小袁有些动摇，李伟真的死于谋杀？

夜幕下，路边一栋栋住宅楼只有几点灯光。马路上，行人绝迹，车辆稀少。警车开得很慢。

小袁落下车窗，夜风吹凉她的脸。

一辆重型摩托车轰鸣着疾驶而过。

如同一道闪电划破黑暗，小袁回想起乡村庄园婚礼现场的一幕情景，一位来宾粗俗地大喊："新娘子，老贾惦记了你整整六年，日思夜想，今天终于把你搞到手啦，哈哈哈。"

李伟之死，谁是最终受益者？

十全十美

刑警队办公室的灯光像夜空的一颗星。

小袁又是一夜未睡，她在电脑上查阅与贾十全、辛冰冰有关的全部电子档案和视频资料。

贾十全被列为买凶杀人的嫌疑人，他的照片贴到白塑料板上。

贾十全，好色成性。他与辛冰冰初识于六年前的女王大赛。网上保存至今的赛场视频中，每当辛冰冰登上T台，他就会卖力地鼓掌，拼命叫好，献上满台鲜花，据说本市花店的鲜花被他买空了。几组画面：他亲吻辛冰冰的手，他搂住辛冰冰的腰，他跪着为辛冰冰的左脚踝系上一只银铃……辛冰冰表情冷淡。

此后，长时间里查不到他与辛冰冰在一起的同框消息。

九月九号，天然气爆燃后的第二天，他即以07号别墅购买者的身份出现在案发现场，他来得真快。

他以不合情理的高价买下一片废墟。

他在王朝酒店为辛冰冰订下高级套房，并为辛冰冰安排专车接送与二十四小时保镖，名义上是照顾、保护辛冰冰，实则切断了辛冰冰与外界的联系。

他虽然情妇无数，都是花钱买笑，这次却以惊人速度迎娶辛冰冰，让她成为乡村庄园正式的女主人。

由此看来，他是玩真的了。

贾十全，色胆包天。他敢于在二十三层楼的高度上，脚踩不足半尺的外墙窄沿，从一个阳台翻到相邻的另一个阳台，他甘冒生命危险，只是为了去偷情。他美其名曰：宁为寻花死，做鬼也风流。

贾十全，超级土豪。他有大把银子收买推磨的鬼。

买凶，一要电话联系，二要付钱。常规情况下，一般是调查嫌疑人的通话记录与银行流水账单，但是，对于贾十全这种人不适用。他可能使用黑市上搜罗来的别人名下的SIM卡，他的保险柜里装满不连号的现金，根本无从查起。消耗大量警力与时间查下去，不仅旷日持久，搞不好就会成为一桩久拖不决的积年悬案。

小袁开动脑筋，好的办法在哪儿？没找到。

红日东升，一个晴朗的早晨。

小袁站在窗前。一只小麻雀飞来，落到窗台上，来回蹦跶几下，偏起脑袋，隔着窗玻璃瞅瞅小袁，张开翅膀，飞走了。小袁想，麻雀的行为是随意的、不确定的，如果贾十全是幕后操纵者，他会指使凶手随意行动吗？不会！他必然确保在不伤害到辛冰冰半根汗毛的前提下，选择一个只有李伟一人在家的时机下手。

小袁又想，辛冰冰国外旅游归来，没有回家，入住西子酒店，这是事先不确定的随意性行为。贾十全如何得知并通知凶手行动呢？

知道这一情况的只有金山、辛元与梅林夫妇。四个人中谁最可疑？

梅林！

设计天然气爆燃的谋杀方案符合梅林的职业特点。

小袁的心情像是从幽深封闭的隧道里走到出口，来到空阔的野外，置身在阳光下。她的想象中：

00:20，好友咖啡屋外，梅林看着辛冰冰走进西子酒店，他背对陈莉，更换手机中的SIM卡，拨通贾十全给他预留的电话号码；贾十全与凶手通话；一辆看不清牌照的小轿车高速开来，停在香格里拉小区附近，车上下来一个蒙面人；蒙面人翻越铁栅栏；01:30，蒙面人原路返回……一连串行动的时间只有一个小时多一点，很紧，每个环节都不能延误。

小袁调看小区周边的监控录像，结果令人失望，她并未找到可疑车辆与人员的影像。

一个新的念头跳出来。

小袁想，如果被收买的凶手就是梅林本人呢？梅林缺钱，他背负着房贷、车贷以及一家三口的日常开销，幸福生活需要与之相匹配的经济收入。

九月八号，00：51至01：25，梅林在香格里拉小区逗留了三十四分钟，以他的身体条件与专业技术，是作案的最佳人选。

万事皆有可能。小袁眼前生动展现一组连续画面：

小区大门，梅林与门卫打招呼；

他以平常步速，从赵大鹏、王梓两家别墅前走过；

他提前打开天然气井盖；

他向四周看看，没人，他向07号别墅急步快走（用时五分钟）；

他推开07号别墅大门，摸黑进入厨房，手伸到燃气灶下，扯开软管接口，受到惊扰的蓝猫蹿出，冲他喵地叫了一声；他点燃蚊香，打火机的火苗照亮他的脸（全部用时九分钟）；

他带上大门，往回跑（用时五分钟）；

他钻入敞开的井口，白色奥迪拐过弯，朝这儿开过来，压到井口上……

小袁抄起电话。通话中，胡小雨说：她与梅林只说了几句话，前后不到十分钟。

小袁向毕队长汇报。

毕队长听后，同意她继续调查，要求她注意方式方法。毕队长提出两个小问题：梅林如何进入07号别墅的？他从哪儿搞到的市面上没卖的蚊香，而且随时带在身上？

小袁认为这两个小问题不难查清。

上午，在银行工作人员的协助下，小袁大有收获。银行流水账单载明，昨天，梅林在他的账户内存入一大笔现金，超过他两年收入的总和。

住宅楼前，梅林开上他的蓝色小轿车。

一辆地方牌照的灰色小轿车跟在后面。

蓝色小轿车驶出市区，上了郊区公路。相距百米，灰色小轿车尾随在后。过了半小时，蓝色小轿车转弯，上岔路，开进两扇朱漆黄铜钉大门。

灰色小轿车停下，小袁一手扶方向盘，一手摘下浅茶镜。

梅林开车进入的正是贾十全的乡村庄园。从门口保镖对梅林的熟悉程度上看，他来过这里不止一次。小袁心中暗喜，她已有百分之九十九的把握，案子快要破了。

一辆车头带长翅膀小金人的黑色豪车驶出大门。

黑色豪车擦着灰色小轿车开过去，车窗黑色，看不见里面坐的是谁。小袁还要跟踪梅林，离不开，她给交通队的警校同学打电话，请他们监控一下黑色豪车的去向。

中午的阳光暖暖的，小袁翻遍车内，没找到瓶装水和面包，她舔舔干裂的嘴唇，又要饿一顿了，常事。

警校同学来电，黑色豪车进入机场的停车场，贾十全拖着一只大拉杆箱，辛冰冰挽着他，两人走向航站大楼。

逃往外地，或出国躲避风头？

灰色小轿车以一百二十公里的时速飞驰，开往机场。

贵宾候机室里，贾十全打开一张世界地图，对辛冰冰说："小心肝儿，只要上面有的国家，随便你想去哪个。"

小袁出现在面前，说："你们暂时哪儿也去不了。"

山重水复

机场派出所提供了一间临时办公室。

小袁提出问题，一个紧接一个，不给贾十全喘息的机会。

贾十全诚惶诚恐地回答："九月八号零点到两点我在哪儿？我在'疯狂老鼠'唱歌、喝酒，十几个朋友一起玩的，有男有女；我喝多了，醉得像条死狗，朋友们送我去的医院，抢救。我怎么知道香格里拉小区出事了？在医院里，我听护士说的，听说我老婆的别墅全烧光了；我老婆是辛冰冰呀，嘿嘿，那时她还不是我老婆，现在是了。我买别墅什么目的？嘿嘿，我不是为了买别墅，为的是买回冰冰做老婆；我买我老婆的别墅，虽说贵了点儿，肉烂在锅里，到头来连人带别墅都是我的。我认不认识梅林？认识呀，赵大鹏介绍我跟他认识的，认识没几天。梅林的钱是谁给的？我呀，我给的，现金，昨天他从我这儿拿走的，写了收条。我为什么给梅林钱？乡村庄园天然气管线施工质量太差，检验不合格，需要重新改装；赵大鹏说，梅师傅干活实在，技术一流，我决定改装的活儿让梅林干；我给他的钱是购买管线的材料费。"有一个问题把他问住了："蚊香，什么蚊香，我用的东西都是生活秘书负责采购，您得去问她。"

贾十全一边说话，一边不时朝小袁脸上溜一眼。他干了不少坏事，一屁股屎，臭烘烘的，心虚得很。

门开了，吴良律师夹着公文包进门就说："我抗议，我代表我的委托人贾十全先生提出严正抗议，贾十全先生是位优秀企业家，守法公民，为人正派，品德高尚，警方无权非法限制他的人身自由。"

"屁话！"贾十全骂他，"你满嘴屁话！小袁警官请我来的，问我几个问题，我有义务协助警方调查。"

办公室里没有空椅子，吴良大律师只能站着。

小袁逐一核实：

吴良律师出具一份乡村庄园天然气管线改造项目施工合同书，签字人为辛元、梅林，辛元是甲方代表。合同预付款与梅林存入银行的钱相等。

赵大鹏证实，大前天，是他将梅林推荐给贾十全的。

"疯狂老鼠"老板说，九月八号，贾十全跟一大帮狗男女整夜鬼混，贾十全喝了一瓶二锅头，两瓶红酒，啤酒不计其数，醉到绿胆汁都吐出来了，深度酒精中毒，凌晨一点半被送到医院清洗肚子和肠子（此处"肚"字发第三声）。

急诊室医生证明，贾十全被送到医院时，处于休克状态，再多喝一杯，直接拉火葬场了。

胡小雨改口，她记不清戏弄了梅林多长时间，好像有五分钟到半个小时。

打完一个个电话，贾十全买凶杀人的嫌疑难以成立。

小袁对他说："你可以走了，飞机赶得上吗？"

窗外，一架国际航班飞机直上蓝天。

灰色小轿车在前，车头带长翅膀小金人的黑色豪车在后，相继开出停车场。黑色豪车内，贾十全、辛冰冰靠在宽大的后排座位上。贾十全的眼神像是一条吃过腐尸的野狗，心里不知在转什么念头。

坐在司机旁边的吴良律师回过头说："贾总，我今天来得及时吧？"

贾十全说："谁让你上来的，下去。"

吴良律师被扔在路边。

十字路口，两辆车分别向南、向北驶去。

回到刑警队，小袁一脸沮丧，向毕队长汇报。毕队长听完，说："今天中午食堂有你爱吃的焖豆角，我让大师傅给你留了一份。"小袁心情好转，不是因为焖豆角。

毕队长说："我又看了一遍霍干事写的事故报告，其中有一个细节，天然气爆燃发生后，消防车辆赶到火场，被一辆停在消防通道上的黑色越野车挡住去路，以致延误了救火时间，你查一查，那辆车的车主是谁？案卷应该多看几遍，从一百吨矿石里，才能找到一小粒钻石。"

办公桌上，07号别墅天然气爆燃案的卷宗堆成小山。小袁埋头看了一遍又一遍，所有与案件有关的人渐渐成为一个个立体、鲜活的形象，在她眼前动了起来。

小袁有种奇特的感觉，总是看不清其中一个人的脸。

她每多看一遍案卷，这个人身上疑点就增加一分，一个个小的疑点组成一个大的问号。咚咚咚，有人敲她的桌子。她抬起头，毕队长坐在对面，像是坐了一会儿了，她竟然没有发觉。她说："我认为一个人非常可疑。"

毕队长说："别看案卷了，交给你一项任务，紧急的，马上去办。"

"保证完成，什么任务？"

"监控俞鹰，人要是跑了，唯你是问。"

"是！"小袁想，俞鹰又成了疑犯？

废弃的电缆井里，俞鹰满头大汗，他把一本本书装进纸箱，用透明胶条封好箱盖。他把被褥捆成一个卷，杂物收入一只大编织袋。他爬出井口，将纸箱、铺盖卷、大编织袋等一样样吊上地面。他又下到井里，用应急灯四下照照，没有遗漏。他满怀留恋，最后看了一眼这个住了七年的"家"。

他买了一辆旧的三轮平板车，装上他的全部家当。他要走了，连夜蹬着这辆破车，到几百公里外的另一座城市。

一切收拾就绪，正要出发时，他看见不带笑容的小袁。

小袁问："搬家？你想往哪儿逃？"

俞鹰口吃："不，我、我不是逃。"

小袁向旁边让开一步，她身后站着一个秀丽的女人。俞鹰一见，手里的应急灯掉到地上，他像傻了一样。

"不要逃避了，我来接你回家，因为想你，爸爸妈妈的头发全白了。"秀丽女人看到俞鹰一副拾荒者的样子，又怜又恨地说。她是俞鹰的妻子。

"我没脸回去。"俞鹰的头深深垂到胸前。

小袁恼了："在哪儿跌倒在哪儿爬起来，不能摔了一跤，就赖在地上吧。"

妻子朝俞鹰走过去。俞鹰想退，脚在地上挪不动。

妻子抱住他，头偎在他的胸前，泪如泉涌。俞鹰双手下垂，指尖颤抖，他抬起手，轻轻放在妻子的后背上。

夫妻紧紧拥抱在一起。

小袁不懂回避，毕队长碰碰她，两位警官走开。

毕队长问："你说谁非常可疑？这样吧，咱们学三国里的诸葛亮与周瑜，你我都在手心里写上这个人的名字，同时伸出手，张开，看看想的一样不一样。"

小袁拍手："好啊。"

她背过身，在手心写字，以防毕队长偷看。写好后，她转回来，嘴里说："一、二、三！"

两只握住的手同时张开。

两人手心上写着同一个人的名字。

第十三章

就是他

市立医院。程教授的诊室内，小袁像是医学院的大一学生，专心听课。

程教授滔滔不绝："风为百病之长，一个体虚之人，万万不可贪凉吹风，尤其是湿寒之气较重的夜风，更是吹不得。夜眠之时，毛孔张开，风寒极易侵入人的皮肤、关节、内脏，甚至更深层次的骨髓，因此埋下病根，就像人体内的炸弹，随时可能引爆。我写过一本书，第三章专门讲到邪毒随风寒入侵给人造成的危害。"

小袁说："我年轻，没事吧。"

程教授诲人不倦："一个人年轻时阳气充足，抵抗力强，没有表现，但风寒会陈留在经络当中，老了以后就会发作，给你点颜色看看。"

小袁问："一个体弱、多病、懂得医术，又注重养生的人，半夜两点站在窗前吹风，这符合常理吗？"

程教授说："一个稍有医学常识的人就不会这样做。"

小袁又问："一个腿部患有严重风湿性关节炎的人在什么情况下可以做到行动自如，比如奔跑？"

程教授说："如果服用强效止痛药，可以。"

小袁脸上现出钓上一条鱼的表情，她小时候常跟爸爸去钓鱼。

程教授悟道："我猜到你说的这个人是谁了。我不会对任何人讲，包括我的夫人，按照你们警察的规矩，保密。"

小袁敬礼："谢谢。"

她与毕队长同时在手心上写下的同一个嫌疑人的名字是王梓。

经查，黑色越野车登记在普济医疗器械公司名下，主要由王梓使用。王梓家的别墅自带车库，他还长期租用一个停车位，不应该将黑色越野车停在消防通道上。据孙经理讲，越野车在消防通道上停放多日，王梓以车库正在翻新为由而未挪走。

案卷完整记录了案件经过、所有涉案人的一言一行。小袁在反复翻阅中，一段极易被人忽略的情节让她掩卷沉思。

07号别墅天然气爆燃发生后，小袁随同毕队长勘查现场，初到王梓家时，王梓说：那天夜里，他夜不能寐，披衣起床，到书房吸烟；他觉得闷，打开窗子，吹一吹风；突然，百米外一道红光，爆燃发生。他以此解释了为何唯独他家朝向爆炸中心的窗玻璃没有破碎的缘由。

夜深风凉，王梓开窗吹风？他是一位沉迷于修道养生、颇通医理的人。

小袁想，只有一种可能，王梓作案后，按计算好的时间，站在书房窗前，等着看结果，他怕爆炸气浪冲击造成的玻璃碎片划伤自己，所以打开窗子。

小袁又在案卷中摘出一段询问笔录。

胡小雨说：王梓从不让她开车，案发前破例允许她开着白色奥迪在小区内兜风；她约有半个小时不在家中。王梓足以在此时间内外出作案。

小袁又有新的发现：赵大鹏家门上监控拍下的录像中，一点二十五分，梅林由东向西朝小区的大门走，按时间推算，他刚受过胡小雨的戏弄。他频频回头，莫非是心中有气，瞪视胡小雨？这不符合他一向忍让的性格。

刑警队办公室里，她请来梅林，一起观看该段录像，问："你在看什么？"

梅林说："我当时看见一个人影，从胡小雨身后的灌木丛中悄没声地滑过去，进了她家的门。"

小袁问："那个人影是谁？"

梅林说："王梓，王先生。"

小袁问："王梓？你看清他的脸了？"

梅林说："天黑，不在路灯下，看不清，王先生平时总戴一副宽边镀铬眼镜，一闪一闪的，所以我觉得是他。如果不是王先生，他怎么知道门锁密码进的门？我觉得奇怪，王先生有点鬼鬼祟祟的，所以多看了两眼。"

小袁说："如果需要，我们会请你作证。"

梅林表态："我一定照实说。"

小袁一帧一帧地滚动录像，一点二十四分五十一秒时，画面左上角，王梓家别墅大门的位置，似有一丝极弱的白光闪了一下，光线太暗，分辨不清人体轮廓。

送走梅林，小袁拿起水杯，没顾上喝一口，门卫打来电话，有人找她。

来客是俞鹰夫妇。

小袁一脸惊奇，她几乎认不出俞鹰了。俞鹰发型整齐，刮净胡子，穿着浅灰色西服套装，白色衬衣，扎海蓝色斜条纹领带，脚下一双时尚的新皮鞋，从上到下焕然一新，神采飞扬，俨然是位大公司的技术总监，叫什么CTO。

妻子小鸟依人地挽着他的左臂。

会客室，两位警官与俞鹰夫妇坐在一起，气氛像一家人团聚。闲谈几句后，俞鹰说："我今天来，除了向两位警官表示感谢，还有一件重要的事。"

毕队长拿出证物袋中的小黑盒子，放到茶几上。

俞鹰说："又被毕警官料到了，我就是为它来的。它其实不是我捡的，几天前，我从井里钻出来，吓到一位路过的穿超短裙的女士，她骂了我几句。跟女士同行的一个男人，像是她的丈夫，趁机将它丢进井里，以为我没看见。事有蹊跷，联想起小区发生的天然气爆燃事件，我感觉两者之间似乎存在某种联系，因此，我将这只开锁器小心保管，没有当做废品卖掉。"

毕队长问："你上次来，为什么说是捡的呢？"

俞鹰坦率地说："当时，我已有心出家，不想被卷入凡尘是非之中。如今，我回归社会，与父母妻子重新团聚，全靠两位警官相助，投桃报李，我也想为你们做一点事。"

小袁问："你还能辨认出那个男人吗？"

俞鹰傲气一现："我的记忆力非常强，过目不忘。"

小袁在茶几上摆开十张不同的照片。

俞鹰挑出一张："就是他。"

照片上的人是王梓。

网里的鱼

王梓蜷缩在轮椅上。

他从昨天夜里到现在，接连十几个小时不动，只喝了半杯温牛奶。他一支接一支吸烟，烟蒂很快堆满烟缸，胡小雨倒了三次。她不敢出大气，陪在一旁，困得快支撑不住了。王梓脸上的阴云越积越厚，四下弥漫，布满这间大客厅。

窗幔紧闭，透不进一丝阳光，

屋子静得像坟。

门铃大响。王梓手一抖，烟灰掉落在睡袍上。门外，物业孙经理的声音："王总在家吗？我是老孙呀。"胡小雨问："我去开门？"王梓犹豫了几秒钟，微微点了一下头。

胡小雨刚走两步。

王梓说："回来。"

胡小雨止步，等待他新的吩咐。

王梓说："你对孙经理讲，我正在小憩，请他半小时以后再来。小憩就是午睡。"

胡小雨把孙经理打发走了。

在王梓的指挥下，胡小雨拉开别墅内所有窗帘，各个房间充满正午的阳光。她打扫客厅，往花瓶里将要枯萎的插花上喷洒清水。她用空气清新剂祛除烟味儿，王梓怕风，不能开窗。她摆出全套茶艺用具。

水沸，茶香。

半小时后，孙经理被请进门，他看到一身中式休闲装束的王梓悠然自得地品茗，胡小雨茶女打扮，在旁侍奉，室内一派祥和的景象。

孙经理艳羡地说："王总过的真是神仙般的日子。"

王梓问："孙经理有何贵干？"

孙经理说："消防队霍干事要求小区物业开展一次防火安全大教育，坚决杜绝再次发生天然气泄漏、爆燃这类恶性事故，这是宣传材料。霍干事指示，挨家挨户都要送到，必须人手一份。请您与王太太在这张表上签个字，证明我送到，你们也收到了，我好交差。我这儿给您备好笔了。"

王梓与胡小雨签字。孙经理用两个指尖拈起签收表，收进文件夹。王梓看在眼里，嘴角隐现一丝冷笑，他对孙经理此行目的了然于胸。他说："小雨，给孙经理斟一盏茶。"

孙经理辞谢："我还要去其他业主家，不打扰了。"

从王家出来，孙经理用手抚抚胸口，心跳得厉害，小袁警官交给他的任务总算完成了。

小区大门外，一名男刑警取走签收表。

孙经理向小袁汇报：王梓在家悠悠哉地喝茶，没有异样。

刑警队技术室，徐法医观看电脑屏幕上显示的指纹图像，毕队长与小袁分站在她的两侧。

从俞鹰交来的SQ-1开锁器里的电池上提取到一枚比较完整的指纹，徐法医正在与签收表上王梓、胡小雨的指纹进行比对。徐法医说："签收表上的指纹中，有一枚与开锁器电池上的指纹属于同一人。"

小袁问："同属于谁？"

徐法医说："胡小雨。"

这个结果大大出乎小袁的预料。胡小雨扮演着什么角色？这对夫妇沆瀣一气，共同作案？

孙经理又来电话汇报：王梓两口子在我这儿赏花哪。

"赏什么？"

"赏花。"

香格里拉小区物业办公室前，孙经理利用闲暇开辟了一处花圃。王梓一手挂拐棍，一手搭在胡小雨肩上，观赏盛开的各色月季鲜花，甜甜的香气沁人肺腑。王梓吟了一句专咏月季的古词："休数岁时月季，仙家栏槛长春。"

孙经理赞声好，不懂啥意思。

王梓累了，到孙经理的办公室坐一坐，歇会儿。外面，孙经理与胡小雨闲扯。王梓用桌上座机打出一个电话。

话筒中，玉虚真人的声音："你我缘分已尽，今后不要再见，好自为之。"

王梓叫着："大师，大师，喂，喂。"

审讯室里，一名预审员从玉虚真人耳边拿走手机，看看来电号码，问："谁打来的？"

一只手铐在椅子扶手上的玉虚真人说："我的一个香客，姓王，名梓，公司老板。我不懂道法，我就是装神弄鬼，凭我这张臭嘴胡说八道，骗俩钱儿花。我跟那个姓王的说，他一年之内将有两次劫难，水火既济，劫难自消，但须谨防物极而反，初吉后凶。我从卦书上抄来的，我再没说别的。"

预审员记录下这段供词。

话筒放回到座机上，王梓心里七上八下。

王梓的小动作没有瞒过孙经理的眼睛。根据孙经理汇报的情况，通过电信部门，小袁查到接听一方的手机机主，进而查到机主甄道德（玉虚真人）涉嫌诈骗罪在押。与看守所取得联系后，预审员用传真发来甄道德的讯问笔录。

水火既济，劫难自消？八个可以任你发挥想象、随意理解的字。

窗幔重又拉紧，挡住外面的阳光。

幽暗中，王梓的脸罩上一团雾。胡小雨避在一个角落，离他远远的。王梓双目紧闭，像个没有生气的死人，他的心里却是杂念如潮。"缘分已尽，好自为之"，王梓费尽心机，为了避开电信监控，借赏花为名，暗中使用孙经理办公室的电话，与玉虚真人联络，本想求得帮助，却只得到这么一句大不吉利的话。王梓惶惑地想，难道两次劫难度不过去，自身阳寿将尽，已是日暮途穷？！

他感到，一张无形的网向他撒来。

他本以为做得天衣无缝的一件事，回头细想，漏洞百出，不过尚可补救，他不相信这个世上有人能够胜过他的智力，他自信可以安然度过两次劫难。

忽地，他心中悚然，身体一阵震颤。

他竭力站起来，胡小雨要扶，被他用拐棍赶开。他一步三晃地走到太上老君鎏金铜像前，双膝下跪，五体投地，连磕三个响头。

他祈求神灵庇佑。

他想到，远在南方的老家，有一个难以弥补的大漏洞。

双面人生

一个偏僻的小山村。

十几户农舍散落在青翠的山坳间。村前一条清澈的小河，河上一座年代久远的石桥。村里只有老人孩子，年轻人外出打工了。一见生人，响起狗吠声。

村名"青山"。

小袁下飞机，坐火车，乘拖拉机，又步行十几里山路，来到这个近于原始的村落。当地派出所一名姓武的女民警与她同行。小武指着村头几间房子，说："到了，那儿就是王梓家的老宅。"

房前小院里，一对老人在晒太阳。

两位便衣女警从院门外走过。小武用本地土话向两位老人问好。从屋里出来一个瘦小的中年妇女，她抱着一个吃奶的婴儿，领着一个七八岁的小男孩，身后跟着一个长辫子姑娘。小武说："坐在院里的是王梓的父母，站门口的是王梓的老婆，她的三个孩子，一儿两女。王梓去年回了一次家，他老婆怀上了，生的第三胎。他老婆叫翠姑，身体不大好，饭吃得少，药吃得多。"

两位老人、中年妇女、三个孩子衣着还算整齐，脸上没有菜色。

小武说："王梓很少回来，每年按时寄钱，他家在村里属于中等生活水平，不显山不露水的，没想到，王梓是个大老板。"

小袁问："听说，这儿的村民以上山采药为生？"

小武回答："也种点地，山地，产量不高。"

院子当中，长辫子姑娘支起小矮桌，端来粗糙的农家饭菜。小男孩摆好碗筷，一家三代人围桌而坐，吃得香甜。婴儿哭了，中年妇女解开衣襟，喂奶，奶水不足，没有止住婴儿的哭声。

这里是王梓的家与他的家人，也是他的另一面人生。

秀水乡派出所不大，清静。今天恰逢赶集日，民警们全体上街维持秩序，几间办公室空无一人。小袁嫌屋里闷，她与小武并肩坐在外面的台阶上。小武介绍：

王梓，四十二岁，身高不到一米五，他是青山村几十年来唯一的一名大学生。大学毕业，他遵从父母意愿，娶了同村的翠姑。婚后一个月，他离村去山外闯世界。他每隔三四年回家探亲，住几天就走，很少与人接触。据翠姑说，她的男人在一家公司工作，挣的钱不多，每月工资大部分寄回家来了。在村里，这一家人一点不引人注意，过着平平淡淡的日子。

好聪明的王梓，如果他夸财炫富，不仅会给家人带来无尽的滋扰，或许还会惹出祸端，小袁不由得心生佩服。

小武不往下说了。

小袁问："介绍完啦？"

小武表示歉意地一笑："昨天接到毕队长的电话，说你要来，我在王梓的档案里就查到这些。我们所里有位老警察，他在秀水乡工作了大半辈子，熟悉每一家每一户，他提供了一个情况。"

小袁满怀期待："快说！"

小武慢慢地说："王梓在乡里上初中时，同班一个高高大大的男同学常常笑话他是武大郎再世，他不生气，还跟男同学成了好朋友。过了半年，那个男同学爬树，掉下来，摔死了，手里握着从树上鸟窝里掏出的两个鸟蛋。在场的只有王梓，他说，他劝男同学别爬树，不听。该案经过调查，被定性为一起意外死亡事故，王梓没责任。"

"就这么点儿事？"

"还有。所有接触过王梓的人，都说他待人客气，会说话，给人印象很好。"

小袁难掩失望之色。她打开公文包，取出装在证物袋里的一小段蚊香，问："你见过这种蚊香吗？"

小武接过来，看看，闻闻，说："没见过。"

"你知道哪儿有卖的吗？"

"现在谁还用它，烟气大，不卫生，有明火，不安全，我们乡下也都改用电蚊香了。"

小袁一无所获。

小武说："你来一趟不容易，今天是赶集的日子，我领你去转转，买点秀水乡的土特产，给同事们带回去，算是不虚此行。"

一条不长的青石板路，两边店铺一家挨一家，这里是秀水乡的"商业中心"。往日通行车辆的路面上，挤满各式小摊，摆摊乡民们出售自家种的瓜果菜蔬，便宜，新鲜。

赶集的人摩肩接踵，一眼望去，满街都是黑压压的脑袋瓜儿。

一家小店货架上，摆着几瓶三连升酒。小袁问了问价。小武说："我买两瓶送你，方圆百里，只有我们秀水乡出这种酒，我爸爱喝。"小袁说："飞机上不让带，还要办托运，算了吧。"

小袁转遍各个小店，没有找到她要找的蚊香。

她这次来的主要目的，就是查找在案发现场发现的那一小段残留蚊香的产地。毕队长摸着胡茬子说，他在王梓家做客时闻到过与这段蚊香相同的香味儿。他分析，这种特殊香型的蚊香市面无售，极可能是王梓老家的土特产，如果调查属实，可以成为认定王梓是本案凶手的有力证据。

小袁用手机向毕队长汇报。通话中，毕队长听出她的情绪不振，笑道："返回吧。"

集市快转完了，小袁要往回走，她看见：

一位怀抱吃奶婴儿的中年妇女蹲在街边，地上摊开一块蓝布，堆着几十块报纸包的东西，其中一包是打开的。她身边立着一块牌子，写着"天然香料，手工制作"几个字。摊前没人光顾，中年妇女是翠姑。

她卖的什么？蚊香！

小袁拉过小武，两位便装女警耳语几句。小武过去，用土话与翠姑攀谈，翠姑面露喜色，双手合十致谢。过了一会儿，小武回来了，她买了十盘蚊香。小武说："翠姑对我讲，这是她家祖传的秘方，采集山里的草药，纯手工制作的。"

经过比对，这盘蚊香与小袁带来的那段蚊香色泽、形状、香味儿完全一样。

小袁欣喜若狂。她努力镇静下来，因为是否一致，还要带回去请刑侦技术部门进一步化验，检测化学成分构成后才能最终认定。

与此同时，王梓不间断、疯了似的拨打翠姑的手机。

关机，关机，还是关机。

这不能怨翠姑，是他让翠姑没事不要开手机，更不要随身带着手机在人前晃，以免招来闲话。他这是作茧自缚呀！

秀水乡派出所前，警车上，小袁朝车外的小武挥手道别。

最后一环

艳阳高照，天清气爽。

自家门前，王梓坐在轮椅上，向过往的小区邻居们亲热地打着招呼。几个小男孩在柏油路上踢足球，他看得兴致盎然，球滚到脚边，他弯腰捡起，扔回去。两个园林工人在他家的草坪上挖了三个树坑，经物业同意，他计划种几棵桃树，明年开春赏桃花。他朝小区大门方向望去，门外，马路对面，停着一辆灰色小轿车，昨晚到现在没动。

贴着防晒膜的车窗后面，有一双锐利的眼睛。

昨夜，翠姑打来电话，高兴地对他说，一个外地人一次买走十盘蚊香，家里的老人孩子可以吃一顿肉了。王梓听罢，心中哀叹一声：大势已去。

他不能坐以待毙。

物业办公室里，孙经理喝茶，看报，哼戏。外面有吵吵声。

阻栏杆前，停着一辆黑色大越野车。一个身穿万里汽车修理厂制服的汉子从车窗探出头，吼道："你凭什么不放行，你信不信，我把你这根破杆子撞成两截？"门卫说："按照制度，为了防止车辆丢失，必须车主本人亲来签字。"汉子怪叫："你骂我是贼！"

孙经理与车主王梓通了电话，王梓说："我那辆越野车油路出了点问题，让万里汽修厂的邹师傅开走修一下，我行动不便，不能亲去签字，请多包涵。"

孙经理对门卫说："抬杆，放行。"

他及时向毕队长报告这一情况，他挺热衷于这份告密的工作，毕队长表扬了他，并鼓励他再接再厉。

百姓杂货市场里，毕队长与服装摊位的女摊主谈话。相邻的小电器摊位仍然蒙着苫布，上面落满灰尘。毕队长打开一本大相册，里面有十张男性照片，他说："近两个月，这些人中谁在崔双喜的摊上买过东西，请你指出来。"

女摊主的手指在照片上移动。

毕队长很有耐心地等。崔双喜摊位的斜上方有个探头，被货柜挡住一部分监控区域，看不到交易的情况，因此仍需依靠现场人证。

女摊主的手指头在王梓的照片上停留一下，又移开了，反复两次。

同来的男刑警忍不住了，要说话，毕队长制止。毕队长恪守一条原则，涉案人员指认时，不能给予任何形式的提醒或暗示，以免产生误导，将案件侦破工作引入歧途。

女摊主指着王梓的照片，说："像是他。"

男刑警不满："像是？跟没说一样。"

女摊主说："我记不大清了，我是卖衣服的，对一个人的长相不太在意，一个人无论高低胖瘦，我只需看一眼，就知道他穿多大号衣服。我记得那个男人个子特别矮，比我儿子高不了多少。"她儿子上小学四年级。

毕队长翻动相册，请她看几张男人的全身照。女摊主一指王梓的照片，说："是他，没错，是他。"毕队长问："这人跟崔双喜熟吗？"

女摊主说："一般，酒友。老崔卖给照片上这人一个小黑盒子，老崔跟我吹，说卖了好价钱，多赚了两瓶二锅头。老崔好占个小便宜，人不坏，才五十多岁，没了。黑天半夜的，他下河干吗，遇到淹死鬼啦？"

男刑警出示SQ-1开锁器的照片，问："是这种小黑盒子吗？"

女摊主这次答得快："是。"

化验室外，小袁风尘仆仆，她将带回来的蚊香郑重地交到徐法医手上。

走廊上，她背靠墙，等待检测结果。

时间过得似乎相当漫长。

化验室门开了，徐法医从里面出来，眉头皱着，不见笑容。小袁急问："怎么样？"徐法医叹着气说："你要做好思想准备，勇于正视挫折，这是检测报告，自己看吧。"

小袁翻到报告最后一页，直接看最后一行的鉴定结论：

送检样品与案发现场的蚊香化学成分一致。

徐法医像毛头小伙子一样大笑："我逗你哪，你现在血压多少，我摸摸你的心率。"

连续奔波了一天两夜的小袁觉得累了。

金蝉脱壳

白色奥迪轿车开出小区大门。

孙经理探了一下头，前风挡玻璃后面，开车的是王梓，胡小雨不在车里。她一天没露面，去哪儿了？

白色奥迪轿车开往市中心。王梓一手扶方向盘，一手调整车内后视镜。镜中，后面，一辆灰色轿车时隐时现。王梓降低车速，灰色轿车没有超越。

一家高档酒楼前，保安引导白色奥迪倒进空车位。

王梓拄着拐棍，挑了一张喷泉旁边的餐桌，坐好后，点了红烧甲鱼、锅塌豆腐、拌什锦菜蔬和一杯饮料。服务生抓着一只活甲鱼，请他验看。他于心不忍，说："不要杀了，钱我照付，你跟老板说，把它放生了吧。"他又改了主意，说："你找个结实点、咬不破的塑料袋，我带它走。"

一名衣着朴素的中年男人走进来，随便找个座位，看菜单。

菜上齐了。王梓神态悠闲，细细咀嚼，品味食物的香味儿，像是享受人生的最后一餐。

饭后，王梓提上甲鱼。他开车来到一家银行。

他对大堂经理说："我有急事，没来得及预约。"大堂经理请示行长，得到同意，带他下到地下保险库。他打开一只保管箱，从里面取出存折、几摞不同国别的外币与有价证券，将它们装进随身带的小皮箱。

保管箱清空了。

王梓又来到另一家银行，说词与在上一家银行时一样，大堂经理请他少候。

王梓拖着一只大号拉杆箱，静等。一名年轻姑娘进来，在自动排号机上取号。大玻璃窗外，可以看到远处街角停着灰色轿车，被另一辆面包车挡住大半个车身。王梓推断，跟踪他的是一男一女两名刑警。

大堂经理回来，说："王先生，您是大客户，特殊照顾，请跟我来。"

地下保险库，王梓按下一组密码，打开一只最大的保管箱。他捧出一件玉雕摆件、几幅名人字画、绿锈斑斓的铜器，还有几套善本古籍，将它们统统放入大拉杆箱。这是他多年收集、件件价值不菲的珍贵古董。

王梓把大拉杆箱放进白色奥迪轿车后备厢。

车内。经过这一番折腾，王梓有些虚脱，他从上衣口袋中取出黑琉璃小瓶，倒在掌心两粒红药丸，服下。

加油站，王梓给车加满油。

白色奥迪轿车驶离市中心，向南，车速不快。

刑警队大院，两辆警车警灯闪烁，警笛响起，开出院门。第一辆警车里的毕队长用对讲机命令："立即截停嫌疑人车辆，拘捕嫌疑人，必要时可以采取强制措施。"

"是！"灰色轿车里两名刑警刚要开始行动。

前面的白色奥迪猛地加速。王梓双手扶着方向盘，并不显得慌乱。灰色轿车车况差，车速低，没能跟上，两车距离越来越远。

白色奥迪车速达到极限，一路向南狂奔。

前方，拐弯处有一大片密密的树林，公路从中穿过。

在灰色轿车上向前看去，白色奥迪驶入密林，化成一个小白点，拐过弯，隐没在林中。

过了一分钟，灰色轿车开到公路拐弯处，前方已不见白色奥迪的踪影。灰色轿车照直追下去，又跑了十几公里，车上男刑警报告："跟丢了。"

毕队长说："原地待命。"

十分钟后，两辆警车与灰色轿车会合。小袁放飞一架无人机，向南飞去，传输回的图像中，路面上没有白色奥迪的车影。

白色奥迪轿车消失在空气中了？

毕队长命令："往回开。"

回到公路拐弯的地方，三辆车上的刑警下车，进入林中搜索。不一会儿，在一丛灌木后面，刑警们找到被遗弃的白色奥迪轿车，车门开着，车内无人，后备厢盖大敞，只有一只备胎。

王梓拖着笨重的大拉杆箱，逃向何方？

一名刑警主张向密林深处寻找。

小袁的目光落在一棵树上，树身有一块新鲜的擦痕。她走过去，地上有一条不显眼的车轮胎印迹，这是一辆大越野车留下的。

毕队长想起今天上午孙经理的报告。

万里汽车修理厂，邹师傅用旧棉纱擦着手上的油污，打量眼前几位刑警。这人是个倔驴脾气，他对毕队长说："王老板让我把越野车开到那儿的，钥匙留在车上。王老板给了我两条好烟，我没问他要干什么，不关我事，怎么啦，不犯法吧？"

"油箱里有多少油？"

"够跑个三五十公里的。"

这一点油逃不出本市，王梓搞什么名堂？

水火既济

香格里拉小区门卫抬起阻拦杆，敬礼。

黑色大越野车驶入大门。王梓停车，推开车门，下来，手拄拐棍，对笑脸相迎的孙经理说："我找你有点事，到你办公室谈？"

孙经理说："请。"

孙经理的手搭在门把上，一拧，一拉，右脚刚迈进去，只觉头轰的一声，后脑勺挨了重重一击，他软绵绵地倒下，被打昏了。

这时，他身上响起铃音。一只手从他的口袋里翻出手机，屏幕显示来电话的人是"小袁"。

手机被扔到地上，一只脚踏上去，把它踩碎。

王梓出来，锁上办公室的门。

王梓开车回到自家别墅。车库卷闸门缓缓升起，黑色大越野车开进去，卷闸门重又落下。

日落西山，天色昏暗下来。

别墅内，门窗紧锁，窗幔拉严，没有开灯，王梓如同一只活动的黑色鬼魅。他倒退着，将大拉杆箱拖上一级级楼梯，再推到二楼卧室门外。他又下楼，带上来小皮箱与塑料袋中的活甲鱼。他筋疲力尽，靠墙坐在地毯上，掏出黑琉璃小瓶，将瓶里的药丸尽数送入口中。

调息一会儿，他的两颧泛红。

他推开卧室的门。

大床上，胡小雨仰面朝天，她的双手被捆在床头，双脚被捆在床尾，摆成一个大字。她的装束极为诡异，头裹一块白色纱巾，身穿一条白色超短裙，脚上是白色长丝袜与白色高跟鞋。她戴着白色珍珠项链、白金戒指。她那张抹了过多白色脂粉的脸上，涂着两片鲜艳的红唇。

她嘴里呜呜着，说不出话。

王梓上床，撕开一半她嘴上的透明胶条。

胡小雨深深吸了一口气，说："妈呀，憋死我了。老公，你要干吗呀？快放开我。"王梓的手在她身上摸来摸去，嘴唇在她的脸上摩擦。胡小雨理解错了，她说："老公，你是不是看了外国电影，要玩儿新花样？"

王梓咬她。

胡小雨哼了一声。她被捆得很紧，昨夜，王梓给她倒了一杯红酒，她喝下去，没几分钟睡着了，睡得死死的，醒来就成了现在这个样子。她想对了，王梓在酒里下了大剂量的安眠药，因为她的个子比王梓高，力气也比王梓大，如果她全力反抗，不让捆她，王梓还真奈何不了她。

王梓还在咬她，说："宝贝儿，我要带你走了。"

胡小雨问："去哪儿？"

"阴曹地府。"

"我不去，我妈说了，人死了才去那儿呢。"

王梓抚摸她肩上一排被咬的牙印，说："我不能让你不明不白地跟我走，我把实情都告诉你，不过，你听了不许喊。"

胡小雨保证："我不喊。"

王梓说："我杀了人。"

胡小雨以为他开玩笑，当她看到王梓那双冷酷的黄褐色眼球时，信了。她问："你杀谁了？"

"李伟是我杀的。"

"啊？你快向政府坦白，不会枪毙你的。"

"我还得了绝症，死期将至。"

"你可以治呀，你有钱，买最好的药，进口药，会治好的。"

王梓惨然一笑："天意难违。有两件事，我不能瞒你，你且听我慢慢道来。一年前，玉虚真人给我占了一卦，他的卦很灵的。他说我流年不利，将有两大劫难，化解的办法是水火既济，劫难自消，但须谨防物极而反，初吉后凶。玉虚真人的卦应验了，去年初冬，我因违法经营，受到查处，我虽多方疏通，诚心悔过，李伟仍欲置我于死地。两个多月前，我身体不适，去医院检查，我从程教授的眼神里，看出我患了不治之症。我反复琢磨玉虚真人指点给我的化解之法，苦思多日，终于参透玄机。水火既济，我先想到'水'字，你是水命，长流水命，我就娶了你，用你做鼎炉，化解我的沉疴。"

胡小雨问："什么叫鼎炉？"

"说了你也不懂，简言之，就是与你交媾，能够排出我体内的邪毒。"

"我还是听不明白。老公，我想撒尿。"

王梓说："你接着往下听。'火'字何解？我又生出奇思妙想，于是，在我的精心设计下，07号别墅发生天然气爆燃，熊熊烈火之中，李伟成为一具焦尸，他对我的威胁灰飞烟灭。水火既济，以你为妾，延我阳寿；一场大火，除掉李伟；初起效果绝佳，不再有人查处我的违法经营行为，我的身体状况更是日趋好转，我以为劫难自消了。唉，卦言还有后半句，物极而反，初吉后凶。现在，我已走上穷途末路，警察正在抓我，我的病势愈加沉重，去日屈指可数。我就要升天啦。"

胡小雨听得似懂非懂："老公，你干吗对我说这些？"

王梓说："因为我要带你一起走，不让你做个糊涂鬼。"

胡小雨总算是听明白了，哭求："你放过我吧，你坐牢，我等你出来，不嫁别的男人；你病死，我为你守寡，年年清明给你上坟，烧纸钱；我还年轻，我不想死。"

王梓说："你是我的侍妾，到了地下你还要伺候我，我怎能舍得让你离开我，安心跟我一起上路吧。"

胡小雨高声大叫："救……"

王梓早有提防，手快，重新贴好透明胶条，截断胡小雨的呼救声。

胡小雨用乞怜的眼神看着他，泪流满面，四肢扭动不休。

王梓下床，搬进一件件古董，围在床边。他把外币、有价证券堆在床上。他打开塑料袋，放出活甲鱼。他对胡小雨说："我听老人们讲，人死了，去阴间的路上有条冥河，它可以帮咱们渡过去。"

甲鱼的头缩到软盖里。

王梓打出一个电话："赵总，您在哪儿？"

赵大鹏的声音："我在家。你又犯病了？我马上到，送你去医院。"

王梓说:"我很好。我在王朝酒店备下一杯薄酒,对您前日送我就医、救我一命聊表谢意。今晚七点,天字第一号包间,请您与太太务必光临。"

"现在已经六点多了,改天吧。"

"菜点好了,我在包间恭候大驾。"

窗幔分开一道缝,王梓向下看去,赵大鹏家的车库门升起,开出一辆轿车,夫妇都在车内,驶向小区大门。

王梓这是在捣什么鬼?

一楼厨房,王梓从心底长长地叹出一口气,他停了一会儿,决然地拉开燃气灶下的软管,一股带臭鸡蛋味儿的气体冲出来。大客厅里,他点燃一盘从老家带回、翠姑亲手制作的蚊香。

天然气顺着楼梯飘上二楼。

王梓站在床边,为胡小雨整整挣乱了的纱巾,帮她穿上挣掉了的一只高跟鞋,在她的额头亲了一下。胡小雨扭过头,极力想挣脱捆住手脚的绳索。

他与胡小雨并排躺在大床上。

空气中,臭味儿渐浓。

他闭上眼睛,等待即将到来的一刻。

入地无门

万里汽车修理厂外,警车旁,毕队长浓眉紧锁,沉思不语。

刑警们等待他的命令。

疑犯王梓藏身何处?开展全城大搜捕?时间刻不容缓!毕队长叫过中年男刑警,问:"在酒楼,王梓带走一只活甲鱼?"

中年男刑警答:"是。"

毕队长用拳头一捶车顶,跳上车,踩油门,警车前冲,如同脱缰野马。

两辆警车风驰电掣,向北疾驶。

车上,小袁问:"去哪儿?"毕队长说:"香格里拉。"小袁说:"王梓逃回家了?不可能。"毕队长说:"他就没想外逃,一个亡命天涯的人会随身带上一只活甲鱼?"小袁拨打孙经理的手机,不通。

毕队长判断:

王梓制造出逃假象,调开监控人员,目的是迷惑警方,趁机返回香格里拉小区他的家中。理由三条,一、王梓携带大拉杆箱,行动不便;大越野车油量不足,不具备长途远行条件;本市地处内地,距离海边与南北边境路途遥远,他明知逃不出国门。二、王梓经商多年,交往的都是生意场上的朋友,商人重利轻义,相互之间是利益关系,他没有可以信赖的生死之交,无法在市内就地潜藏。三、王梓重病缠身,能活过本月就属奇迹,他逃走没有意义。因此,王梓只有一个去处,就是回家。

小袁问:"他逃回家,藏得住吗?"

毕队长说:"他取出在银行的全部财物,回家只有一个目的,从容布置自杀,带着所有家当下地狱。"

香格里拉小区,警车冲进大门。

门卫证实,王梓开车回来了。

物业办公室外,隔窗,看到俯伏在地、头上淌血的孙经理。

夜幕降临。

古墓般的别墅,随时会在巨响声中爆燃,化成冲天烈焰。

毕队长不假思索,果断命令:疏散邻近住户,切断电源,关闭天然气阀门,别墅周边一百米内严禁出现一点火星。

一名刑警提来警用破门锤，毕队长摆手。

小袁手持消防斧，敲碎别墅的一扇扇窗玻璃。破窗中，涌出熏人的大股天然气。等到气味儿变淡，小袁攀上窗台，手伸到里面，拔起窗户插销，推窗跳了进去。

别墅大门打开。

大客厅，毕队长用手电筒照了照，茶几上，有一盘已被小袁熄灭的蚊香。

二楼卧室，大床上隐见两个躺着的人影，数条手电光柱集中在王梓的脸上。

一张僵化、没有生气的脸，笑脸。

白色病床上，胡小雨毫无知觉，她的身体对外界各种刺激均无反应。由于她受求生欲望的驱使，不停顿地拼力挣扎，吸入过量天然气，大脑受损，陷入深度昏迷。

医生说："她的情况很不乐观，可能会成为植物人。"

一个年轻的生命将终老床上？小袁说："请你们尽力抢救。"

医生说："救死扶伤是我们的天职，不过……"

毕队长说："这个消息务必严格保密。"

隔壁病房，王梓一只手铐在病床的铁栏上，他像一具刚从太平间冰柜里抬出的死尸，硬邦邦的，冒着凉气。

毕队长问："他醒了吗？"女护士说："早就醒了，装死。"毕队长敲敲床上的铁栏，说："喂，老朋友来看你了，不问声好？"

王梓眼皮动了几下，睁开。

毕队长笑着看他。

王梓说："恕我不能起身相迎，失礼啦。"

毕队长说："我来探望你这个病人，忘了买些水果，礼数不周，也请你多多包涵。"

"毕警官不要取笑我了。我的妻子，她还好吗？"王梓似是随意一问。

"你的哪个妻子，翠姑，还是胡小雨？"

"小雨。"

"她很好，与你只隔一堵墙，见见吗？我让护士推她过来。"

"不不不，她对我恨之入骨，不见为好。"

从毕队长口中，得知胡小雨还活着，王梓懊悔不已，他不该留下一个活口，一个人证。

毕队长说："见到我，你好像并不高兴？"

王梓像喝了一大碗黄连水，一脸苦相："见到你，我自知罪责难逃。挫骨扬灰，魂消魄散，就是我的下场，我连鬼都做不成，入地无门啦。"

困兽犹斗

王梓坐在轮椅上，被一名刑警推出病房。

隔壁病房，门开一道两指宽的缝。经过时，王梓斜溜一眼，他看见胡小雨靠在摇起的病床上，一位女护士给她擦脸。只听女护士说："你今天的气色好多了，过几天就可以出院啦。"王梓双手握紧成拳。

等到轮椅过去后，女护士关上病房门，放平病床，胡小雨处于脑死亡状态。

临时布置而成的审讯室里，一张铺着白布的桌子后面，坐着毕队长与小袁。两位警官头上，国徽高悬。

轮椅停在桌前两米处，王梓耷拉着脑袋。

小袁问："姓名？"

王梓抬起头。

小袁再问："你的姓名？"

王梓开口，强硬地说："我没有犯罪，我是清白的，你们无权对我施行非法羁押，还我自由。"

半小时前，他说的是"自知罪责难逃"。他拒绝回答任何问题。

小袁气得要拍桌子。

毕队长拿起一张红色的证书，问："这是在你的书房里找到的，你看看，这个男人是你吗？"王梓伸长脖子，看清毕队长手里拿的是他与胡小雨的结婚证，上面贴着两人合影的照片。他不能不承认："是我。"毕队长问："这张结婚证上记载了你的姓名，性别，出生日期，身份证号，有没有错误？"

王梓只好说："没有。"

毕队长对小袁说："记录在案。"审讯开始时，讯问犯罪嫌疑人的姓名等身份信息具有验明正身的意义，属于必要程序。

王梓念经似的重复一句话："我是守法市民，你们抓错人了。"

毕队长又拿起一张传真件："这是你与翠姑的结婚证，登记地点在秀水乡民政所，是不是假的？"

王梓回答："不是，翠姑是我明媒正娶的结发妻子。"

毕队长说："两张结婚证，你涉嫌重婚罪，就凭这一条你还说抓你抓错了？"

王梓目光闪动，说："前面那张结婚证我没看清，离得太远，你拿近点，我再看看。"毕队长起身，将第一张结婚证放到王梓眼前。王梓一把抢过，以惊人速度揉成一团，塞入口中，嚼两下，往下咽，噎得他直翻白眼儿。毕队长袖手旁观，等他咽下去，才说："这是彩色复印件，你是不是没吃早点，饿了，还想吃吗，我一共复印了十张。"

王梓反胃，想吐，干呕，吐不出来。

毕队长说："你与胡小雨的结婚证是一张假证，制作假证的人就在门外，需要对质吗？"

王梓说："不必了，请给我一杯水。"

自此，王梓再没抬起头来。

小袁按照预先设计好的方案，提出一个个问题，就像抛出一根根柔韧的丝绳，结成一张结实的网，网住一条滑溜溜的鱼。

小袁一问："九月八号零点至两点，你在哪儿？"

王梓答："在家，修道。"

"没出过门？"

"没有。"

梅林进来，说："虽然天黑，我没看清王先生的脸，但我看到他眼镜框的闪光，大约一点半，他从李伟家那边过来。"

王梓说："没看清我的脸，怎么知道是我？"

梅林说："我跟小区里的家家户户都熟。整个小区里只有你一个人戴这种眼镜，宽边，镀铬，很有特征，你说过，这是从国外带回来的，国内没卖的，蝎子的屁屁独一份。"

王梓说："无稽之谈。"

小袁二问："你认识百姓杂货市场的崔双喜吗？"

王梓答："不认识。"

播放的录像中，画面背景是十几米外的烤串摊，王梓与崔双喜拱手道别，各奔东西；崔双喜明显喝多了，脚下虚浮，走出S形。这段录像是刑警们费尽周折，从附近一家店铺的自装监控中找到的。

王梓说："萍水相逢，不知名姓，闲谈几句，除此再无来往。"

"你们谈的什么？"

"天南地北，无所不谈。我还开了一句玩笑，说白天有人在小区附近的河里放生了许多王八，第二天听说那儿淹死一个人，会不会是他？贪小便宜，生怕别人抢先，半夜下河去摸，结果可怜呀，道家首戒贪欲。"

王梓这是公然挑衅，他摆出一副你奈我何的架势。

小袁播放百姓杂货市场的监控录像。小电器摊位上，王梓与崔双喜熟识地交谈，两次。小袁问："你还坚持你不认识崔双喜吗？"

王梓说："不认识，我可能去买过两次节能灯泡，如此而已。"

小袁三问："你见过这个小黑盒子吗，又叫SQ-1开锁器？"

王梓答："不曾见过。"

百姓杂货市场卖服装的女摊主进来，一指王梓，说："就是这个小矮子，我见过他，他跟卖小电器的老崔是酒友。我听老崔说，他卖给这人一个这样的小黑盒子，卖的高价。"

王梓说："老崔是谁，你们把他叫来，我要求对质。"

小袁四问："你知道这种开锁器的用途吗？"

王梓答："从未耳闻。"

贾宝贝进来，说："我给香格里拉小区统一换装的智能门锁。换到王老板家，他请我喝酒，趁我喝多了，他问我，不知道密码，能不能打开这种门锁，他说是为了防贼。我当时喝得迷糊了，违背行规，就跟他说，能啊，有种SQ-1开锁器，老崔手里有货，买一个就能打开全小区的智能门锁。"

王梓说："纯属诬陷，你们有我跟这个人的谈话录音吗？没有吧？"

小袁五问："你没有见过、没有买过，甚至没有听说过这种开锁器，那么，你是否扔掉过一只开锁器？"

王梓答："绝无此事。"

俞鹰进来，说："这位先生与一位女士散步时，经过我临时借住的电缆井，我亲眼所见，他悄悄将这只开锁器扔进井口，详细经过我已写成书面证言。"

这不是哑巴吗?! 王梓吃惊不小。他原以为即使警方找到开锁器，也会怀疑到哑巴身上，本想嫁祸于人，结果弄巧成拙。哑巴是个什么人物，不像是等闲之辈。他脑子乱转，说："无中生有，你们警方应该去调查这个哑巴，十有八九，他就是罪犯!"

小袁六问："在这只开锁器里的电池上，提取到一枚胡小雨的指纹，你怎么解释?"

王梓答："不可能有我的指纹。"

"你听清楚了，我说的是有胡小雨的指纹。"

"谁的? 胡小雨的?"

王梓脑子乱了，犹如一锅煮沸的粥。准是胡小雨偷偷动过小黑盒子，而他只顾抹去了盒外的指纹。他说："你们去问胡小雨，她的指纹，与我无关。"

小袁七问："问一个与你有关的，你长期使用的黑色越野车为什么会停在消防通道上?"

王梓答："那是公用车，公司里的人谁都可以开走办事，开回来时乱停。"

"停在距你家两百米之外?"

"可能没找到空车位。"

"我们调查了，没人动过那辆车。经过痕迹鉴定，方向盘上只有你与万里汽车修理厂邹师傅的指纹。"

"可能公司的人开车时戴着手套。"王梓早有准备。

小袁说："如果一个人戴着手套开车，会擦掉你留在方向盘上的指纹。你的多枚指纹新鲜、完整、清晰，而且部分与邹师傅的指纹叠压在一起，你还有什么话说?"

王梓无话可说。

小袁八问:"九月八号两点,你去书房,站在敞开的窗户前,夜风不凉吗,你是懂医之人,这不符合养生之道,你为什么站在那儿?"

王梓:"……"

小袁九问:"这是案发现场收集到的蚊香残留物,九月八日07号别墅天然气爆燃就是它引发的。这是你的结发妻子翠姑在秀水乡集市上出售的蚊香,采用天然草药,手工制作,出自祖传秘方。经过技术检测,两份蚊香化学成分、制作工艺完全一致。出自秀水乡青山村翠姑家的蚊香是怎么跑到李伟家里去的?给你一分钟,好好想想,应该如何回答。"

王梓哑口无言。

两份蚊香分别装在透明的证物袋里,并排放在桌面上。

王梓追悔莫及,这是最致命的败笔。为了布置成李伟死于意外事故,他思忖再三,决定不用平日敬神的香,以免事后清理现场时被找到,引起警方怀疑,露出破绽;他选用蚊香,因为香格里拉小区地处市郊,紧邻小河,秋蚊很多。可是,如今人们大多已改用电子驱蚊产品,市场上买不到蚊香,他只好用从老家带回来的。他认为,绝不可能查到蚊香出自他的发妻翠姑之手,没人会往这方面想。一步错,满盘输呀。

他双手托住头。

小袁十问:"水火既济,劫难自消,这句话什么意思?"

玉虚真人的卦言,警察怎么知道的,只有一种可能。王梓一时失控:"胡小雨都跟你们说了什么,这个没良心的女人,出卖她的丈夫。"

小袁怒斥:"你要她陪你去死,你的良心呢?"

王梓绝望地想,胡小雨一定向警方交代了一切。小袁十问,说明警方已经掌握了完整的证据链条。他的心理防线崩溃,负隅顽抗毫无意义，放弃吧。

毕队长说了一句似乎不相关的话："你是一个有身份的人。"

王梓知道，这是规劝他在确凿充分的证据面前，要有认输的风度，不要做一个被人鄙夷、死不认账的赖皮。他呻吟似的吐出两个字：

"我说。"

他完整供述作案的全过程：

九月八号夜，零点四十五分，他站在书房窗前，见07号别墅灯光熄灭，过了十五分钟，他估计李伟应已睡熟；

他把车钥匙扔给胡小雨，胡小雨欢喜地外出开车兜风；

他服下黑琉璃瓶中的药丸，镇痛提神；

他侧身出门，没走柏油路，借灌木丛掩身，向东一路小跑；

他用开锁器打开07号别墅大门；

他在黑暗中侧耳静听；

他走进厨房，拉开燃气灶下的软管接头，蓝猫卧在墙上的厨柜顶部，绿幽幽的猫眼看着他；

他用打火机点燃带来的蚊香，放在客厅的茶几上；他把打火机收入衣袋；

他轻轻带上大门，原路往回疾走，快到自家别墅时，他看见胡小雨与梅林之间的冲突；

他在太上老君像前盘腿坐下，门响，胡小雨回来了；

他没惊动刚睡着的胡小雨，下床；他打开书房的窗子，以防爆炸气浪冲击造成的玻璃碎片划伤自己，等待；

他点燃一支烟，深吸一口；

红光，爆炸巨响，大火照亮夜空……

说完，王梓像倒空的口袋，委顿在轮椅上。

谜底揭晓，既不玄妙，也缺少惊心动魄之感，平淡无奇。

王梓的行为中有一个不符合情理的怪诞之处。小袁问："昨天，你在自杀前，为什么给赵大鹏、柳月打电话，以请客为名，将这对夫妇诓到王朝酒店？"

王梓真诚地说："前几天，我犯病时，赵大鹏夫妇救了我，我感恩于心。我们两家是近邻，我自杀时要引爆天然气，我担心伤害到他俩，就编了这么一个善意的谎言。一念之仁，耽误了十几分钟，否则，我现在已经过了奈何桥。"

王梓并非冷血恶人。

毕队长说："我有一个问题，希望你能如实回答。"

"请问吧。"

"你谋害李伟的动机？"

这句问话激起王梓的满腔恨意，他说："我的公司违法经营，身为董事长，我难辞其咎，我认错认罚。但是，李伟为了升任副局长，拼凑他的政绩，竟然要对我赶尽杀绝。我多方疏通，献上厚礼，甚至愿将小雨送给他，他一概拒绝，仍要吊销我的公司营业执照，罚款数额大到足以使我倾家荡产，多年心血一朝化为乌有。我从社会底层一步步走到今天，历尽千辛万苦，创下这份家业不容易，我不得不杀他以求自保，我是被逼的！"

"你要将胡小雨送给李伟？"毕队长问。

"丢人的事，不说也罢。"王梓脸色紫红。

毕队长解开一个疑问，天然气爆燃那晚，胡小雨为何艳装打扮，以喝酒为名，赖在李伟家里不走，原来如此。毕队长又问："吊销公司营业执照，罚到你倾家荡产，这些你是听谁说的？"

王梓说："我的消息来源绝对可靠。"

毕队长出示几份文件，说："你自己看吧，这是李伟亲笔写的处理意见草稿，罚款金额不到你公司资产的十分之一，并未提到吊销你公司的营业执照，而是强调你公司的违法行为属于初犯，应当本着惩前毖后、治病救人的精神予以从宽处理。"

"不可能!"

王梓从轮椅上跳起来，连在扶手上的手铐又将他的身体拖回去。他转动轮椅，来到桌前，拿起文件，读了一遍，一遍，又一遍。他说:

"我上当了。"

毕队长问:"骗你的人是谁?"

王梓说:"我家香台上，供奉的太上老君像的肚子里，用透明胶条粘着一只U盘，请你派人取来。"

毕队长两指捏着一只U盘，问:"是不是这个?"

"是。"王梓叹道，"做你的对手，我真是不自量力。"

U盘插入笔记本电脑，响起一段录音:

胡小雨的声音:"先生，怎么称呼您呀?"

王梓的声音:"我姓王，三横一竖的王……"

一个男人插话:"他姓王，王八蛋的王，名子，龟孙子的子，哈哈哈。"

这是一个再熟悉不过的声音。

第十四章

七年前的照片

辛元双手垫在脑后，靠着床头，眼望天花板，他在研究一只吊在半空的蜘蛛。

地板上，扔着吃了几口的西式快餐。

楼下，响起警笛声。

窗子推开，辛元探出半截身子，往下看。只见一辆救护车停在楼前，两名男护士抬着担架跑进楼门。辛元关上窗子，不是警车，他舒了口气。李伟死于谋杀，他是嫌疑人之一，这是吴良大律师说的，他不能不信。他每天坐卧不安，时刻等着警察上门抓他。

他自我宽慰，警察不会放过一个坏人，也不会冤枉一个好人，他是好人。

又一想，凡事不怕一万，就怕万一，万一呢？

这几天，他与女友珍珍再三统一"口供"，他都记在小本子上，好久不摸笔，有些字忘记怎么写了，现查的字典。他没有作案时间，没有到过案发现场，尤其是没有作案动机，他跟李伟关系好着哪。他没杀李伟，除非他有梦游的毛病，珍珍说，他那夜睡得像头死猪，呼噜声吵得人家睡不着。

他的心里还是发慌，他从小怕事，上学时，他最喜欢的游戏是跟女孩子跳皮筋。

李伟是谁杀的呢？他怀疑是新任妹夫贾十全。贾十全心黑手辣，养着一帮长相凶恶的打手，为了娶他的妹妹辛冰冰，什么坏事干不出来?！他对贾十全一肚子怨气，他想搞几个大项目，贾十全不肯在资金上支持他一下，还拿他当用人使唤，呼来喝去的。搞没搞错，他是大舅子耶。他怀念起李伟，以前，他打着李伟的招牌，总能在本市生意人的圈子里得到一些实惠、好处。

今天上午起床后，珍珍跑了，说是有人请她中午吃大餐，出去吃顿饭有必要打扮四十分钟吗？水性杨花的女人。

辛元无所事事，百无聊赖。

他从柜子里抱出十几本大相册，翻一翻，打发时间。这些照片大多是他一个人的，少数几张是他与妹妹、父母的合影。翻过一页，他又翻回来，他看到一张七年前的彩色照片，全家人春游赏樱花，好像是于英拍的。

照片上，辛冰冰的耳朵上戴着一副造型奇特的耳坠。

辛元站在窗前，在阳光下细瞧。

这副耳坠的式样是一只银色的凤鸟，鸟嘴里叼着一粒红宝石。他努力回忆，没错，小袁警官给他看过一张耳坠的照片，与辛冰冰戴的这副耳坠一模一样。

他又想起来了，辛冰冰与李伟在塞纳河畔西餐厅相亲时，她戴的也是这副耳坠，回家后她说耳坠丢了一只，可能丢在西餐厅了。现在回想，百分之百是被李伟拾走了。

耳坠是辛冰冰的。

小袁警官问过他，见没见谁有这种耳坠。看来，耳坠十分重要。辛元产生相当激烈的思想斗争，要不要将这一情况告知警方？会不会给辛冰冰带来不好的影响？这算不算是出卖妹妹？他毅然决定，大义灭亲。他拨通小袁警官的手机，如实陈述了他的重大发现。

小袁听完，说："我十七分钟内到。"

不出十七分钟，小袁敲响他的家门。

辛元呈上全家春游赏樱照片。小袁取出耳坠照片，在放大镜下，与辛冰冰所戴耳坠进行比对，两者高度一致。小袁说："这张照片我要带走，交技术部门做进一步鉴定。"辛元说："拿走，拿走。"

小袁看他的样子，问："你还有话要说？"

辛元鼓足勇气："我算是立功了吧？"

小袁说："立了大功。"

辛元吭吭哧哧地说："我有立功表现，我的杀人嫌疑可以解除了吧，这些日子我夜夜失眠，睡不着觉，李伟不是我杀的，骗你是……"

"杀人嫌疑？"小袁忍不住笑了，"你可以睡个好觉啦。"

小袁走后，辛元乐得在屋里转圈，他想，应该到"疯狂老鼠"庆贺一番。他摸摸口袋，瘪的。

手机铃响，他以为是珍珍打来的，接通，张口就叫："我的宝贝儿……"

"谁是你的宝贝儿，想女人想疯了吧。"贾十全的声音，"你去办件事，送一张请柬。"

辛元问："送给谁？"

贾十全愠怒："我说话的时候，你不要插话。送一张请柬给严肃，严主任，他现在是严副局长啦。我请他吃饭，祝贺他高升，王朝酒店天字一号包间。"

幕后真凶

王朝酒店高耸入云。

前呼后拥之中，贾十全挽着辛冰冰，如同国王与王后，顺着满铺紫红地毯的环形大楼梯走上二楼。走廊尽头，天字第一号包间敞开两扇金色大门。

圆形餐桌旁，贾十全夫妇居于首座，在座的全是本市工商界的头面人物。

主客位空着。

贾十全问："严局长还没到?"坐在末位的辛元回答："请柬送到了，严局长没说肯定来。"贾十全说："不会办事，你再去请。"

严肃走进包间："不用三催四请，我来了。"

全体起立，热烈鼓掌，以示欢迎。严肃在主客位坐下说："你们都坐吧。不是我架子大，吃吃喝喝这种事不好，君子之交淡如水嘛。贾总与在座诸位都是老朋友，我不能不来，不过，有一条事先声明，我的那份饭费我自付。"他掏出钱，放到桌面上。

贾十全说："严局长，赏贾某一个面子，这钱……"

严肃说："我建议，今天大家都是AA制，赞成的举手。"

贾十全说："恭敬不如从命，听严局长的，我赞成。"他率先举手，其他人跟着举起手来。贾十全恭维道："严局长廉洁自律，贾某佩服，来，上酒上菜。"

女服务员撤去桌心花篮，先上各色冷拼。

贾十全问："严局长，喝什么酒，领导定。"

严肃说："随便。"

"我有一瓶好酒，请各位鉴赏。"随着话音，毕队长大步进入包间，将一瓶三连升白酒蹾在餐桌中央。他身着警服，不像是来赴宴的。

在座的人哪位没点小毛病，个个像衣服里塞了一把猪毛。

毕队长说："我要请你们当中的一个人，到外面谈几句话。"

贾十全问："请谁?"

毕队长有意停了几秒钟，目光转了一圈，最终落到一个人的脸上。他说："请你，严副局长。"

众皆愕然。

严肃神色淡定，开玩笑说："我跟毕警官出去谈点工作上的事，用不了几分钟，我回来之前，你们谁也不许动筷子哟。"

走廊上，严肃问："什么事，说吧。"

毕队长问："在这儿说，还是到刑警队说？"

严肃态度傲慢："毕警官，我现在的职务是副局长，与你的顶头上司邢局平起平坐，你是个科级吧，跟我说话时，请注意你的身份。"

毕队长尊敬地称呼一声"严副局长"，说："请你听一段录音，听完，你再做决定。"他拿出袖珍录音机，帮严肃戴上耳机，按下启动键，开始播放从王梓家太上老君像肚子里搜查出的U盘内的录音。

听了开头几句，严肃脸上遽然变色。

王朝酒店前，严肃上了警车。辛元追过来，说："严局长，大家都等着向你敬酒哪。"严肃说："你们不要等我啦。"

警车开走了。

考虑到严肃的"副局长"身份，对他的问话没有在审讯室进行，而是安排在会客室。严肃看上去十分镇定，毕队长给他沏上一杯茶时，他说了声"谢谢"。

小袁播放录音。

两男一女的对话，背景一片杂乱的音乐声，这是在一间包厢里。

胡小雨：先生，怎么称呼您呀？

王梓：我姓王，三横一竖的王……

　　一个再熟悉不过的声音，严肃插话：他姓王，王八蛋的王，名子，龟孙子的子，哈哈哈，小雨，今晚你陪王老板，小雨是水命，王老板是木命，你俩正好配对儿，小雨的水可大了。

　　录音快进一段后，恢复正常速度。

　　严肃：几位小姐出去，我跟王老板说点悄悄话，过会儿你们再进来。

　　胡小雨：两个大男人说悄悄话，恶心，快点啊。

　　开门、关门声。

　　王梓：我托你办的事进展如何？

　　严肃：难呀，贵公司违法经营的案子由李伟亲自查办，我请他手下留情，他不给我半分面子。

　　王梓：我可以加倍送他一笔钱。

　　严肃：不管用。李伟一心要当副局长，为了做出政绩，他要拿你开刀了。

　　王梓：他想怎么处理我？

　　严肃：吊销贵公司的营业执照，罚到你倾家荡产。

　　王梓：这是要逼我走上绝路。

　　严肃：我深表同情，爱莫能助。

　　王梓：请指点一条明路。

　　严肃：除非李伟从这个世界上消失。

　　王梓：……

　　严肃（声音压到极低）：等到处理决定正式宣布，木已成舟，你就只能杀自己了，你打算投河、抹脖子，还是上吊？小姐们，都进来吧。

录音终止。

毕队长说："严副局长，你不否认与王梓对话的那个男人是你吧，技术部门已经做过声纹鉴定。"

"没想到，他会录音。"严肃自嘲，"智者千虑，终有一失。"

小袁问："李伟是你唯一的好朋友，对你有救命之恩，你为什么不讲情谊，恩将仇报，挑唆王梓谋害你的朋友、恩人？"

严肃毫无愧色："救命之恩？李伟救我，别有用心，他是为了博得一个好名声，引起局领导对他的重视。他的目的达到了，没过多久，他就被提为副科长，那个副科长的位子本来是我的。"

面对这张丑陋的嘴脸，小袁无话可说。

毕队长说了句："五朵金花。"

严肃大受触动，他看着毕队长，说："你调查过我了？"

小袁没听明白："什么五朵金花？"

毕队长说："严副局长的岳父有五个女儿，个个长得漂亮，人称五朵金花。"

严肃的瘦长脸更像一块阴沉木了，他说："我的老婆是小女儿，我是倒插门女婿。五个女婿里，四个事业有成，只有我蹉跎半生，还是一个小小的办公室主任。前年除夕之夜，在岳父家吃年饭，没有我的座位，岳母说是忘了，我老婆让我站着吃。受此羞辱，我永生不忘。李伟是名牌大学的高材生，年轻，能干，人际关系好，深受领导器重，他处处压我一头，挡住我的路。他死了，我就是副局长的当然人选，岳父全家再也不敢看不起我了。"

毕队长说："揭发李伟受贿的举报信是你搞的鬼吧，从报纸上剪下一个个字，粘贴拼凑而成，你真下功夫，熬了几夜没睡？"

严肃问："举报人是我？你有证据吗？"

毕队长说："举报信是复印件，经技术部门鉴定，出自你办公室里的那台老式复印机。"

严肃理直气壮："辛元在外面招摇撞骗，以他是李伟大舅子的身份，收取皮总及几个老板的好处费，伪称他可以在李伟那儿为这些老板们说情，减轻对他们的行政处罚。李伟失于管教，没有责任吗？我写举报信，完全是出于公心。"

小袁如实记录下这些冠冕堂皇的话。

严肃问："你们什么时候开始调查我的？"

毕队长说："初次见面，你请我喝的三连升酒，王梓家的酒柜里也有一瓶，这种酒市面上没卖的。我请教一位酒王，他说，此酒出自王梓的老家秀水乡，因为香型较怪，只有当地人爱喝。你与王梓并非不认识，而是私交很熟。"

严肃说："那又怎样，一瓶酒而已，你们调查不出什么东西，我有这份自信。仅凭这个录音，你们定不了我的罪，我没有教唆杀人的故意。"

小袁用厌恶的目光看着这个貌似忠良、实则阴诡的小人，警方的侦查方向差一点被他引入"李伟死于自杀"的歧途。

严肃喟然长叹："我完了。"

"你完了？"

"我的名声完了，我的仕途完了，我的婚姻也完了。"

严肃起身，毕队长没有留他的意思。两人握手道别时，毕队长说："我记得，你给李伟写过一副挽联，只有上联，下联还没想好。"

严肃说："我写的上联是，敢做真男儿生的磊落。"

毕队长说："我出下联，误信伪君子死的不值。"

严肃脸色焦黄，哑着嗓子："我不是伪君子！"

未解之谜

07号别墅天然气爆燃一案成功侦破。

案件侦查终结报告放到毕队长面前的办公桌上，小袁说："签字。"

毕队长看了一遍，掏出笔，笔尖悬在纸面上，迟迟不落下。他收起笔，说："跟我走。"

警车开出刑警队大院，十秒钟后达到时速一百公里。

病房外，程教授说："刚抢救过一次，病人各脏器功能全面衰竭，你们问话的时间不要超过十分钟。"

小袁问："他还能活多长时间？"

程教授说："病人随时可能死亡，也许今天，现在。"

难怪来的路上，毕队长将车开得飞快。

病床上，王梓形容枯槁，瘦得皮包骨头，像一具干尸，他身上插满各种管子，只剩一口游丝般的呼吸。毕队长与小袁站在床边。王梓抬起眼皮的力气都没有了，他用几乎听不见的声音说："两位警官来啦。"

毕队长说："只问你一个问题。"

王梓说："知无不言。"

"九月八号夜，你进入07号别墅，有没有遇到异常情况？"

"没有。"

毕队长加重语气："你再回忆一下，整个作案过程中，你有没有忘记或是忽略没说的细节？"

王梓像是睡着了，他的手指头一动，说话了，说几个字就要喘几下："有，我在拉断软管、点燃蚊香的时候，两次感觉脖子后头有一股冷风，我以为身后有人，回头看，什么都没有，我想，可能是那只蓝猫跑过去。"不长的一段话，耗尽他的全身精力。

毕队长问："还有别的吗？"

"再想不起来了。"

"你肯定李伟当时已经睡熟了，没有发现你？"

王梓说胡话："我杀错了人；严肃，我死后，天天夜里去找你……"

他一阵痉挛。

医生护士围在病床旁抢救。

警车上，小袁问："你在想什么？"

毕队长说："我在想，与严肃第一次见面喝酒时，他说李伟死于自杀，他的目的固然是企图误导我们的侦查方向，但也并非空穴来风，毫无依据。我推测，那天夜里，李伟不仅发现有人潜入家中，而且明白来人的意图，他隐身在黑暗中，目睹了王梓的全部作案过程。"

小袁说："怎么可能呢，就算他胆子小，不敢当场制止，王梓离开后，他也可以采取自救措施呀，比如关闭阀门，开窗通风，或是逃到室外。消防队霍干事说，清理现场时，李伟烧焦的尸体在床上。"

毕队长说："我推测，李伟回到卧室，又躺下了。"

小袁眼睛瞪得圆而又圆："你有什么根据？"

毕队长说："一是李伟刚刚得知他的妻子辛冰冰与金山当晚入住西子酒店，听到这样的消息，他能在十几分钟内安然入睡？二是李伟有握着一枚耳坠睡觉的习惯吗？"

小袁觉得好像有几分道理。

毕队长说："我推测，哀莫大于心死，当李伟明白潜入家中的来人是想制造一起天然气爆燃事故谋害他时，他不去阻止，因为他已寻求解脱。虽然辛冰冰从未爱过他，但他依旧痴情不改，他是紧握那枚耳坠去赴死的，耳坠上凝结着他对辛冰冰的全部真情。"

李伟为什么手握一枚耳坠而死，因此得到合理的解释。

"傻子，大傻子！"小袁哀其不幸，怒其糊涂。

"也许爱到深处的人智力都会等于零。"毕队长说。

小袁问："那你认为这起案件属于什么性质，自杀？他杀？"

毕队长说："这是一起在被害人配合下完成的谋杀。"

"证据？你说了三个推测。"

"李伟不能死而复生，他把证据带走了。"

毕队长坚持在侦查终结报告结尾部分加入一段他的推测。邢局看后，将毕队长叫去训了一顿。

推测删除了。

耳　坠

台灯下，凤鸟造型、鸟嘴中含着一粒红宝石的银色耳坠闪着妖光。

小袁手托双腮，看着耳坠，一个人发呆。

一小时前，开着首饰作坊的小学同学刘兰香打来电话，说她爷爷出院了，让小袁带着耳坠来一趟，赶紧的，请她爷爷鉴定一下。小袁请示从证物库中取出耳坠实物，毕队长同意了。

由于这枚耳坠年代久远，可能属于文物级别，又被拍卖公司评估为价值连城，为了安全起见，两位警官驾车同行。

刘兰香等在门外。

她一见到毕队长，把小袁拉到一边，问："你的男朋友？

真棒!"

小袁说："别瞎讲，他是我的领导。"

刘兰香说："得了吧，结婚别忘了请我，我送你一件并蒂莲的头花。"

小屋里，刘兰香的爷爷端坐在太师椅上，一个普通的胖老头，举手投足之间却显出一代大师的风范。

两位警官同声说："爷爷好。"

老人捋须微笑，颔首回礼，说："好一对龙凤璧人。"

刘兰香在旁解说："爷爷说你俩是天生的一对。"

两位警官见惯大风大浪，此时却都有些局促，小袁甚至现出羞色。

小袁双手捧上耳坠。

刘兰香拿出蓝布包，打开，里面是那本一碰就碎的老书。她说："爷爷，我跟书上的插图对过了，这枚耳坠是清末民初青莲老人亲手制作的，您看，上面有青莲老人的独家暗记，一朵青色莲花。"

老人戴上眼镜，没碰耳坠，俯身细看。

小袁口有些干。

老人只看一眼，起身，走进里屋。刘兰香不知出了什么事，忙跟了进去，爷孙在里面说了几句话，听不清说的内容。过了一会儿，刘兰香从里屋出来，她说："让两位久等，我爷爷说了，这枚耳坠是，是……"

小袁急问："快说呀，是什么？"

"赝品。"

刘兰香脸上发讪："我爷爷说，这枚耳坠是近几年仿制的赝品，做工粗糙，没有灵气，所谓红宝石是一粒红玻璃，地摊货，不值分文。"

小袁问："你爷爷没看错？"

听到这句问话，如果不是老同学，刘兰香就要翻脸逐客了。

刘兰香送两位警官到门外，说："我爷爷生了好大的气，说白教了我这么多年，训斥我被一件假货打了眼，丢尽了他的老脸。"

李伟用生命卫护的耳坠是个分文不值的假货！

办公桌上的耳坠黯淡无光。

毕队长泡好两份方便面，对小袁说："快点吃，趁热，面坨了不好吃。"毕队长狼吞虎咽，小袁分给他半碗。毕队长说："明天上午，你去送送李伟的父亲。我跟他约定三天破案，抓住真凶，请他等三天再走。如今真凶落网，他要回家了。"

小袁问："录音交到市里，严肃受到什么处理？"

"撤职。"

"只是撤职，太便宜他了。"

毕队长吃完方便面，意犹未尽，在抽屉里翻找，看还有没有吃的，小袁笑着给他一根棒棒糖。毕队长含着棒棒糖："苹果味儿的。"

这是办完一件大案后，最轻闲的时光。

翌日。上午，警车开过王朝酒店，小袁点了一脚刹车，放慢车速。

金色旋转门前，簇拥着一堆记者，带着长枪短炮等各式摄影器材。车头带长翅膀小金人的黑色豪车开来，记者们蜂拥而上。车门开了，辛冰冰从车内现身，她更美了，美到每个看到她的人都不免心旌飘摇。

她戴着一副名贵的钻石耳坠，顾盼之间，冷电四射。

小袁听说，新一届女王大赛即将隆重开幕，盛况空前。谁是新的女王，不言而喻。贾十全对他的朋友们说过一句有点哲理的名言：不要求女人爱他，爱他的钱就行。

警车开过去，小袁故意拉响警笛。

六六大顺小旅馆前，李伟的父亲抱着骨灰盒，上了警车。车内，小袁把耳坠交给他，说："这是李伟的遗物。"

小袁没说多余的话。

李伟的父亲打开骨灰盒，将耳坠与骨灰放在一起。

火车站。月台旁，停靠着一列绿皮火车，慢车，车票便宜。李伟的父亲孤身一人，手抓车门把手，迈上一只脚时，听到一个悦耳的童音：

"爷爷。"

李伟的父亲转过头。

梅林一家三口向他招手。苗苗叫："爷爷，暑假我去看爷爷。"

李伟的父亲老泪纵横。

火车徐徐启动……